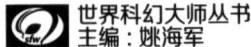

世界科幻大师丛书
主编：姚海军

THE FRACTAL PRINCE

分形王子

[芬兰] 哈努·拉亚涅米 著

孙加 译

四川科学技术出版社

THE FRACTAL PRINCE

Copyright © by Hannu Rajaniemi

First published by Gollancz, an imprint of the Orion Publishing Group,
London and Published by arrangement with Orion Publishing Group via The Grayhawk
Agency

Simplified Chinese edition copyright: 2018 SCIENCE FICTION WORLD

图书在版编目(CIP)数据

分形王子 / [芬兰]哈努·拉亚涅米 著；孙 加 译.
– 成都：四川科学技术出版社，2017.5
（世界科幻大师丛书）

ISBN 978-7-5364-8617-1

Ⅰ.①分… Ⅱ.①哈… ②孙… Ⅲ.①长篇小说 – 芬兰 – 现代
Ⅳ.①I531.45

中国版本图书馆CIP数据核字(2017)第090228号
图进字21-2015-195号

世界科幻大师丛书
分形王子

出 品 人	钱丹凝
丛书主编	姚海军
著　者	[芬兰]哈努·拉亚涅米
译　者	孙 加
责任编辑	宋 齐　姚海军
特邀编辑	李克勤
封面绘画	郭 建
封面设计	李 鑫
版面设计	李 鑫
责任出版	欧晓春
出　版	四川科学技术出版社
	四川省成都市槐树街2号出版大厦　邮政编码：610031
开　本	140mm×203mm
印　张	9.125
字　数	200千
插　页	2
印　刷	四川省南方印务有限公司
版　次	2018年4月成都第一版
印　次	2018年4月成都第一次印刷
定　价	34.00元

ISBN 978-7-5364-8617-1

目　录

CONTENTS

序 曲 王子在梦中

当夜,马特杰克[①]又从梦中溜出,去见偷儿。

梦中,他身处一间书店。书店黑暗污秽,天花板很矮,一架摇摇晃晃的楼梯向上通向小阁楼。积灰的书册压弯了书架。里屋传来浓烈的熏香味,混杂在空气中的灰尘味和霉菌味中。

借着昏暗的光线,马特杰克眯眼细看手写的书架标贴。这些标贴跟他上次来的时候不一样,都是深奥古怪的题目:吞火杂耍艺人,人体炮弹,百毒不侵者,死亡骑士之墙,多种精神奇迹,逃跑专家。

他的脉搏加速跳动。他伸出手,取下一册小书。这本书的书脊上用弯曲的金色字母写着《扎其尼大炮秘史》。在梦中,他喜欢在这里读到的故事,但醒后却毫无记忆。他翻开书,读了起来。

炮弹人从没爱过她,尽管他无数次对她说过爱。他唯一的真爱是飞行。巨大的铁嘴把他猛地喷出来——那才叫刺激。那东西是祖父铸造的,据说原料是天落石中所含的金属。他想要妻子,因为他该有个妻子,这也是保证他和大炮这一对了不起的组合顺畅运行的工具。但这并不是爱……

[①]索伯诺斯特的创建始祖之一,也是所有始祖中最强大的一个。

马特杰克眨了眨眼。这故事不对,牵不出偷儿来。

有人在他身后咳嗽一声。他吓了一跳,啪地合上书。要是他转身,会看见瘦高的店主坐在柜台后面,穿着一件沾有污渍的衬衫,灰色的胸毛钻出纽扣洞眼,没刮胡子,一脸凶恶,恶狠狠的眼神不高兴地盯着他。接着,他就会醒来。

马特杰克摇摇头。今夜,他不能随便做个梦就行。他有任务在身。他小心翼翼地把书放回书架,沿着楼梯朝上走去。

每走一步,他的体重都压得楼板嘎吱作响。他觉得身体沉重,楼梯扶手在手中忽然变得很软——必须小心,不然就会沉入另一个更深的梦中。就在这时,他看到了:楼梯尽头,角落的书架里,灰色的书册中夹着一抹蓝色。

楼下,店主又咳了一声,声音嘶哑,还带着痰音。

马特杰克伸出手,踮起脚尖,用指尖钩住那本书蓝色的书脊一拉。书跌落下来,还带出其他好几本。腾起的灰尘刺激着他的眼睛和喉咙,他咳了几声。

“你在上面干吗,小子?”响起了嘶哑的嗓音、突兀沉重的脚步声,还有楼板的嘎吱声。

马特杰克跪下来,把跳蚤马戏团和唱歌老鼠的书扔到一边,翻开蓝皮书。蓝皮书的书皮破了,还有凹痕,露出里头棕色的纸张。但封面上银色的星星、月亮和清真寺宣礼塔仍然闪闪发亮。

有东西沿着楼梯上来了。那东西散发着熏香和灰尘的味道。不是店主,而是某个可怕得多的古老东西,正发出纸张似的沙沙低语——

马特杰克双眼紧盯书本,翻开。书里的文字朝他扑来,就像在黄色纸页上爬行的黑色昆虫。

在古人的历史中,有一个故事是这么说的:从前,在印度和中国的群岛间,有个萨珊①国王。他手下有军队、卫兵、侍者、家仆,还有一大一小两个儿子……

文字旋转。纸张和字母鼓胀成黑白相间的手指,从书中探出。

积灰之物咳嗽低语。有什么东西轻拂马特杰克的肩膀,痒得厉害。他用尽力气紧紧抓住从书中伸出的手。字手锋利的边缘割破了马特杰克的手掌,他忍住疼痛。手把他拉进了面前的书中。他忽然置身于广阔的语言海洋,文字在他身边翻滚,就像——

波浪。冰冷的泡沫温柔地一推一拉,戏耍着他的赤足。温暖的夕阳悬在空中,白沙沙滩就像一弯微笑。

"有那么一会儿,我还以为你来不了了。"偷儿开口。他温暖的手掌紧握着马特杰克的手。他是个小个子男人,穿着白衬衫和沙滩短裤,眼睛藏在太阳镜后面,太阳镜和夜之书是一样的蓝色。

偷儿在沙地上铺了块毛巾,旁边是废弃的遮阳伞和沙滩椅。两人并肩坐着,望着夕阳缓缓沉入大海。

"这儿我常来。"马特杰克说,"嗯,曾经。"

"我知道。这就是我从你记忆中拿来的。"偷儿回答。

忽然,许多个周六下午的回忆填满了空荡荡的沙滩。马特杰克和父亲从技术集市归来,把战利品铺在沙滩上,在水中测试小小的水栖无人机;或者就坐在沙滩上,观看来往的渡船和喷气式滑水板。但现在,虽然脚趾间夹着柔软的沙子,皮肤上带着太阳、汗水和盐的味道,沙滩远处还有嶙峋的红色岩石,他总觉得有什么不对。这地方不全是他记忆中的样子。

"是你偷来的。"马特杰克说。

"反正你也不怎么需要这段记忆嘛。而且,我觉得你会喜欢这儿。"

---

①此处及上文所提的印度、中国的位置是作者的杜撰,并非真实的地理位置。

"还不错。"马特杰克回答,"但有些细节不对。"

"该怪你的记忆,不怪我。"

这话让马特杰克心中不安。"你看起来也不一样了。"他岔开话题。

"所以人家才抓不到我。"偷儿回答。他摘下太阳镜,放进胸袋。他的确有些变化。不过马特杰克敢发誓,他那厚厚的眼皮,那对眉毛,还有轻扯的嘴角,仍跟从前一样。

"你还没告诉我,上次人家是怎么抓到你的。"马特杰克说,"你只说了监狱,还有米耶里怎么把你弄出来,带你去火星寻找记忆,好让你替她的老板偷样东西。如果成功,她就放你走。"

"接下来呢?"偷儿微笑。他时常露出这种微笑,仿佛听到了一个只有他自己能懂的笑话。

"你找到了记忆。但那地方还有个你,想夺走这些记忆。你把他骗进了监狱,只带了一个装着神祇的盒子逃了出来,外加一段告诉你该去地球的记忆。"

"你记性真好。"

马特杰克突然涌上一阵怒意,太阳穴突突直跳。

"别取笑我。我不喜欢被人取笑。再说你根本不是人,只是我编出来的东西。"

"你不是上过学吗? 人家没教过你编造的东西有多重要吗?"

马特杰克嗤之以鼻,"只对契特拉古波塔①才重要。而共同盛业②是现实,是真实。死亡是真实,敌人也是真实。"

"看得出,你学得也很快。既然这样,你来这儿做什么?"

---

①本义是印度教神祇,掌管人的善恶记录。在本书中,这是索伯诺斯特始祖之一的名字。

②索伯诺斯特的终极理想:建立一个拥有全新物理原则的新宇宙,人类在其中能复活死者、实现永生。

马特杰克气得站起来,朝大海走了几步,"小心我告发你。我可以告诉其他陈①,说你在这儿。他们会把你清除出去。"

"他们得先想办法逮住我。"偷儿回答。

马特杰克转过身。偷儿正看着他,在阳光下眯缝着眼睛,头歪着,咧嘴笑着。

"跟我说说你上次是怎么被逮住的。"马特杰克说。

"拿出请求的态度来。"

马特杰克想跟偷儿讲,他不过是自己的一段臆想,自己根本不必放低姿态请求。但偷儿身上那兴高采烈的劲儿,让马特杰克想起了妈妈从前在花园里摆放的小佛像。于是,他咽下涌到嘴边的话,深深吸口气,慢慢走了回去,坐在毛巾上,双手抱住膝盖。

"好吧。"他说,"拜托你告诉我,你上次是怎么被逮住的。"

"这就好多了。"偷儿说。此时,太阳只剩下地平线上的一丝金色,但偷儿还是戴上了太阳镜。落日铺在海中,就像流动的水彩。"嗯,这是个抵抗死亡的故事。你、我,所有人都一样——所有的故事,都是跟死亡抗争的故事。有人教过你这个吗?"

马特杰克不耐烦地看了他一眼。偷儿朝后一靠,对他咧嘴一笑。

"故事的开头是这样的。"他说,"猎手来找我那天,我正忙着杀薛定谔盒子里的幽灵猫。"

两人的四周,梦境拟境开始用落日、沙滩和海水描绘偷儿讲出的故事。

---

①这里的陈只是"原型"的一个拷贝,原型有许许多多拷贝,即下文的魂灵儿。"其他陈"指的是其他拷贝。

一 窃贼和匣子

猎手来找我那天，我正忙着杀薛定谔匣子里的幽灵猫。

我手指里延伸出 Q 粒子卷曲的细丝，就像特斯拉线圈冒出的火花，伸进飘浮在舱室中央的小漆盒里。盒子后面是曲度平缓的墙，墙上显示着太空高速通道。宇宙飞船和思想束在这些通道穿梭来往，就像有人在黑暗中刷了一条闪闪星河。我们的飞船"培蝴宁"正沿着太阳系引力主干道的一条分支，从火星驶向地球。但今天，我对壮丽的景色视而不见，眼中只有那小小的黑匣子，其大小只够放一只结婚戒指，或者一位神祇的意识——或者，通向我自由之门的钥匙。

我舔舔嘴唇上的汗珠，视野中铺着蜘蛛网似的量子协议图表。"培蝴宁"的数学魂灵儿[1]在我脑中喃喃低语。鉴于我只有纯人类的感官和头脑，他们把问题转译成了一件寄木细工[2]盒子。我要做的，就是打开这个日式机关匣。量子协议化作了这件镶嵌木盒的质感、疤痕和纹路。木头里藏着压力点，就像绷紧的肌肉。滑动部件仿佛咧嘴的微笑。我得找出正确的顺序，才能打开匣子。

①源自果戈理所著《死魂灵》，指一个人的全部意识的复制品，也就是一个人肉体之外的所有部分。索伯诺斯特人有各种各样的魂灵儿，用途不一。
②使用各种天然木材进行精细拼接的日本手工。

麻烦的是,不能打开太早。木纹中藏着无数量子比特,每个都是"0"和"1"的叠加,每一步操作都是量子逻辑运算,由魂灵儿装置在船翼中的多组激光和干涉仪完成。这一切的最终目的是完成古人所谓量子进程的断层成像:看看匣子对我们小心施加的探查状态有何反应。动作一定要轻柔,就像从锁眼里伸进铁丝撬锁。其难度恰如一边不停地抛接几个八面体魔方,一边还要想办法把魔方复原。

我每掉落一个魔方,上帝就杀掉几十亿只小猫咪。

魂灵儿点亮图表的一部分——纠缠成一团的红线。我马上看出与之相连的另一部分。只要转转这个箭头和那个状态,再用上阿达马门[1],然后测量——

虚拟的木头在我手中发出吱吱声,咔嗒一响。

"芝麻,开门吧。"我轻声说。

佐酷长老德雷斯朵话挺多。逗他告诉我什么是匣子(当然不能让他知道我二十年前从佐酷人那儿偷了一个),不算什么难事。

想象出一只盒子,他说,再放只猫进去。一同放进去的还有部死亡机器:一瓶毒药(比如氰化物),连着一个带锤子的装置,还有放射性元素的单个原子。接下来的一个小时,原子可能衰变,也可能不衰变。衰变了,锤子就会击下,打碎瓶子;反之则不会。因此,在这一小时内,这只猫既是活的,又是死的。

量子力学声称:盒子里不是一只状态明确的猫,而是只幽灵猫,是活猫和死猫的叠加状态。这种状态一直保持到我们掀开盒子往里看为止。观测会让系统坍缩成两种状态之一——这就是薛定谔的假想实验。

———————
[1] 也称阿达马变换,是量子算法的基础。

　　自然,他大错特错了。猫是一种宏观系统,不需要神奇的观察者的神秘干涉来决定它的死活。让猫坍缩成某种宏观状态的,是它跟宇宙其余部分的互动——也就是被称为退相干[①]的现象。但在微观世界,对量子比特——即"0"和"1"的量子力学等价物——来说,薛定谔的猫是真实存在的。

　　匣子里装着几万亿只幽灵猫。活猫的各种状态构成了编码信息。这些信息可以是某个意识,甚至是活着的、正在思考的意识。匣子的量子比特已经转到虚无与存在之间的混沌状态,其中的意识什么都不会注意到—— 一系列量子门允许它继续思考、感受和做梦。只要它待在里头,就一切安好。不过,要是它想逃出来,一旦它跟周围环境开始互动——整个宇宙就会朝它砸下来,就像一吨砖头,让它坍缩成虚无。坏猫咪,死猫咪。

　　"那你们会把什么东西放进这种匣子里呢?"我问德雷斯朵。

　　"非常、非常危险的东西。"他回答。

　　此前一周,我们为匣子创建了一幅量子比特地图。此时,地图的一部分亮了起来,就像城市夜晚亮起灯火。我能感觉到一个结快要解开了。工作的时候,每当在某把锁、某个安保系统,或者某个诈骗对象的脑袋里找到漏洞,我都会有这种感觉。匣子上的木条在我手中滑动。魂灵儿们计算着希尔伯特空间[②]运算符的谱序列,感到无上极乐的冲击,唱起歌来。亮光在地图上蔓延,盖子不易察觉地动了动——

　　又啪地关上。又一个寄存器彻底死掉。协议网络缠成死结。测量的结果只有死亡。我又毁掉了匣子的一部分内容。

――――――――――
①量子系统状态间相互干涉的性质随着时间逐步丧失。

②欧几里得空间的扩展,将二维或三维中的矢量几何与微积分扩展到n维空间。

我骂着娘,把那该死的东西扔到舱室另一头。Q粒子细丝从我手指处扯离消失。匣子从星河墙上弹开,在空中翻滚。

在我脑中响了数日的那句话又来了。

我不是赌王若昂。

一只小小的白蝴蝶灵巧地停到匣子上,止住了匣子的翻滚。蝴蝶扇扇翅膀。

"在你砸东西之前,"飞船用温和甜美的女声说道,"我想提醒你,这全是你自己弄出来的。"

飞船说得对。这全是我自己弄出来的。确切地说,是早先的我——原版赌王若昂,传说中的偷儿和意识窃贼,十全十美的好人——弄出来的。这家伙什么都没给我留下,除了几段记忆、几个宿敌、一份牢狱判决——还有匣子里那东西。

"你可真是一针见血。"

"你已经连续工作三天了,若昂。暂时放放手吧。"

"没时间了。你说过这东西正在退相干①。"疲惫就像眼睛里的沙子,用刺痛提醒我,自己并不像表面看起来这么自由。我再三向"培蝴宁"的船长米耶里保证:在我和她被迫成为搭档期间,尽管我屡次企图逃跑,但那完全是误会。我已经下定决心要向她以及她难以捉摸的索伯诺斯特②雇主偿还人情债,绝无虚假。可惜,她仍然顽固地拒绝授予我操控自己索伯诺斯特躯体的根权限,只给我严格的基准人类操作参数。

我不能放弃。飞船首次检查匣子的时候就发现,里头的量子信息短命得很,只消再过几天,猫咪们就会寿终正寝。"匣子的设计者好像故意引入了时间限制,就像游戏。""培蝴宁"说。

①量子力学术语,指量子相干性衰减。
②人类意识上载的集合体。

"你说过,这是佐酷的设计。还能有什么指望。"佐酷人有很多分支,但全都痴迷于游戏。索伯诺斯特人于此也不遑多让。一想起索伯诺斯特的困境监狱,还有里头的死亡游戏,我就浑身发抖。更别提里头的怪物犯人了——终极背叛者,长着我自己的脸,却把子弹射进我的脑袋。米耶里的老板把我弄了出来;不管她想让我干什么,都比蹲在那座监狱里强。

"我不知道该指望什么。你和米耶里都不告诉我里面有什么,也不说这跟我们的目的地有什么关系。顺便提一句,我可不怎么想去那地方。""培蝴宁"抱怨道。

"地球没那么糟糕。"我说。

"大崩溃①后你去过那儿?"

"我不知道自己去没去过,但我知道我们现在非去那儿不可。"我摊摊手,"你瞧,我只负责偷东西,按酬付劳。要是你对整个计划有什么不满,该对米耶里说。"

"她现在心情不好,我不敢说。"蝴蝶化身在我脑袋周围盘旋,"也许你该找她谈谈,谈谈整个计划。"

这些天米耶里一直举止反常。她向来安静,哪怕在心情最好的时候,也成不了派对的中心。不过,自从我们驶离火星,在这漫长的几周时间里,她比平常更加少言寡语,大多数时间都待在驾驶室或者主舱里冥想。

"这个嘛,"我回答,"这主意听起来糟糕透顶。我一直都是她在这个世界上最讨厌的谈话对象。"这飞船说什么蠢话呢。

"那可不一定。"

"好吧。我打开这东西以后就去。"我朝匣子皱皱眉。飞船的蝴

---

①指地球上的量子经济全面崩溃之后,佐酷人离开地球,反对意识脱离肉体上传的运动彻底失败。

蝶化身停到我的鼻子上,害得我猛皱眉头,最后只能挥手把它赶走。

"我觉得你是在故意转移注意力。"飞船说,"你是不是有事瞒着我?"

"没。我的事你全知道。"我叹了口气,"你该干干更高级的事。心理治疗机器人四百年前就有了。"

"你怎么知道我不是其中一个?"蝴蝶化成Q粒子泡泡消失了,留下微弱的臭氧味道,"去睡会儿,若昂。"

我碰碰匣子,摸摸它温暖的木材、坚固的轮廓,拨弄一下。匣子又在空中旋转起来,速度快得让我看不清匣子边缘。转动的匣子让我昏昏欲睡。飞船说得对。思考匣子,比思考火星、城堡和女神来得容易——而只要我一闭眼,那些东西就会一股脑儿涌进脑海。

火星上的记忆城堡本该是我的。那里面有那么多房间,那么多蜡像和铜雕,那么多宝藏和佐酷珠宝。都是从钻石大脑和众神那儿偷来的。全没了。我的一生都被阿尔肯①吃掉了,阿尔肯还把它变成了一所监狱。只剩下这个匣子,还有附着其上的记忆。

我本可以伸手把那一切都拿回来,但我没有。为什么?

我不是赌王若昂。

在脑中,我沿着金子和大理石铺成的甬道行走,透过开着的门朝里张望,进入存放失窃记忆的房间。

我一度不愿再做赌王若昂。

那时候我住在火星上一个叫忘川的遗忘之地,给了自己一张新脸、一段新生活,还有一个名叫蕾梦黛的女子。我把秘密都藏了起来,连自己都不知道藏在哪里。

---

①见后文注释。

那儿有木星爆发——无论就技术还是时空而言,那都是一个奇点。火星夜晚爆发出耀眼的闪光,濒死的木星将量子之梦雨点般洒在忘川人民头上。

那儿有生死玄关,是我设计建造的,好让不死之人回忆起事物的终结。

那儿有个忘川艺术家的爱人,我从他的记忆中获得了……灵感。他被木星爆发击中,我从他脑中看到了众神之火。这种东西我非要不可。

那儿还有火星佐酷人。他们从协议战争中带来了匣子,里面关着一位索伯诺斯特始祖的魂灵儿,内太阳系的统治者之一,被囚禁的神祇。

那儿有个叫吉尔贝丁的姑娘——又是一件我不该要,却非要不可的东西。我把匣子藏在她的记忆中。我那时候一脸冰冷无情(现在想来如此陌生),告诉她自己要做普罗米修斯,诸如此类。那个家伙,他才是一脸毒蛇般微笑的女神——米耶里的主人——想要的人。

那儿的机器人花园里有个女人叫雪雪,曾是地球的意识上传者。大崩溃之前,索伯诺斯特之前,她负责把孩子们传到天上,变成不死的软件奴隶。正因为这段记忆,我现在才要回到人类的老家。我知道,这段记忆的存在是有理由的,那个幽灵世界里有我要的东西。

还有一扇门关着。

我张开眼睛。匣子仍在旋转。我确实在故意转移注意力。答案在地球上,也在我脑中上锁的房间里。

赌王若昂会怎么做?

我拿过匣子，哼了几句斯坦·盖兹①的旋律。曲面墙上随即开出一个圆形凹洞。这艘船大都由奥尔特智能珊瑚(当地人叫它"瓦奇")构成，这种物质对音乐会起反应。我看米耶里做过多次，自己也学会了。自然，这么做瞒不过飞船，但有个藏东西的地方能给我带来些许可怜的隐私感。

我把匣子放进去，盘点一下凹洞中的藏品。几件佐酷珠宝——暗琥珀色，椭圆形，鹌鹑蛋大小——那是在火星上，跟着侦探伊斯多·博特勒参加他女朋友琵可茜的轮回派对的时候，我偷来的。还有琵可茜的异境之剑，那是跟另一个我、国王若昂打斗时拿来的。

东西不多，但也是个开始。我在口袋里放进一块佐酷珠宝以求好运，锁上其余微不足道的秘密藏品，出发去找米耶里。

米耶里正在主舱里向黑神②祈祷。一开始，歌声断断续续；片刻后，墙上的雕塑开始按照她的歌声移动，扭曲成虚无之神的黑色面容。这支歌是布里汉奶奶教她的，只能在黑暗的旅程里，在暗处吟唱。米耶里渐渐沉入冥想。可是，黑神却变成了她自己的形象：众多米耶里在墙上看着她，脸都是肮脏的彗星冰色。

她不唱了，盯着这些脸。平时能够安慰她的东西都在这里了：球形蜡烛浮在空中，小小的心形火焰散发出光芒和柔和的肉桂香气，还有那支歌。但这些东西都没起作用。她心中的空虚感又回来了。

她知道自己有事要做。去地球要准备假身份，还要检索索伯诺斯特数据库中关于人类老家的资料。她的同胞，奥尔特人，也是

①爵士乐萨克斯乐手，以即兴旋律和巧妙节奏闻名。
②奥尔特人信奉的代表虚空的黑暗之神。

几百年前从地球逃出来的。她叹了口气,把自己拉到零重力家具和球形盆栽组成的舒舒服服的中轴里,享用圆形杯子装的甘草茶。

她用双手捧着智能珊瑚制成的粗糙圆杯,脑中忽然回想起制造杯子的曲调——只有几个简单的音符,小孩子也学得会。她哼唱起来,啜了一口茶。茶水涩口,甘草味混杂着苦涩。她已经忘了这东西有多难喝。这一口的味道又把她带回了柯多的清晨:百叶窗打开,小太阳的光芒照进来,把冰冻天空中成千上万的伤痕和裂纹变成闪亮眨巴的眼睛。奶奶把一个圆杯塞到她手里,用干瘪的嘴唇亲了她一口。奶奶身上干燥香甜的味道跟茶味混在一起。气泵树打开,小蜘蛛们用钻石网滑翔翼兜住清晨上升的热气流……

就连这段记忆也不再属于她了。记忆属于她的女主人,佩莱格莉妮。

放弃记忆本该不足为奇。她已经放弃了很多东西:她的肉身已经变成核聚变与死亡的容器;她的大脑经过强化,加了超脑皮质,能消除恐惧,抢在敌人之前预测他们下一步的动向,还能把世界变成矢量、力和可能性。这一切都是为了席丹。这一次,她放弃的是自身的独特性——她允许女神复制自己,制造跟她一样的魂灵儿,这些魂灵儿都会自认为是卡尔胡的女儿米耶里。

为什么她会觉得这次放弃的东西特别珍贵?

也许因为,这次不是为了席丹,而是为了偷儿。

她拂去心中习惯性涌起的怒气(一想起他的脸,她就怒上心头)。几个月来,她已经看熟了那张脸:厚厚的眼皮,明亮的眼睛,轻松的微笑,眉毛仿佛细笔勾画。有一阵子,她几乎有点儿怀念女主人曾用来连接她和偷儿的生物信号链接。链接让两人感觉相通,让她更容易弄懂他。

在火星上,他又让她唱出了歌。虽然那不过是障眼法(不管他做什么,都是为了骗人),以便背着她搞其他名堂;但通过生物链接,她感受到了歌声给他带来的欢喜。她本已忘记了什么是歌唱。

况且,事关荣誉。她不能眼看着他像个坏掉的玩具一样被佩莱格莉妮丢掉,任凭他在另一个监狱里等死。她别无选择。她摸摸缠在腿上的珠宝链。链子串起了一块块宝石,每块都是独一无二的。

她缓缓放开宝石,又开始祈祷。烛光在雕像脸上跃动,雕像慢慢变成了席丹的形象:宽宽的嘴巴,高高的颧骨,精灵古怪的傲慢微笑。

"我一直奇怪,你怎么从没向我祈祷过?"佩莱格莉妮发声,"这些神都过时了,不过是猴子脑袋里的模因①噪声。你该向我祈祷。"

零重力蜡烛勾勒出一个影子的轮廓。女神出现在米耶里的面前,双手抱臂。跟往常一样,女神仿如身处普通重力环境,赤褐色头发披散下来,穿一件白色的夏日裙装,肩膀赤裸,头发垂挂在肩膀上。

"我服侍您、服从您。"米耶里说,"但我的祈祷属于我自己。"

"怎么都行,我很大度。再说,祈祷的力量也被夸大了。"她挥挥涂着红色甲油的手,"留着你的祈祷吧。我有你的身躯、你的忠诚和你的大脑。记住你对我的承诺。"

米耶里低头致意,"我没忘记。我把您想要的东西带给您。"

"说不定我已经拿走了呢?"

米耶里嘴巴发干,胃里像塞进了一个冰冷的拳头。佩莱格莉妮大笑,就像玻璃杯相互碰撞,叮当作响。

"还没,还没呢。"她叹了口气,"你可真有趣,亲爱的。可惜呀,

①模因,携带着某种信息,以传播为目的,在诸如语言、观念、信仰、行为方式等的传递过程中起作用,与基因在生物进化过程中所起的作用类似。

没时间逗趣了。虽然还不需要你的灵魂，但我确确实实需要你的身体。我有话跟我的若昂讲。形势所迫，我其余的分身不得不采取了行动。有东西正冲着你来，你得做好准备。"

佩莱格莉妮进入米耶里的身体。米耶里就像一头扎进了冰水。舱室、烛光和女神都不见了，她进入了时空模拟视界，变成身处太空高速通道纠缠杂乱航线中的幽灵。

二 塔瓦妲和邓雅札

跟森先生做爱之前，塔瓦妲先喂他吃了葡萄。

她从膝上的碗中拿起一颗，小心剥去皮，衔在嘴唇中，亲吻着甜美湿润的果肉。咬下去的时候，精灵瓶中发出一声微弱的金属声叹息。精灵瓶连着一根细细的白色电线，跟通感器敏锐的探测器网相连。通感器就装在她的头发里。

塔瓦妲微微一笑，慢慢吃下另一颗葡萄。这一次，她把自己身体的各种感受跟葡萄的滋味相混合：丝绸长袍贴着皮肤的触感、睫毛膏的厚重质感、茉莉花香水味。她的前一个主人卡法教过她，附身十分脆弱。只有处于低语和沉默状态的肉体才能让附身维持下去。

她站起来，走向锁洞形状的窗户，步子缓慢小心——那是附身奴隶专有的精细舞步，移动的时候，视野中永远不会出现精灵瓶。她花了两小时才把绣花靠枕、镜子和矮桌摆放到狭小房间中的合适位置。

她在窗边站立片刻，让阳光温暖自己的脸颊，随后拉上柔软的窗帘。房间的色调变成了暗蜂蜜色。她走回安置于房间中央的圆形矮桌旁，在放着柔软坐垫的座位上坐下，打开桌上镶嵌着珠宝的小盒。

盒子里放着一本书。书由手工缝制而成,封面是皮革和布料。她慢慢拿出书本,让森先生充分享受这本书的质感所带来的禁忌的快感。自然,书里记载的是个真实的故事。在斯尔①这地方,唯有真实的故事才允许被讲述。这故事她早就烂熟于心,但仍一边朗读,一边看着每一个词,手指抚过粗糙的书页上的一行行字迹,之后才翻到下一页。

"从前,在斯尔住着一个年轻女子。"她开口,"那时候,索伯诺斯特才来到地球,'怒吼'也刚发生不久。这女子嫁给了一个寻宝猎人。"

木塔力棒妻子的故事

父亲让她嫁人的时候,她年纪还很小。她丈夫是个木塔力棒,外表比年纪还要老。他的第一个妻子被上了身,成了行尸,住进了亡者之城。之后,他出外长途旅行,去沙漠中的旧日天堂挖掘,为索伯诺斯特寻找魂灵儿。

因为工作,他伤痕累累:晚上会做关于野代码的噩梦,身上还有蓝宝石赘生物。两人一起睡的时候,那些锋利粗粝的蓝宝石会摩擦她的皮肤。丈夫很少跟她同床;跟所有的木塔力棒一样,他很久之前就放弃了在沙漠中活下去的欲望。只因要尽丈夫之责,才偶尔碰她。所以,尽管两人在乌泽达残片②中拥有一所漂亮的房子,她仍过着孤寂的生活。

一天,她决定要在自家房顶上建一座花园。她雇来快者③,让

①地球上最后一个人类城市,详见后文。

②地球轨道上的居住处(即后文所谓天空斯尔)坠落以后,散布在地表的残骸,后来成为高档居住区。

③详见后文。

他们飞到海边温室取来沃壤。接下来，她开始播种。她让园艺精灵制造种子，好开出各种颜色的花，长出遮阴的树。一连几天，然后是几周，她一直辛勤劳动，甚至请求身为木塔希博的姐姐用封印保护这座花园，不让野代码伤害它。入夜后，她对着花园低语，让它生长。未出嫁时，在父亲家中，她跟随精灵导师学习过阿塔魔法，因此知晓许多密名。

精灵制造的种子长得很快。当鲜花开满小园后，她会在黄昏时分长久地坐在花园中，享受花儿和泥土的芳香，还有照耀在皮肤上的阳光。

一天黄昏，一阵烈风自沙漠而来，吹过残片，经过这片小花园。风带来了一团老旧的纳米机器人，就像厚厚的浓雾降落在她的花园里。小小的机器人凝成亮晶晶的水滴，聚在树叶和花瓣上，看起来既新鲜又纯净，就像父亲放在书房瓶子里、来自天空斯尔的某种古老的功能雾滴①。

借着自己受过的教导，木塔力棒的妻子对着雾思考低语。她躺到柔软的草地上，请求雾变成情人的双手和嘴唇。

雾照办了。它在她身边旋绕，柔软冰冷的手指抚摸她的脊柱，薄雾汇成的舌头搔弄她的脖子和锁骨。

塔瓦姐停了下来，缓缓脱去身上的长袍，用低语激活她小心摆放在房间四周的镜子。森先生从前是个男人。男人看重视觉效应，必须有画面才成。这方面，从前是女人的主顾就随和得多。当然，女性主顾会有其他难以伺候的要求。

塔瓦姐躺到靠垫上，看着镜子里的自己。她偏过头，让浓密的深色发卷遮住通感器的电线，对着镜子微笑。房间里琥珀色的光

①超微型机器人，可组合成各种结构形状。

线衬托出她高高的颧骨,同时隐藏起她的缺点——她的嘴巴稍嫌太宽,不像姐姐邓雅札的娇小;她的身材也没有姐姐那么苗条。但她深色的皮肤跟姐姐一样光滑,而且因为常年在残片上攀爬,全身肌肉紧实。

她在脑中回忆着雾是如何用指尖轻抚她的胸脯,顺着肚皮下滑。她接着读道:

"雾给了她第二个吻,然后是第三个。她发现,雾不仅仅听命于她的想法,不只是她自己的手和嘴唇的延伸。雾是来自沙漠的活物,跟自己一样孤寂而饥渴。雾的卷须纠缠逗弄着她的头发。她伸出手,雾幻化出光滑温暖的曲线和平面,让她抚摸。接着,雾轻柔地把她推倒在草地上……"

她的心跳加速。这是森先生喜欢的结尾。她更加用力地抚摸自己,任由书本掉落、合上。在手指的抚弄下,身体渐渐发热,臀部隆起,贴近手指,身体在冷热交替的震颤中发抖。每到这时候,她都会想起艾克索洛托——

还没等她越过界线,带着森先生一起达到高潮,尖锐刺耳的铜质门铃响了起来,宣告有客来访。

"早上好,亲爱的塔瓦姐。"一个声音说,"有空见见你姐姐吗?"

邓雅札的时间概念一如往常,分秒不差,正掐着最不该来的时候来。

塔瓦姐跳了起来,脸因为兴奋和难堪涨得通红。她匆忙穿上袍子,松开通感器电线和精灵瓶的连接。

外头响起轻轻的脚步声。她的幽会密室设在书房旁边,穿过大厅,沿着走廊到头。

"塔瓦姐!"她姐姐清亮的声音又响了起来,"你还在睡觉吗?"

"刚才……十分细腻,亲爱的,跟从前一样。不过,快结束的时候你似乎有点……分心。"森先生用干涩的、金属般的声音说道。

"万分抱歉,"塔瓦姐从枕头底下挖出精灵瓶,"这次无须支付报酬。"她压低声音骂了一句。本来这一次,这个古老的精灵会用一个新密名来支付服务费。这个密名她已经找了很久。

"我保证,只要您有空,我会尽早安排一次新幽会。现在有个简单的家庭问题急需处理。"她拎起沉重的瓶子。瓶子内置大崩溃之前出产的珍贵的生物处理器,使精灵得以暂时出现在她的房中。瓶子本身是斯尔工匠的作品,陶器和电路的简约结合,用蓝色玻璃装饰。

"据我的经验,"精灵说,"家庭问题从来就不简单。"

"塔瓦姐!你在干吗?"

"我恐怕不得不请您离开了。"塔瓦姐说。

"当然,请伸手帮我一把。下次见。"

塔瓦姐把瓶子拎到窗口。一阵突如其来的热风吹动了窗帘,空中微光隐隐一闪,精灵消失了。她把瓶子藏到枕头后面,遮好镜子,花了点时间整理头发。

有人敲门。塔瓦姐正要按下开门标志,忽然发现她的书还躺在地上,吓得心脏漏跳一拍,赶紧把书放回盒子,啪地盖好盖子。

门开了。邓雅札带着恶作剧的微笑站在门口,一手优雅地按着挂在脖子上的卡林①瓶,指甲上的密名在深色皮肤的映衬下显得格外明亮。塔瓦姐的姐姐一身来城里散步的装扮:蓝色长袍,拖鞋,头发夹着珠子编成小辫,戴着一顶镶嵌着珠宝的帽子。一如既往,完美无瑕。

"我吵到你了吗,妹妹?"

"没错,你吵到我了。"

---

① 跟木塔希博合体的精灵伙伴。

邓雅札在靠垫上坐下，"这房间真可爱，味道也香。你刚才在……招待客人？"

她的微笑清楚地表明：我知道你在做什么，所以，你得乖乖照我说的办。

"没有。"塔瓦妲回答。

"太好了。我找你正想谈这个。"邓妮①放低声音，就像谋划秘密事件，"我想让你见个年轻人。他英俊、富有、机智——而且今天下午就有空。你说好不好？"

"我完全有能力安排自己的社交生活，姐姐。"塔瓦妲回答。她走到窗边，用力一扯，拉好窗帘。

"哦，我非常清楚这一点。所以你才会跟站街女以及不三不四的人混在一起。"

"今天下午我有工作要做。慈善工作，给人家看病。巴努·萨珊②的居民——就是你口中的站街女和不三不四的人——需要医生。"

"我想，那位年轻绅士一定有兴趣看看，你在下面那地方是怎么工作的。"

"是啊，我猜从高高的木塔希博塔里，肯定很难看到巴努·萨珊的生活。"

邓雅札眼中闪过危险的光芒，"哦，我向你保证，我们什么都看得见。"

"你在议会派对遇到某个抹香水的男孩子，就给我安排了约会。我的工作比这重要多了。谢谢你想着我，邓妮，但你真该放弃这种努力了。"她走向书房门口，希望自己的步伐够坚定。

---

①邓雅札的简称。

②贫民居住区。

"哎哟,这话我完全赞成。替你操心就像替木塔希博的鸡巴清洗野代码一样,徒劳无益。可惜,父亲不这么想。"

塔瓦姐停了下来,胃里一阵发冷。

"今早我找他谈过。我告诉他,你已经悔过,只想恢复家族名声,重新变成受人尊敬的女子。"

塔瓦姐转过身。邓妮蓝色的眼睛直直望着她,目光恳切。

"你想把我变成撒谎的人吗,妹妹?变成个讲故事的人,就像你一样?"

塔瓦姐拉紧身上的袍子,牙齿咬得格格响。讲故事的人。怪物的情人。我没这样的女儿。三年前,忏悔者①在故事宫殿找到她,并把她带回来的时候,父亲就是这么说的。

"好吧。对方是谁?"

"阿布·努瓦斯。"邓雅札回答,"要是你们成为……朋友,我想父亲会很高兴。"

"邓妮,你要惩罚我,更简单的办法有的是。父亲想从那人身上得到什么?"

邓妮叹口气,"那人是城里最富有的魂灵儿商人。你说父亲想要什么?"

"我不笨,姐姐。"而且,幽会过后,森先生这样的忏悔者精灵还会向我透露各种消息。"父亲在议会里已经得到了足够的支持,并不需要花钱购买。所以,为什么是他?为什么选在现在?"

邓雅札眯起眼睛,用手上的一枚戒指来回摩擦嘴唇,"看来,你至少还跟得上城里政治的基本动向。我想我该为此高兴。"她缓缓开口,"但是,最近形势有所变化,我们的地位……有些动摇。今天早上,一位议会成员突然死亡。是位女议员,名叫阿丽尔,来自索

---

①相当于斯尔这座城市的警察。

23

伦兹家族。你应该记得她。"

阿丽尔,父亲的座上宾,一脸严厉,黑发中夹杂着秃斑(那儿的头发被野代码吃掉了),肩上有一只青铜老鹰。小姑娘,比起当个木塔力棒,你还不如随便给哪个活人铲屎呢。看来,这就是要我约会的理由了。塔瓦妲甩掉回忆,胸中空落落,脸上却仍然无动于衷。

"我猜,"她说,"她肯定是父亲提议修改《怒吼协定》一事最坚定的支持者。她怎么死的?"

"自杀,实在太过凑巧。忏悔者认为是一起上身事件。有可能是马斯陆①干的,但迄今为止,他们并未宣称对此事负责。我们正着手调查。父亲还联系了索伯诺斯特人,赫辛库②会派人来调查。再过三天就要举行协定修正案投票了。要想赢,我们就得花钱买。阿布·努瓦斯对此一清二楚。所以,亲爱的妹妹,你得花最大力气让他高兴。"

"真想不到,父亲居然会把这么重要的任务托付给我。"托付给怪物的情人。

"努瓦斯老爷专门请求父亲准许他向你求爱。而且,据说他的口味很……不寻常。我得忙着照顾索伯诺斯特特使。无聊的保姆差事,可总得有人做。所以,恐怕只能拜托你了。"

"你正好有事,这可真巧啊。"你是他的心腹亲信,而我只是他卖给沙漠魂灵儿商人的东西。

从前可不是这样的。她记得吱吱作响的平底锅,扑面而来的香喷喷的热气,父亲将软和的手放在她肩上。来,塔瓦,尝尝,这是你自己做的。喜欢的话,再多加点墨角兰。好菜能向你讲述它们

---

①起义造反的精灵。详见下文。

②创建索伯诺斯特的始祖之一。和其他始祖一样,有无数基于"原型"的拷贝,前来调查的就是其中之一。

的故事。

"亲爱的妹妹,我这是在帮你。我们的父亲很仁慈,但他并未忘记你做过的事。这是我给你的机会,让他看看你究竟是什么样的人。"

邓妮握住塔瓦姐的手,指间的精灵戒指凉冰冰的,"而且这不只是为了你,塔瓦姐。你总提起你的巴努·萨珊,要是我们赢了,就有力量改变全斯尔人民的生活。只要你帮我。"邓妮的眼神真挚。每当她想让塔瓦姐听话的时候,都会用这种眼神。劝塔瓦姐逃走的时候,她用过这种眼神;劝她躲开精灵查艾利蒙的时候,她也用过这种眼神。

"你居然许给我美好愿景?我还以为你会威胁我呢。"塔瓦姐静静回答。

"好吧。"邓妮说,"也许有些东西是该告诉父亲。"

塔瓦姐紧闭双眼,太阳穴跳动。这是昂神的惩罚。也许我罪有应得。

也许父亲还会正眼看我。

"好吧。"她觉得浑身虚弱冰冷,"我只盼望自己够不寻常。"

"太好了!"邓妮站起来,一拍掌,身上的珠宝和精灵戒指叮当作响,"别绷着脸嘛,肯定会很有意思的!"

她上下打量塔瓦姐,皱皱眉,"不过,我们得先好好弄下你的头发。"

三 窃贼和逮捕

我犹犹豫豫地踏进主舱。要是连飞船都在担忧，那米耶里很可能心情极度恶劣。我可不想在累得要死的时候被奥尔特武士痛扁一顿。

不用找，她就飘浮在舱室正中。米耶里闭着眼，深色的杏仁形脸蛋被柔和的烛光照亮。她裹在常穿的深色托加①袍式的衣衫里，就像裹在茧里的毛毛虫。

"米耶里，我们得谈谈。"我开口。她没回应。

我拉着舱室中轴飘上去，让自己面对着米耶里。她没睁眼，连呼吸也若有若无。好极了。她肯定正处于某种奥尔特催眠当中。想想看：住在一颗中空彗星上，房子只有莓子大小，唯一的光源是人造太阳——时间一长，你肯定会产生幻觉，以为自己得到了神启。

"这事很重要。我有话跟你老板说。"也许她正处于驾驶催眠状态中。有一次，我全靠连接我俩的生物信号链接才把她叫醒——用的是一把蓝宝石匕首，生生穿过自己的手掌。我一点也不想再重复这段经历。再说生物链接也没了。我冲着她的脸打了个

———————————
①古罗马宽袍。

26

响指,又碰了碰她的肩膀。

"培蝴宁,她没事吧?"我问飞船。没有回应。

"米耶里,这不好玩。"

她笑了,笑声轻柔,就像音乐。她睁开眼睛,露出毒蛇般的微笑。

"哎呀,这可好玩了。"她回答。在我脑中,一扇监狱的门打开,又关上。不是困境监狱,而是很久之前的另一所。

也许我还是待在那儿别出来的好。"你好,约瑟芬。"

"你没给我打电话。"她说,"我好难过。"

"嗯,在火星那时候,你的时间不太够用嘛。"我回答。她的眼睛危险地眯缝起来。提醒她上次跟我过夜落得个什么结果,似乎不是步好棋——那一次,她被忘川当局扔出了火星①。

再想想,这步棋也许还不坏。

"约瑟芬·佩莱格莉妮。"我重复她的名字。这名字本该唤起我的记忆,但那些记忆也被关在监狱门后。这不奇怪。她八成仔细修改过我的记忆。作为索伯诺斯特始祖之一,她有这能力。

"看来,你想起来了。"

"你为什么不告诉我?"

"哎呀,甜心,这是为你好。"她回答,"曾经,有几百年时间,你一直躲着我。所以我现在把你的部分记忆藏了起来,免得你分心。"她摸摸左手中指,就像调整一枚戒指,"你知不知道,要是你只顾躲着命运,会怎么样?"

"会怎么样?"

---

①这部分情节详见《量子窃贼》。概括来说,当时女神佩莱格莉妮占据了米耶里的身体,以游客身份到访火星城市忘川,与若昂共度良宵,之后命时被若昂偷光(命时可以理解为能在火星生存的时间)。失去了命时的女神,跟普通游客一样,被火星当局弹回了宇宙。

她凑近一点。

"你会失去自我，变成可悲的小贼，一只贼喜鹊，只会追逐闪亮的东西。只有我才能帮你变得更强大。"她摸摸我的脸。她的手光滑冰冷。

"我给了你机会，去把从前的自己偷回来。你失败了。你现在仍旧是困境监狱里那个可悲的小东西，一无是处，只知道枪和游戏。我以为你有潜力变成更了不起的人。我错了。"她的眼神严厉，"你不是赌王若昂。"

这话很刺耳，但我忍了。她说话的声调柔和，但眼中有一丝真实的愤怒。好。

我拂开她的手。

"那我们正好一对儿。"我回答，"因为在我看来，你也不是约瑟芬·佩莱格莉妮。你只是个魂灵儿罢了，顶多来自比较早的分支，肯定不是原型。你不过是个低级始祖幽灵，跟我这个小流氓打交道。我要跟原型说话。"

"你凭什么配得到这种待遇？"她问。

"因为你需要我去马特杰克·陈那儿偷一段木星爆发的片段。我知道该怎么办。但你得开个更优厚的条件。"

她大笑，"噢，若昂。上一次你就失败了。而且那时候的你有从佐酷人和我们那儿偷来的认知建筑，还有太阳挖掘厂生产的机器，以及完美的伪装。即便如此，你跟他——众龙之父——比起来，仍然像个孩子。就凭现在的你，居然告诉我你知道该怎么办？哎呀呀，我的甜心，我的小王子，你真是太滑稽了。"

"眼睁睁看着其他始祖吞掉你肯定更滑稽。瓦西列夫和赫辛库都是你的对头，对不对？他们向来不喜欢你。你需要武器对付他们，所以才把我弄出来。"

她的眼睛就像两颗碧绿的珍珠,冰冷严厉。我深深呼吸。差不多了。我必须记住,她能读我的思想,至少是表层意识。有办法把表层意识搞乱。联想画面:珍珠、行星、眼睛、老虎。她皱皱眉。得让她分心。

"我真想知道,要是我那时候真像你说的这么厉害,他们是怎么抓住我的。"我开口,"你会不会在其中掺了一脚,亲爱的?"

她从我面前站起来,嘴巴抿成一条直线,胸膛起伏。她展开米耶里的翅膀。翅膀在烛光下颤抖,就像巨大的火焰。

"也许我是一直躲着你。"我说,"但每当你绝望的时候,总有办法抓住我。"

"绝望?"她从齿缝里挤出声音来,"你这小王八蛋。"

她抓住我的头用力挤压。我觉得自己的脑袋就像寄木细工盒子,马上就要爆开。她把我拉起来,让我的脸贴近她的脸。她的呼吸温暖,有股甘草味。"我这就让你瞧瞧什么叫绝望。"

"别。"太好了。

她的眼睛从浅绿色慢慢变亮,最后亮得就像直视着太阳。世界褪成白色,我的脸夹在她的指间,就像蜡慢慢融化流动。

"他们就是这样抓住你的。"她说。

督察和赌王若昂的故事

督察在太阳的光球层抓住了兔崽子赌王若昂。

抓捕开始前,他好整以暇地仔细看了看他们——"永生号"上的始祖乘客。长着大胡子的灵魂工程师在座椅上缓缓前后摇动。佩莱格莉妮穿着白金海军服,紧紧盯着他,等待着。瓦西列夫朝后靠在椅背上,晃着玻璃杯中金色的酒。两位赫辛库莫测高深。陈安安静静地望着海。契特拉古波塔用手指在拟境结构上戳出一个个小洞,随着手指的动作,小小的闪光奇点啪的一声出现又消失。

督察对契特拉古波塔皱皱眉。"永生号"是一群电磁场的聚合体,围绕着只有针尖大小的核心智能物质块。飞船飘浮在太阳北极上空五百公里处,位于光球层温度最低处。督察花了很大力气才让拟境在飞船上运行起来。

这一次,拟境模拟的是个小餐馆。餐馆坐落于一条礁岩林立的海湾延长线上,某个小湾口内。餐桌设在高低不平的岩石上,众人四周阳光明媚,微风凉爽。玻璃杯里装着白葡萄酒,面前摆着一盘盘海鲜,香味浓郁。海面上来往的帆船索具在风中发出清脆的声响,如同即兴演奏的音乐。太阳系仪横亘于天空,提示他们身在何处。太阳系仪镶嵌着珠宝,体积比云团甚至世界更大,背景便是太阳白炽的边缘轮廓。这地方是许多现实拼凑起来的,取材于各位始祖的记忆。这是恰如其分的礼仪,向始祖们表示尊敬,也能让始祖们达成一致意见。至少理论上如此。

瓦西列夫第一个开口。

"我们在这儿干什么?"他问,"我们已经回答了你所有的问题。"

督察的手指摸索着脸颊上沟沟坎坎的疤痕组织。手指的触碰唤醒了始终潜伏在身体里的钝痛。痛,不是因为疤痕尚未愈合,而是因为这种疼痛已经成了他身体的一部分。这是对原型的尊敬。

好。他心想。能在有痛感的拟境里跟他们面谈是好事。他们是固伯尼亚①深处分支上的魂灵儿,已经习惯了抽象,常会忘记外头还有物质世界——生猛、疼痛、曲折、混乱的世界,就像苹果里藏

---

①"固伯尼亚"这一概念有着多重含意。它既是行星大小的人造钻石大脑,又是索伯诺斯特的终极武器、始祖的根据地和旗舰。固伯尼亚中有"深时",其中的时间流速比正常时间快得多,所以会进化出无法想象的魂灵儿,还有可怕的"龙"。

着剃刀片。

"你们中有一个是赌王若昂。"他告诉他们,"你们中有一个是来偷东西的。"

始祖们惊呆了,默默望着他。契特拉古波塔咯咯笑起来。工程师盯着盘子里紫色的章鱼。佩莱格莉妮抛给督察一个微笑。他感到胸中一阵奇怪的暖意。这是他事先没料到的。高仿真度拟境和附身既有优点也有缺点。他忍着没回她微笑。

"那些我一点儿也不明白。"他朝上指指。

天空中满是"永生号"这样的区船①发出的中微子闪光,足足有几百万艘,各自沿着精密的轨道行驶。轨迹相互交织,就像挂毯上的丝线。更远的地方,固伯尼亚的歌声隆隆作响。这个固伯尼亚是一颗行星大小的人造大脑,在水星的阴影里看护着自己的孩子们,不断进行协调、引导、筹划。

太阳仿佛系着一条光点组成的腰带——那是挖掘太阳的机器泵出聚变深处的重元素,喂给静止轨道上的智能物质工厂。无数等离子态的建筑魂灵儿搅拌着日冕,从无序之中制造出一个个有序的区块,作为太阳激光的发射媒介。

"但我知道这是为了共同盛业。我们的兄弟,工程师②,向我解释过线性理论、量子引力散逸、普朗克锁,以及上帝不是赌徒而是解码员。这些我都不在乎。我要对付的是更简单的东西。你们都知道是什么。"

这话有些不实。他当然知道会发生什么事。不过,让他们把他看作没文化的粗人,对他有好处。太阳激光会聚焦在一个聚合点上,直到集中的能量撕开时空结构,产生奇点。奇点会吃掉太阳

①这里的"区"以及后文的"州",原文均为俄文,指不同大小的行政区。本书将这些区域概念扩大到宇宙级别。

②指上文中的灵魂工程师,索伯诺斯特始祖之一。

挖掘系统在太阳极点上搅起的粒子流,还有无数魂灵儿。这些魂灵儿的思维会编码成线性状态,进入黑洞的事件视界①。十七个黑洞会抓住太阳长长的等离子尾巴,把这些尾巴像橘子皮一样合拢。上帝多指的手攥成拳头。剧烈的霍金衰变会把相当于几个地球的质量变成能量。

还有,在这地狱般的场景中,会有答案。有人想偷这个答案。

"那么,那个传说中的生物在哪儿?"瓦西列夫问,"这简直是发疯。我们已经在这个实验框架里待了整整九秒了。这么华丽的拟境,真是浪费循环。在外头,我们的兄弟姐妹②正为最盛大的伟业做准备。而我们在干什么?捕捉并不存在的影子。"他看看佩莱格莉妮,"但这位佩莱格莉妮姐妹却说,我们应该为那只猴子付出这份精力,跟着它折腾。"

督察把大手放在桌子上,站起身来。他的动作太快,块头太大,弄得桌上的玻璃杯叮当作响。

"瓦西列夫兄弟该好好想想自己说的话。"他轻声道。很快,他就得想办法对付瓦西列夫,说不定还有赫辛库。赫辛库有两个,一个年老,一个年轻。一个用的是来自深时③的复杂难懂的化身——蓝色多角身体,树林一样的肢体,嵌着一张赫辛库的脸。另一个是不起眼的年轻女人,穿着朴素的灰制服。督察几乎敢肯定,派核心吸血鬼到飞船图书馆来杀他的,就是这两个赫辛库。

"佩莱格莉妮姐妹在数学魂灵儿当中发现了异常。"督察说,

---

①在非常巨大的引力影响下,黑洞附近的逃逸速度大于光速,使得任何光线皆不可能从视界内部逃脱。根据广义相对论,在远离视界的外部观察者眼中,任何从视界外部接近视界的物件,其影像会经历无止境逐渐增强的红移。简单来说,进入黑洞事件视界的物体便无法真正看见,只能看见其永恒的残像。

②指原型的其他拷贝。

③固伯尼亚深处的时间,比客观时间流速快得多。

"所以她把我从图书馆里叫来调查,同时切断跟舰队的联络。这么做是对的。我在拟境和魂灵儿记忆里发现了蛛丝马迹。赌王若昂就在这儿。"

他用眼角瞟瞟陈,想看看他作何反应。这位灰发的始祖是唯一一个没望着督察的人。他的眼睛盯着天空,嘴唇上带着顽皮的微笑。

年老的赫辛库站了起来。

"你说的生物只是个传说。"她开口,"在我们的祖先模拟中,他不过是个故事,一个吓唬小孩的怪物。"

她非常古老。本能的"晓"让督察一时觉得自己像个孩子。这种"晓"是一种内置的本能,让他对比自己更接近原型的魂灵儿生出敬意。但督察是索伯诺斯特之剑,他的超我迅速改写了他的思想。他仍然坚定不移。他知道自己的目标是正义的。

"这位姐妹的意思是,原型的记忆有缺陷?"他咬紧牙,用超我镇定自若的语气说道。

"不是有缺陷,"她回答,"而是……太遥远。"

"我们这是浪费时间。"瓦西列夫说,"如果有异常,如果飞船被感染,佩莱格莉妮姐妹就该自毁,让我们的死亡为盛业做出贡献。不过嘛,她一直过分喜爱自身的连续性,不愿意做该做的事。"

督察微笑,"我的调查很彻底。看起来,瓦西列夫兄弟和赫辛库姐妹对实验中测试用的魂灵儿的平衡动了手脚。不过,我并不想对他们提出指控。我只是来抓捕赌王若昂的。"

瓦西列夫瞪着他,"竟有如此恬不知耻的指控……"

"够了。"陈开腔。四周忽然静了下来。陈是船上唯一不是专为这次实验而分支出来的魂灵儿。他是第四代魂灵儿,与康威天使战斗的那个分支。这样的人物说话时,就连超我也无法平息督察体内汹涌的晓。

"我们的兄弟尽忠职守。要是有人对他的建议抱有疑问,那必定只是出于希望共同盛业顺利进行的愿望,而不是其他动机。我说得对吗? 如果只是身份问题,那么答案很简单。原型们,凭着他们的智慧,已经为我们提供了向世界表明身份的办法。"

陈朝众人转过脸来,脸上洋溢着幸福圣洁的微笑,"让我们拿出自己的始祖代码,然后祈祷。"

督察深吸一口气。他知道这一步迟早要来,但仍然十分不愿拿出自己的代码。代码会让始祖获得根权限,让他们有权更改天穹——凌驾于所有拟境之上的管理层——内部的超律。代码源自密码,没错——就像核武器源自燧石斧一样。代码不仅仅是一串字符,而是一个意识状态,一个决定性的时刻,是最本质的自我。督察的代码并不体面。

尽管如此,众人站起身的时候,他仍然朝瓦西列夫咧嘴一笑。那位金发的魂灵儿从玻璃杯中喝了一口酒,接着把酒杯放回桌上。有几滴酒液洒了出来。他的手在抖。我可真希望这家伙就是窃贼。

"来吧,"陈说,"我们一同开始,就像兄弟姐妹一样。"他闭上眼睛,脸上露出受福的表情,就像看到了无法言喻的美丽。众人四周,拟境开始消散,被天穹吸收进白茫茫的虚无,就像瓦西列夫的酒渗入白棉桌布。

其余始祖一个个照办。契特拉古波塔一脸圣洁;佩莱格莉妮一脸恐惧;工程师的眉头因为奋力集中注意力而皱起;赫辛库平淡无奇的面容上显出惊异与敬畏,变得美丽起来;瓦西列夫一脸苍白,满头大汗,他给了督察最后一个充满憎恨的眼神,接着闭上了眼睛。

轮到督察了。

在天穹中,闭上眼睛看到的不是黑暗,而是雪白。雪白的背景之上,始祖们变成了鲜明的剪影。督察不情愿地碰了碰自己的代码。被碰到的代码疼痛起来,就像脸上的疤痕,只不过厉害一百倍,就像尚未愈合的深深伤口,就像发臭流脓的褥疮——

——枪声让他惊起,褥疮绽裂开来。他姐姐躺在他身边,双眼圆睁,苍蝇在眼睛四周爬动。他扯掉头皮里的电线。刺啦一声,电击般的剧疼。血从他脸上流下。他碰碰她的前额。她的皮肤很软,黏糊糊的。

他把代码扔给天穹,巴不得马上摆脱它。贪婪的雪白马上接了过去,一口吞下。突然间,白色变成了镜子,映出他的六个倒影。

他碰碰脸上的伤疤,发现其余六个也做了同样的动作。脸上的伤疤已经消失,脸颊平滑。他在镜中的形象是个年轻人,头发像煤一样黑,眉毛就像铅笔勾画。下陷的太阳穴,厚厚的眼皮。他们穿着白衬衫和天鹅绒外套,打扮得就像要去赴宴。六人掸掸外套翻领上看不见的灰尘,互相望望,眨眨眼睛,仿佛刚从睡梦中醒来。

督察望着镜中倒影的时候,体内响起清脆的咔嚓声。另一个自我出现,就像蛋中孵出小鸟。我看着镜中其余六个自己眼中的迷惑,微微一笑。我们一同甩掉了披挂在身上的那套沉重的督察外壳。[1]

在我身边,陈开始鼓掌。

"妙极了!"他像个兴奋的孩子一样大笑着,"妙极了!"

我们一同转头看着他。只有他毫无变化,还是天穹白色背景上的小小灰色人影。有点不对。在这个我们设下的拟境圈套中,

---

[1]此处的意思是,赌王若昂假扮成负责追捕自己的督察,诱使其他始祖泄露了各自的代码。这种改扮是如此逼真,连他自己的内心意识都认同了督察这个身份。但包括他在内的所有人亮出代码的时候,他的真实身份也随之暴露。

我没找到他的代码。

陈擦擦眼睛,脸又变成了严肃的面具。这时候,我已经摆脱了索伯诺斯特伪装,不再受到晓的影响,直视他变得容易起来。他是个结实的矮个子亚洲人,一头灰发参差不齐,赤着脚,穿着僧人似的长袍。脸虽然年轻,眼睛却是老人。

"模仿天穹的拟境,"他说,"我本以为这不可能。你这么大费周折,只为我——只为偷我的代码。这比演戏还要好看,太有意思了。"

我们六个同时鞠了一躬。"您肯定能明白我是怎么干的。"我们齐声道。我从其余自己的眼睛中读到:得找个办法逃出去。但四周的拟境封得紧紧的,就像个瓶子。

"当然。"他上下打量着我们,手背在背后,"我还记得你一百年前首次闯进太阳挖掘工厂的事。这回你玩的也是老一套:利用编译器后门。这是基础无意识窃密术。我唯一不明白的是,你从哪儿弄来我这位老朋友的代码。是约瑟芬给你的?那我可得跟她谈谈。"

我的确为此自豪:切入受到最高信任的计算平台,在太阳工厂编译"永生"和其姐妹飞船约四分钟(实验参考框架时间)之前,往它们的硬件里加了几样精心选择的东西。

自然,我也留了一条后路。

"绅士从不出卖别人。经典之所以为经典,自有道理。"我们回答。这时,我们已开始分开行动,和声中出现了一丝不和谐。

有了。拟境像瓶子一样封得紧紧的,但他遗漏了我在天穹留下的一个后门。只要他继续分心说话就行。

"一点不错。背叛就是其中的经典之一,对不对?而且是最古老的经典。"他撇了撇嘴角,"你本不该信任她。"

我没信任她。但我们只是耸了耸肩。

"干我这行就是赌博。"我们朝白色虚空指了指,"不过,你也在赌博。这一切,这个实验,不过是为了吸引别人的注意力,对不对?你根本不需要。你已经得到了卡米纳里珠宝,那是打开普朗克锁的钥匙。"

他扬起眉毛,"难道你觉得,还有人比我更配拥有这样的宝物?"

我们大笑。"恕我冒昧,马特杰克,"我们说,"你真该把珠宝啊、锁啊、钥匙啊这些东西留给专业人士。"

"冒昧。明白了。"他双手抱臂,"你把这一切都看作游戏。你还记得我们第一次见面吗?那时候我就跟你说过,对我来讲,这不是游戏。"

那不是我们第一次见面。幸好你不记得了。

"那为什么,"我们问,"赢的总是我?"

我们其中一个——我分不清是哪个——激活了逃跑协定。其余的我开始自毁。白色拟境中响起一大片噪音。容纳我意识的软件外壳把意识吐出来,变成思想束,从"永生号"发射到其他区船上。

在索伯诺斯特通信网中,我从一个节点跳到另一个节点,分裂,融合,派出部分分身敢死队。陈无情地追逐着我,紧咬不放。不过不要紧,只要再过几毫秒,我就能到达逃生船——由佐酷大炮族人建造的美丽的"勒布朗号"。船上有温暖的霍金驱动,可以立即以光速逃生——

就在这时,区船开始自毁。他们炸毁了我逃生路上的桥,牺牲了百千亿魂灵儿,只为把我像个病毒一样困住。光球层充满了反物质爆炸的声音。自毁像野火般蔓延。最后,只剩下我一个。

　　我想躲到天穹的处理程序中,变成一个缓慢的可逆计算。没用。他们已经找到了我。陈和工程师把我围在中间,就像小人国的人民围着格列佛,困住了我。

　　然后,灼热的隐形思维尖刀降临。

　　他们把我层层剥开。最先剥离的是超脑皮层:这一层专管变形,能把我的神经物质雕塑成不同形状。这下我僵了、死了,再也不能随心所欲改变人格。我被囚禁了。就算这样,有件事他们仍旧放不下:有东西不见了。

　　有声音向我逼问。

　　我没回答,然后死了。

　　有声音向我逼问。

　　我没回答,然后死了。

　　有声音向我逼问。

　　我没回答,然后死了。

　　最后,尖刀碰到了我很久之前在体内设下的陷阱。我所有的秘密都着了火,在我脑中燃尽。①

　　最后,我赤裸裸地躺在玻璃做的牢笼里。意识中被切走的神性还在我脑中留着疼痛幻觉。我手中有一把枪。牢笼四面墙后,各有一个人等着我。

　　合作还是背叛?②

---

①指赌王若昂销毁了自己的所有记忆。
②《量子窃贼》中的情节,囚禁赌王的困境监狱的折磨手段。

四　塔瓦妲和阿布·努瓦斯

塔瓦妲在卧室里化了一个新妆。邓妮在外面等她。

她看看镜中的自己。她为森先生创造的幻象已经消失，现在镜中是个不起眼的女人，穿着白色紧身衣，显得臀部格外肥大。不同寻常？今天没这心情。她用手指抓了抓参差不齐的头发，懒得梳理，穿上一件带风帽的短斗篷，遮住脑袋。犹豫了一会儿，她又戴上母亲留下的阿塔眼镜。不知怎么，从这两片圆形的金色镜片后面看世界，要容易一些。

她抓起行医用的包，来到宫殿的公寓楼阳台，跟邓妮一同等电梯。姐姐不满地看了一眼她的眼镜。

"眼镜跟你脸型不配。"她评论道，"母亲向来品位不佳。可怜的女人。我相信，你会用额外的魅力来弥补风度的缺乏。"

你根本不了解母亲。塔瓦妲心想，你也不了解我。

她没理会邓妮的讽刺。在屋里待了一整天后，外面的微风和下午的暖阳让她心情愉悦。

像攀缘植物探出高墙，父亲的宫殿伸开五指，探出戈麦莱残片之外——五幢原先竖直的高大建筑，因为加建了太多的空中走廊，已经变成了水平状。各种附属建筑、阳台和空中花园，把五幢建筑连在了一起。头顶高处传来精灵音乐呻吟般的微弱回声。魂灵儿商人塔克的宫殿里传来浓烈的食物香味,混杂在温暖的风中。脚下是尖尖的清真寺宣礼塔、蛇行的月台,还有常春藤般附着在戈麦莱残片上的垂直街道。远处的城市笼罩在迷雾中,就像裹着一层白色的裹尸布,唯有紫色、金色和蓝色的微光闪烁。

残片是一段圆柱体,约两公里高,是从前奥尼尔轨道殖民地的一部分。她的祖先从前就在那个殖民地居住。后来,他们的家园从天堂掉了下来。冲击力破坏了殖民地的外壳,数百万吨钻石、金属,以及大崩溃前的奇异材料像蛋壳一样变成碎片,成为耸立在地基上的五个残片。残片直直伸向失落的天空,护卫着斯尔——神秘的、受福的斯尔,地球上最后一个人类城市。

她身后响起一声咳嗽。

“请原谅我妹妹,”邓雅札开口,“她爱做白日梦。有时候我得使出强硬手段,才能让她注意到还有个现实世界。”

“在如今这个艰难时世,昂神明鉴,斯尔需要爱做梦的人。”一个低沉柔和的男性声音回应。

塔瓦妲转过身。有个男人跟她们一同站在阳台上。他身材瘦削,个子不高,比塔瓦妲还矮,皮肤苍白油腻,一脸疲惫。他穿着质地精良的袍子,黑银相间,虽然是传统的木塔力棒样式,用的却是罕见的索伯诺斯特面料,在微风中簌簌而动。男子长发飘飘,脸盘窄小,左眼是华丽的青铜精灵瓶,由一根绑住头部的皮带固定。右眼仍是人类的眼睛,碧绿明亮。

“我本人也爱做梦。”他一字一句地缓缓说道,就像背诵台词,“有时候,我觉得自己是个盲目的乞丐,在梦里才变成了这个阿布·努瓦斯。早晨享用的美酒,还有像您二位这样美丽的女郎,都是我的幻想。不过,我在您的眼睛里看到了自己的倒影——我知道,梦中绝对不会有如此丑陋可厌之物,所以,您一定是真实的。感谢昂神。"

阿布·努瓦斯吻了吻塔瓦妲的手,青铜眼睛反射着阳光。他的嘴唇冰凉干燥,蜻蜓点水般掠过她的皮肤,就像精灵痒酥酥的触碰。他的手轻轻握了握她的,很快便放开了她。

"努瓦斯大人,这是我妹妹塔瓦妲。非常感谢您愿意做她的男伴。如您所见,她实在过于热心自己的慈善事业;不然,她一定会在更为高雅的地方与您见面。"

塔瓦妲仔细打量着阿布·努瓦斯,直视他的时间长得有些不合礼仪。在她的目光下,他的微笑开始游移不定。她挺直背脊。突然,戈麦莱家族的不肖女塔瓦妲消失了。现在,她变成了艾克索洛托的情人塔瓦妲,故事宫殿的骄傲。不,姐姐,你根本不了解我。

"姐姐说笑了。"塔瓦妲低声道,"我丝毫不想变高雅。"她摘下自己的阿塔眼镜,给了阿布·努瓦斯一个微笑,还有一个与森先生分享、望着镜中的自己时才有的眼神,"不过,若您愿意陪伴我,再给我多讲些方才的美妙言语,我会十分高兴。我不知道您竟然是位诗人。"

她把手臂伸给阿布·努瓦斯。他上前一步,挽住她的手臂,挺起胸膛,"不过是三脚猫罢了,尊贵的女士。只是一个木塔力棒在沙漠中行走时,脑中偶然出现的词句。在您的美丽面前,就像苍白的影子。"

塔瓦妲乐了,又给他一个微笑,比刚才的略微温暖,"努瓦斯大人,哪怕是个盲目的乞丐,只要能说出这样的言语,我都会乐于让他陪伴左右。"

"请叫我阿布。"

邓雅札吃惊不小,瞪了塔瓦妲一眼。塔瓦妲撇撇嘴,"亲爱的姐姐,你有议会责任在身,不是吗? 想必一定极为重要。我们俩都必须尽一切力量为我们的父亲与城市效劳。"

电梯是个可以变形的笨重杂合体,就像条金属百足虫,沿着突出于残片之外的轨道向下爬行。下降带来一阵怡人的微风。一时间,阿布·努瓦斯似乎满足于挽着她的手臂,静静欣赏在脚下展开的城市。有个主意在塔瓦姐脑中慢慢成形,此时的沉默正好供她仔细盘算。你会后悔的,邓妮,你一定会后悔的。

东边是丘陵和温室,再远处是海洋。北边坐落着亡者之城,里面是一排排毫无特征的灰色建筑。塔瓦姐迅速掉开目光。

体面人居住的城市中,最显眼的便是索伯诺斯特中继站。中继站是一座巨大的钻石塔,上头布满了无数比残片还高的英雄塑像。高塔耸立在庞杂的魂灵儿市场上方,后者延伸开去,慢慢变成宽阔的街道和低矮的房屋。乌格特和乌泽达残片在街道和房屋上投下阴影。阳光映在高塔的上半部,仿佛给塔身镀了一层金。高塔一直在变化。有时缓慢,有时快得眼睛都来不及眨。新的塔尖拱起又下落,平面与雕像不停旋转。每过几秒钟,那边就有数道光芒闪过,伴随着爆裂声。那是思想束载着索伯诺斯特意识[1],向着那些内太阳系的主人在天空中建起的瓠罩发射。

"这东西让人显得多么渺小,对吗?"阿布感叹道。

阿布·努瓦斯的名气很大:魂灵儿市场大鳄,几近疯狂的投资决策。她的某些显贵的主顾在提到阿布时,虽然不屑,却也不得不表示尊敬。小个子男人更需要感觉大权在握。塔瓦姐驯顺地垂下眼睛。

---

①索伯诺斯特人是意识集合体,由思想束发射至地球,然后穿戴上地球的某个躯壳,这才能在地球行走。

"比起不死的索伯诺斯特造物，我更喜欢残片的壮丽。"她回答，"而且，野代码沙漠也给他们上了一课——面对'怒吼'，就连他们也无能为力。"

"对，嗯，"阿布说，"不过，至少刚才，我还是觉得自己十分渺小。"

另一架电梯从他们身边经过，旁边跟着一群追着电梯飞行的快者。快者是小小的类人生物，只有塔瓦妲的食指这么长，黑色的身体，振翅飞行时会发出嗡嗡声。他们喜欢搭电梯便车来到残片顶端，吸足太阳能，再搭电梯下来，收集下降的势能。他们把这些能量卖给小人族，比如夸什和米斯尔，还有居住在斯尔中部的其他几百个氏族——头脑迟钝的基准人类永远不会知道这些氏族的名字。电梯内的乘客伸手驱赶。快者轻盈地躲开挥舞的手臂，如一群苍蝇般绕着电梯盘旋。

"有时候我挺嫉妒它们。"阿布注视着这群生物，"它们生活在巨型雕像的世界，过着飞快的日子，进行飞快的战争。一日之间王朝更迭，世纪轮转。相比之下，我们的生命实在过于短暂。对不对？"

"人们还说，"塔瓦妲靠近他，"快者和精灵能享受我们无法体验的快乐。一旦人类体验到这种快乐，便很容易对肉体失去兴趣。"

"哦。"阿布的青铜眼睛转向她，像只鸟儿一样歪过头，"这是您的亲身经历吗，塔瓦妲小姐？"

最初的腼腆过去以后，阿布·努瓦斯变成了一个看不透的人。木塔力棒大都如此。借口阳光刺眼，塔瓦妲戴上自己的阿塔眼镜，观察魂灵儿商人在阴影下的光晕。他的合体精灵是条可怕的毒蛇，盘绕护卫着他的身体。想打动他的心，得迂回柔和慢慢来。

塔瓦妲的目光追随着下降的电梯，"我不过是戈麦莱家族天真无知的小姑娘罢了。"

"故事可不是这么说的。"

"故事太多,不能都信。身体窃贼就是利用故事来偷走我们的意识,所以忏悔者才会追捕它们。比起故事,我更喜欢诗歌。而你,亲爱的阿布·努瓦斯答应过多给我念些诗。虽然我能回报你的,只有黄昏时分为巴努·萨珊付出的辛苦劳作。"她碰碰阿布的手,"好在你是惯于辛劳的人。我和姐姐感激你为父亲提供的帮助。"

"小事一桩。我更希望您欣赏我的机智或者我英俊的外貌。"他自嘲地笑笑,摸摸眼睛。

傻姑娘。别忘了卡法给你上的第一课:给对方一个美梦,千万别让他们醒来。

"能被合体术士看中、跟精灵合体,这是全斯尔最大的荣耀。荣耀比美貌更重要。"塔瓦姐回答,"用那只眼睛能看到什么?"她顽皮地微笑,"有你喜欢的吗?"

"要不要一起看看?"他伸出手。

她默默摘下阿塔眼镜递过去,在刺目的阳光下不住眨眼。阿布·努瓦斯接过眼镜,把镜片翻过来朝着自己,对着它念了一个塔瓦姐没听过的密名。

"现在戴上看看。"

塔瓦姐不安地接过眼镜戴上。她眨巴着眼睛。原本,通过眼镜,她会看到一片混乱的本地阿塔——依附于现实的数字阴影。宫殿外有封印,挡住了最可怕的野代码,不让它们进入残片。即便如此,这儿的阿塔仍然充满了陈旧的时空产品临时简版①和噪音。

---

①"临时简版"是科幻作家布鲁斯·斯特林首创的科幻概念,由空间(space)和时间(time)两个词集合而成。指人类制造物的下一个阶段(此前分别是手工制品、机器制品等阶段)。到了这个时空产品阶段,人类的任何造物都是非物质化的信息集合。这里的信息,包括时间和空间两个方面,因此,在任何给定的时间或空间,其实体化呈现都只能视为该造物的一个临时简版。现在的智能手机也许可以看成时空产品临时简版的雏形。

而现在,她看到了完全不同的斯尔。

一张不停变幻的巨大蜘蛛网。索伯诺斯特中继站仍在视野中,就像位于中央的明亮星星。剩余的一切都变成了不停变换的复杂网络:交织的光束突然出现又消失;高密度光流从一边地平线延伸到另一边;突然暴起的团团光芒,就像炸窝的愤怒昆虫。注视这幅景象就像注视太阳表面,只看了一会儿,塔瓦姐就不得不闭上双眼。

"这就是我们木塔力棒和木塔希博眼中的世界。"阿布·努瓦斯说,"这就是忏悔者为我们收集的东西,斯尔的血液。这里有魂灵儿交易、索伯诺斯特技术交易、精灵劳作,甚至还有——"他压低声音,"附身交易。

"斯尔就像花园,而我们就是园丁。我们得决定在哪儿补种,在哪儿修剪,在哪儿培植,才能保持斯尔的活力。这就是我决定帮助你父亲的原因。这也是我觉得自己渺小的原因。"

塔瓦姐眨眨眼。眼前的景象消失了,恢复到平常的阿塔——人和房屋上都涂着被野代码的白噪音污损的潦草印记。她摘下眼镜。

"这么说,我带你去看看巴努·萨珊是对的。"她缓缓开口,"当我们从太高的高处往下看时,很容易觉得自己渺小。"

"你姐姐说得对,我们确实相处愉快。"阿布·努瓦斯笑着,又挽起塔瓦姐的手臂。塔瓦姐想解读他的微笑,却没得到答案。比我想的还要难。

哐啷哐啷的电梯载着他们下降到残片基座。接着,电梯发出更刺耳的噪音,变形成有轨电车,带着他们穿过阴影住宅区宽阔的街道,沿着通向大海、中继站和巴努·萨珊的狭窄水渠,一路驶向市中心。

五 窃贼和猎手

米耶里飘浮在时空模拟视界中,就像幽灵飞船上的幽灵乘客。所有智能物质之外的世界线[1]全部汇聚在这里,小到"培蝴宁"上的每一颗螺栓零件,大到覆盖太阳系的太空高速通道构造,一切都历历在目。现实、阐述和解释交叠,冰冷的物理现实纠缠在语意的蜘蛛网里。

即便不在导航状态,她也喜欢待在这里。飞船是她用语言造出来的;在这个视界,构成飞船的言辞清清楚楚。只需一个念头,她就能看透船壁,还能放大飞船的蓝宝石纳米结构。她也可以让自己变成巨人,把太阳系极端复杂的运行轨迹握在掌心。她甚至可以转过身,看看自己的身体,就像身处诡异的死后世界一样。

可惜,现在这里感觉不佳:中央舱室对她的模拟视角关闭,她像个古代人一样,被放逐到这里,禁闭在这里,只留下佩莱格莉妮在中央舱室里跟偷儿玩耍。不过,在梦幻般的模拟界,心中的反胃感还容易忍受。

"别担心,""培蝴宁"开口,"就我所知,他们这次只是在聊天。"

"我没兴趣。"米耶里回答,"况且,我们还有更重要的事得做。

①爱因斯坦于其1905年发表的论文《论动体的电动力学》中提及的概念。他将时间和空间合称为四维时空,粒子在四维时空中的运动轨迹即为世界线。

她说有东西冲我们来了。"

她仔细盘问了飞船探测阵列上的魂灵儿。这些没有身体的魂灵儿不眠不休，整日监视着飞船的幽灵成像仪、中微子探测仪和其他传感器。飞船现在正处于由索伯诺斯特建造的太空高速通道的岔路上。这条岔路是索伯诺斯特人专为思想束建造的通路。此时，除了散落在各处的佐酷路由器（那是协议战争的残留物），以及思想束的相对世界线，前后几百万公里内都毫无动静。

保险起见，米耶里仍命飞船激活藏在船壳内的索伯诺斯特技术。跟米耶里一样，飞船也是奥尔特与索伯诺斯特的古怪混合物，在水星上被重新改造过。智能珊瑚瓦奇当中埋着隐蔽武器、量子装甲、拟境装置、魂灵儿和反物质，就像琥珀里的钻石昆虫。

"我在想，""培蝴宁"又开口了。它的声音在模拟界听来跟平常不同。平时，它的声音只来自一只蝴蝶化身；在这儿，它的声音来自四面八方，甚至来自米耶里的身体内部，"你会不会告诉他，你允许佩莱格莉妮制造你的魂灵儿的事？"

"不会。"米耶里回答。

"我觉得这对他会有帮助。他并不真的了解你。"

"那是他的问题。"米耶里说。身处繁星之中，飞船（也是她的歌）之内，她感觉很安全。她想忘记偷儿，忘记佩莱格莉妮，忘记战争，忘记众神，忘记试练任务，也许还能忘了席丹。飞船干吗非得破坏这一切？

"可你难道看不出，佩莱格莉妮只是在利用你吗？承诺、誓言、苦役，这一切对我们何尝有什么好处？我们为什么——"

"够了。"米耶里喝道，"你没权利质疑她。我是她的仆人，而且永远不会背叛。别让我后悔造出你来。"在这儿，没有深长稳定的冥想呼吸和烛光引导，她的言语和怒气冲口而出，"我不是你的孩子，我是你的创造者。你根本不知道……"

就在这时，一阵微风般轻柔的中微子雨落下。有异常。

她截住话头。飞船没说话。模拟界一片静默。

米耶里再次扫描天空。合成生物种子、思想束外壳，更远处——高速通道主干道上，有一艘孤独的索伯诺斯特区船。别无他物。但她后颈的汗毛仍竖了起来。

也许我该向它道歉，她想。自从她把它的灵魂从阿利内领上来，"培蝴宁"就一直忠心耿耿地看护着她——

突然间，闪电般的亮线将模拟界劈成两半。飞船和她的言语消失在白噪音里。时空模拟视界被彻底破坏。

雷击般的力量让她回到自己的身体中。四周，"培蝴宁"警铃大作。船身上出现一道扭曲的裂口，露出黑暗和繁星。空气急速逃逸。

舱室中央有个跃动的亮点，朝四面八方散射着白光，就像发疯的灯塔。米耶里四周的盆栽树都着了火。

永远别向黑神祈祷，米耶里告诫自己。

过了很久很久，我才从被捕的记忆中回过神来。

嘴里有血。刚才我咬破了舌头，很疼。失败的滋味更疼。我唾了一口。小滴唾沫和血液飘浮在我身前，就像一串白色和暗红色的亮闪闪的珍珠。

我玩了个危险的把戏，耍了佩莱格莉妮。纯属大赢面赌徒的好运气。跟上次一样，把戏成功全因她身处米耶里的躯壳。虽然索伯诺斯特魂灵儿在拟境中像神一样全知全能，但只要他们一进入肉体，就会有点儿迷糊，容易看透，容易操纵。她给了我我最想知道的东西。记忆城堡上锁的门开了。我记起了地球，记起了迦拿的王子。虽然疼,但我脑中的计划已经成形。

就在这时,来自太空的钻石警察扑面而来。

光线扫过她的时候,米耶里手中仍捧着球形珊瑚杯。杯中的液体开始沸腾,杯子哀鸣一声裂成碎片,立刻被尖啸的真空吸走,滚烫的沸液洒出。起初,由于刚从冰冷的模拟界回来,沸液的热度几乎让她觉得舒服暖和。接着,沸液落到她身上,就像奥尔特桑拿房中最烫人的洛伊里蒸汽。

她的超脑皮层立刻做出反应。真皮下的智能物质盔甲覆盖全身,三度烫伤被计入受损数据。快时系统启动,世界随即冻结成一幅幅静止的幻灯片。

进入战斗孤独症人格。世界顿时有条不紊。

她放大眼前的画面。

白光中心是一架小小的机器,只有一毫米长,像把光滑的匕首。匕首的刀柄处伸出几片精致的花瓣。匕首的尖端如针般尖利,旁边围绕着脸型花纹。这是索伯诺斯特的产品——

刀花动了起来。即便在快时之下,这东西仍快得像只黄蜂,在"培蝴宁"的蝴蝶化身内跳着死亡之舞。光线乱射,毫无章法地扫过舱壁,留下狂草般的痕迹。接着,它冲着米耶里而来。

"培蝴宁"把一个Q粒子泡泡猛地罩在它身上,同时拉升人工原子的束缚能量。外壁如镜的球形泡泡在舱室内弹跳,发出光芒。

激光,米耶里用意识将命令传递给飞船,同时启动自己的武器。做好准备,把这东西扔出去,烧了它。她转移到匕首和偷儿中间,竖起一堵Q粒子壁,保护偷儿。此时,偷儿一动不动地飘浮在舱室中,双眼紧闭。

战术魂灵儿将分析结果传送到她的超脑皮层:这东西发出的

光线正在扫描,类似佐酷的异境之门,只不过更为冷酷极端——它不但收集信息,而且会摧毁信息源,再把信息传送给某人。光线中的热量来自高速上传带宽。

全杀了,分辨善恶的工作留给众神。

"米耶里,"飞船说,"不行了——"

泡泡破裂。那东西有如出膛子弹,直冲米耶里而来。她扣动摄魂枪,喷出一团纳米导弹浓雾。但她心里清楚,来不及了。这东西就像光亮的毒蛇,避开了纳米导弹。

利爪般的扫描光掠过米耶里的身躯。她的盔甲发疯似的工作,用各种手段对抗。她的皮肤爆裂绽开,就像小小的烟火。没用。她的小肠沸腾爆破——压力、温度,多久才能复原——接着,光芒朝着她的脑袋而来,同时左右摇摆。在摇摆的间隙,盔甲断断续续地向她报告损毁情况。

她知道,如果自己死了,会有另一个米耶里继续存活在这世上。因此,她本以为哪怕在战斗中面对生死危机,自己也会无动于衷。但此时,就算身处战斗孤独症人格,她也感到了强烈的恐惧。

她欢迎这种恐惧感。

来自虚空的匕首改换了方向,擦过她的颧骨,绕过她的身体,指向毫无防备的偷儿。超脑皮层的纳什引擎给了她三个选择,没一个合她的意。

米耶里没理会这些选项。她打开了偷儿的锁链。

眨眼间,恰恰赶在那钻石玩意儿打中我之前,我变成了神。虽然没什么大能耐,但神就是神。我顿时全知全能——构成我仿人类身体的智能物质以及构成我大脑的区计算机,其内容功能尽在掌握。

这是我第二次获得这具身体的根权限。它那钻石结构的复杂合成生物细胞、脊柱底部的聚变动力源,还有高效Q粒子发射器都让我惊叹不已。有一会儿,迷宫般的大脑让我找不着方向。我的意识在其中只占了一小部分,我一时间竟满足于在大脑内各条酷炫的通路里徜徉思考。佩莱格莉妮出于一时不慎,启发我想出的计划,就像片片紧密嵌合的马赛克拼图。我从每个角度研究这个计划,轻声哼着歌。还缺一块。

这时,我听到了佐酷珠宝的声音。佐酷珠宝渴望有人给它注入念头和愿望。我向它诉说了自己的需求。于是,它变成了拼图的最后一块,咔嗒一声就位。我身体里有个声音说这么做不对,我该为此羞愧。但拼图实在太完美了——这么美的东西哪里会有错呢,对不对?

我就像在海滩上找到漂亮石子的小男孩,高兴地哼唱起来。我愿意永远开开心心地缩在自己的意识里。

可惜,有个声音遥遥喊道,我的肉身正被烧烂烧化——面前这个催眠师挂表般来回摆动的炫目小光团,与此脱不了干系。

我开始动作。身体就像宽大笨重的机器人戏服外壳,害得我行动迟缓,远远跟不上思维的速度。白光一闪,我的左手消失:人造皮肤、骨骼和肌肉全没了。超我冷静地告知需要多久才能重新长出左手,同时拼出正活活烧死我的那个小家伙的全貌——贪婪的索伯诺斯特造物,在损毁严重的"培蝴宁"中央舱室来回穿梭,正把目标锁定在我的大脑上。

警察。不论世事如何变化,警察总是一个样。

之后的事情变得自然而然。我不擅长国际象棋。不过这游戏有一点让我着迷:棋局开始后,过一阵子,棋子之间会出现根根清晰的力线,几乎能用肉眼看见。危险之处存在真实的阻力,不让你放入棋子。那儿有汇聚成云团的可能性,还有禁止涉足的地带。

观察这钻石警察,就和观察棋局是一个样儿。突然,我体内仿佛出现了这警察的一个镜像,跟它一样目标明确,专注于唯一一个目的——

好猎手敏捷猎手善良猎手,只要你有本事找到,就有奖赏——

镜子,好主意!我在脑中对自己那具生疏的身体吼出命令。身体服从了。

燃烧的皮肤下的Q粒子层变成超级物质,制成一件隐形斗篷,覆盖我的全身。我变成了一尊水银雕塑。贪婪的白光在我身旁弯曲,绕过我的身体,击毁了陈列在舱室里、由彗星冰制成的几尊部落神塑像。那是米耶里的收藏。高速行进中的警察迷惑不已,愣了片刻,时间刚够我给"培蝴宁"发出指令——

警察身边瞬间生成一个Q粒子泡泡,就像光亮的台球,映出我扭曲的脸。突如其来的电磁场让我的皮肤微微刺痛。随后,"培蝴宁"顺着舱室主轴把入侵者弹射入太空,速度快如出膛子弹,只留下一条电离空气尾迹。

飞船的激光发射器一闪。远处亮起炫目的反物质爆炸,伽马射线和π介子流传来,害得我头疼。

咔嗒一声,我索伯诺斯特身体的锁链重新扣上。米耶里浮在我旁边,身边盘绕着细细的黑色血流,就像美杜莎的蛇发。手上剧痛袭来,我放声惨叫。

米耶里替偷儿处理伤口,飞船忙着修补船壳上的裂口。远处的火光慢慢熄灭。舱室里充满了甜腻恶心的合成肉体焦糊味,还有臭氧味。燃烧的盆栽树冒出青烟,留下灰烬。一滴甘草茶飘浮在米耶里附近,就像发臭的灰色幽灵。

"真痛。"偷儿厌恶地看看自己的残肢。身体组织正在自我修复。"那玩意儿到底是什么？造这东西的魂灵儿，它们打交道的对象肯定不是可爱的、慢吞吞的猴子人①。"

偷儿一身惨兮兮。左半边脸全毁了，上半身被烧得坑坑洼洼，就像行星表面。米耶里也好不到哪儿去。她浑身是汗，体内负责修复的纳米机器人正超负荷工作，弄得她胃里和脑袋里一跳一跳地疼。虽然除了脑袋，她身上的其余部分几乎都可以抛弃，但那些毕竟是她的一部分，她才不会让它们随便烂掉。

"不管是什么，""培蝴宁"回答，"恐怕不止这一个。这东西丢下了大量带宽，我追踪了矢量。大军还在后头——一大群不遵守高速通道协议的小东西，有几千个，都是那小兔崽子的兄弟。看起来，它们打算绕到前面拦截我们。"

"还有多久？"偷儿问道。

"一两天，要是我们拼命快跑，最多三天。""培蝴宁"说，"那些家伙速度太快。"

"该死的。"米耶里低声道，"佩莱格莉妮警告过我。我得找她谈谈。"她在脑中搜寻女神，但没有回应。

偷儿用仅剩的一只眼睛看看她。

"我猜，她打算躲到我们摆脱追兵为止。"他说，"这事儿闹大了，远在你我的能力之上。也许就连从前的我也没法子。坦白说，换作我是你，我就趁早另找份工作。接下来场面肯定难看。"

米耶里扬起了眉毛。两人此时的模样就像被玩坏的娃娃。米耶里的衣服破成条条，沾满血迹。偷儿的脸还是血肉模糊。多亏身体修复系统喷出团团白色医疗泡沫，才算盖住他身上可怕的烧伤。

---

①指基准人类。

"呃，我是说，会更加难看。"偷儿改口，完好的半边脸上的表情严肃起来，"我有话要跟你说。我知道你老板的身份，也知道她的目的。我们此行干系重大，就连始祖和原型们都注意到了。整件事都是他们之间冲突的一部分。我们就在冲突旋涡的正中央。"

"这都多亏了你。"米耶里接口。

"一针见血。"偷儿说，"那……我们赶紧逃？"

跟刀花的战斗只对飞船造成了表面损伤，"培蝴宁"已经修复完成。但米耶里知道自己飞船的能耐极限。对战斗的恐惧就像针尖，仍然刺痛着她的胃部。她紧抓着这种疼痛不放。

"不，"她回答，"我们战斗。"这也许是结束一切的好办法。明知无法取胜却仍然战斗，希望死得光荣。

偷儿不敢相信自己的耳朵。"尽管我越来越佩服你杀敌的本领，"他说，"但我却开始怀疑奥尔特学校到底教不教基础数学。那种东西，只来了一个，就差点儿把我俩都杀掉。你真觉得同时对抗几千个是个好主意？"

"这是我的飞船。"米耶里说。绕在她腿上的珠宝链仿佛热得烫人。席丹。还是让另一个我去把她带回来吧。她闭上眼睛，"我说了算。"

米耶里，"培蝴宁"耳语，那索伯诺斯特技术实在厉害，而且我在火星上已经消耗掉了大量武器。我们是挺强，但要打败它们还不行。你在干什么？

"米耶里？"偷儿道，"你还好吗？"

米耶里深深吸了口恶臭的空气，睁开双眼。偷儿正关切地望着她。"来，"他柔声道，"我们盘算盘算。总会有办法的。"

"好吧。"米耶里终于开口，"你有什么建议？"

偷儿沉默片刻。"看起来，这些东西急着想抓住我。"他说，"也许我们能利用这一点。"

"造一个你的魂灵儿,把它牺牲掉?"米耶里颇为反感。

偷儿的脸罩上阴云,"不行,这办不到。约瑟芬似乎只允许这世上存在单单一个我。肯定还有别的办法——"他完好的眼睛里闪出光芒,"对了!我真是笨蛋。就该用那招。既然警察要抓的是我,我就得变成其他人。我需要一张新面孔。"偷儿举手想挠挠自己被烧毁的脸,这才意识到手已经没有了,泄气地看着残肢。

"当然还有其他琐事要一并考虑周全。不过,我知道哪儿能找到新身份。那个匣子。如果'培蝴宁'没估计错,我们还有不到两天的时间来打开盒子。"

"我们该怎么办?"米耶里问。

"其他大事怎么办,这件事同样怎么办——烟雾加镜子,使个障眼法。"

"别玩游戏,若昂。拜托了。"

偷儿咧嘴一笑,从口袋里摸出一小块琥珀色的卵石—— 一件佐酷珠宝。

"找个佐酷路由器,你需要多久?"

六　塔瓦妲和行尸

　　巴努·萨珊这个区域位于索伯诺斯特中继站周边。这里曾是最典型不过的索伯诺斯特都市，有高大笨重的建筑、广场、雕像，还有上传神庙。"怒吼"发生后，这地方就成了空城，只留下几座物流中转站。斯尔的富人会用魂灵儿跟索伯诺斯特交换其他世界的商品，中转站接收这些商品，然后派送到富人手中。这里也是城中弱小无力的底层人民的避难所，能保护他们不受野代码的侵害。

　　塔瓦妲仔细观察阿布·努瓦斯，她本以为魂灵儿商人会鄙夷此处的肮脏和穷困；但阿布的脸上却只有超然的好奇与着迷，就连经过蜘蛛女居住的塔科特·阿卡拉哈广场时，脸色也没有改变。蜘蛛女胸部的野代码腺体能喷出蛛丝，她用蛛丝织成了一顶大帐篷。帐篷细细的蛛丝束上还挂着小小的雕像和精灵瓶，就像奇异的水果。

　　空气干燥，有微微的臭氧味，混杂着长久不洗澡的刺鼻体臭。有人在演奏音乐，影戏者在高大的柱子侧面摆弄出各种形象。咖啡馆里，脸上挂着野代码伤痕的老人在下象棋。嵌合体杂耍艺人穿着丝绸袍子，蓝宝石增强型肌肉闪闪发亮。

　　阿布停下脚步，给了某人几个索伯。这人的笼子里关着一只嵌合兽,身体形状像个胎儿,大小像狗,披着蓝色透明外壳,还有蜘蛛似的细腿。那人朝阿布鞠了好几躬,朝观众朗声言道:此兽乃快纽约①的王子,被昂神变成这般模样。还有,它懂得神圣文本。这人向嵌合兽提问,嵌合兽用腿敲击脚下的水泥地面,发出清脆的"嗒–嗒–嗒"声给出答案。塔瓦姐在阿塔中看到,兽与耍兽艺人之间有意识链相连,兽其实是人的意识的延伸。

"亲爱的阿布,请务必小心。"她开口,"我可不想看你变成我的病人。"当然,你身边无疑跟着精灵护卫,不会让你干傻事。

"我倒愿意落得这个下场。肯定有人甘愿去沙漠里冒险,只为受伤后好请你治疗。"

"我警告你哟,我的药可是很苦的。"她拍拍身上的医药装备。

阿布好奇地瞧瞧她,"你为什么干这个? 我是说,来这儿行医。"

"也许天黑前你就能看到了。你觉得巴努·萨珊怎么样?"

阿布微微一笑,"我就是在这儿长大的。"

塔瓦姐眨眨眼,"我很想听听这个故事。"

"恐怕这故事太长,午后漫步的时间又太短。这事我很少提及。我没有索伦兹、乌格特、戈麦莱或乌泽达这四大家族的背景,跟木塔希博打交道原本就够难了,哪里还经得起像这样雪上加霜。"阿布双手一摊,"不管我的木塔力棒从沙漠带回多少魂灵儿,这种情况都没法改善。"

"所以,处在你的位置,聪明人就该追求某个木塔希博家族的小女儿,哪怕这姑娘的名声……并非十全十美?"

阿布眨了一下眼睛,"我只想跟一位美丽的女士共度愉快的下午时光,不想谈这些话题。"

①指快者的城市,名为纽约。

阿布那只人类眼睛中流露出真切的悲伤。塔瓦妲差点儿对他讲了真话：他绝对不该娶一个只爱怪物的姑娘。但邓妮的微笑在她心中留下的伤口又痛了起来。*我要让父亲看看真实的我。真实的我不会让你如意，邓妮。*

塔瓦妲轻轻碰碰阿布的肩膀。

"你说得对。就让婚姻家族之类的话题都留在残片里吧，那边才是它们该待的地方。在这儿，没人在乎我们的出身。这也是我来这儿的理由之一。"

跟往常一样，塔瓦妲在某尊索伯诺斯特无脸雕像旁边摆摊行医。这尊雕像是个拿着机修工具的大胡子男人，身上盖满了缭乱的阿塔印记，还有片片野代码伤痕。

阿布看着塔瓦妲从包里取出装备。各种各样的零件，打开后形成一个个纤细的结构，就像长着细细长长腿脚的昆虫。她把零件组合成一顶帐篷，附带一张小桌子和一张床。她在桌子上摆开自己的医疗设备，还有精灵瓶。刚收拾停当，病人就来了。

病人们在帐篷门口排起队伍。塔瓦妲为他们尽力医治。大多数病例不过是最简单的缠身，很容易驱除。真正的野代码感染难治得多。幸好今天只有一例，而且不算严重。感染者是个男孩，皮肤上出现了快速移动的发光"V"字形，就像鸟儿一样互相追逐，成群行动。男孩子说这是古老的胜利标志，想留着。塔瓦妲告诫他，要是不祛除，这东西会越来越多，最终会吃掉他全部的皮肤。

她用阿塔视野仔细看了看男孩子，轻轻捧起他的脸。

"你又去沙漠了。"塔瓦妲责备道。男孩子扭动身子想挣脱，但塔瓦妲牢牢固定住他的脸，不让他动，"给我看看。"

她从皮带上取下一只精灵瓶打开，放出里面的软件生物。从阿塔视野里看去，就像一团尖锐的三角形。

"我不是告诉过你,别去那儿吗?"她说。

"男人都该有梦想,小姐,只有沙漠里才有梦想。"男孩子回答。

"我看再这样下去,你该变成个诗人了。别动。"小小的精灵开始吞食孩子额叶上的野代码。"可能有点疼。要是你被木塔力棒碰上,可就彻底废了。"

"我跑得快,他们追不上。"男孩子疼得缩了缩身子,"就像水星阿里一样快。"

"他最后不也被追上了? 没人能永远躲着欢乐毁灭者。"

"除了花儿王子,"男孩子说,"那个永生的贼。"

这天下午,有人带来了行尸。

那是一位蓝宝石杂耍艺人的妻子,一个肌肉紧实的苗条女子,卷曲的黑发,穿着索伯诺斯特制造的紧身裙子。杂耍艺人拉着她的手,她像个孩子似的跟着他,眼神空洞。

塔瓦姐安顿她在帐篷里坐下。"能告诉我你的名字吗?"她柔声问。

"婵雅。"女子回答。

"她叫玛丽。"杂耍艺人没好气地纠正。

杂耍艺人唾了一口,递给塔瓦姐一张光滑透明的薄片。"在她帐篷里找到的,"他说,"全烧了,只留了一张给你看。"

塔瓦姐扫视上面密密麻麻的文本。文字在她眼前起舞,拉她进入它们的世界。

架线工与大炮迦拿的故事

很久以前——那时候,"怒吼"尚未摇撼地球,索伯诺斯特的魔爪还没有攫住地球的土壤——斯尔城里住着个男孩子。他是架线工的儿子,子承父业。由于常年被太阳炙烤,他的后背和胸膛成了棕色。工作的时候,他身手敏捷;但每当夜晚降临,他就会跑去酒馆听寻宝猎人木塔力棒讲故事。故事里有哗哗作响的沙子、拉克[1]船,还有贪欲从人心中唤出的黑暗。男孩听着故事,双眼发光,轻轻叹息,把故事深深印入脑海。

他最喜欢的故事是失落的大炮迦拿。那是由昂神护卫的神圣处所,是一座埋藏在地底的城市,第一批上传的魂灵儿在那儿安眠,在睡眠中做梦、翻身。

"带我一起走吧。"他央求他们,"我会替你们扛行李,我会把梳沙子、寻找精灵瓶。只要你们肯让我也当个木塔力棒,我什么下贱的活都愿意做。"

可是,老木塔力棒们总是搔搔胡子,摇摇头说不行,却不告诉他理由。一天晚上,他花了一整天工作赚来的钱,给一位饱经沧桑的木塔力棒买了蜂蜜酒,总算让他开了口。

"你的渴望太多。"老人干瘪的嘴唇上挂着悲伤的微笑,"木塔力棒从来没有渴望。他们寻找东西,找到就拿走,但他们心中没有渴望。精灵和失落的迦拿在他们眼里,还比不上地上的尘土。放弃你心中的渴望吧,孩子。然后,或许有一天,你能成为木塔力棒。"

之后的日子里,男孩子白天照常干着架线的活儿(电线是精灵们的通路),背上时时刻刻都背着电线卷,压得他手臂与肩膀生疼。同时,他也会思考。酒馆的老人肯定是太累了,厌倦了皮肤上粗粝的蓝宝石,迷失在夜晚野代码带给他们的梦境中,所以才会说

---

①指拉克鸟,一种可以拖拽类似船只的沙漠运输工具。拉克棒是驱使拉克鸟的棒子。

那些话。因为，哪怕他父亲这样胸无大志的人，也懂得带他去阿卡拉哈的蜘蛛女那儿，请蜘蛛女赠予他礼物，好让他爬得更高。蜘蛛女让他的手掌与脚心长出小小的突起，能紧紧吸住墙壁。

怎么能没有渴望呢？不渴望，哪能成功，哪能比人家爬得更高？他越思考老人的话，脑中对沙漠的渴望就越灼热，灼热得像照耀着残片、炙烤着他前额的太阳。

他跟酒馆的年轻女侍上了床，向她许诺，用饥渴的黑眼睛望着她，答应给她精灵戒指，还有洒在头发上像星星一样闪亮的思维粉。于是，她成了他的同谋。她从蜘蛛女那儿弄来了药，放到一位筋疲力尽的木塔力棒的酒里，然后偷来他的封印盔甲和拉克棒，给了男孩子。就这样，黎明时分，男孩子穿戴好木塔力棒的装束，加入了在巴伯门集合的寻宝猎人队伍，朝沙漠进发。

那时候，木塔力棒们比现在更为沉默寡言。非要交谈的时候，他们就用手势代替声音。就连他们负责寻猎的精灵也沉默不语，只会像影子一样飘出瓶子，在夜晚追逐死去的梦，仿佛长着牙齿的阴风。所以，没有人对男孩子起疑。大家把他当作同伴，众人一同弓着腰长途跋涉，向拉克山进发。第一夜，众人停下来在风车树林空地休息的时候，男孩子差点儿露了馅。首领还没打开水壶，男孩子就想喝水。幸好有人瞪了他一眼，这才挽救了局面。

男孩子的梦想驱策着他不停向前。四周，野代码沙漠侧耳聆听。

蓦然间，他一直追寻的城市出现在眼前。大炮迦拿，就像堆满珠宝的美梦。可木塔力棒队伍似乎打算绕过城市继续前进。他给首领打手势，请求改变方向。老人无言摇头。于是，年轻人独自离开队伍，大步跑开，进入城市。他深信，自己是唯一一个有勇气发掘此处秘密的人。

他一个人走在空荡荡的街道上，觉得自己像个国王。街上有失落的时代遗留的精灵机器，只要一个念头，就能进入虚拟世界；还有给精灵们穿用的机器身体，比他见过的任何情爱奴隶都美。他们出声召唤他，他拿出木塔力棒工具，挖出他们的灵魂，用瓶子装起来。

这时，庄严辉煌的昂神降临。有烟囱公主、光之海怪、绿色士兵，还有花儿王子。他们对男孩子说，给我们讲个真实的故事，否则我们就取你的性命。可男孩子只知道一个真实的故事。

很久以前——那时候，"怒吼"尚未摇撼地球，索伯诺斯特的魔爪还没有攫住地球的土壤——斯尔城里住着个男孩子……

塔瓦姐转开视线。祖先们究竟是怎么活下来的？他们竟然放任幽灵钻进自己的脑袋。这些幽灵由他人制造，到处都是，随时准备附身，然后支配身体的主人按指令行事。但在这里，在斯尔，祖先们看不见摸不着的幽灵确确实实存在着，就躲在故事里。

"这一个我认得。"塔瓦姐说着，戴上阿塔眼镜，唤出阿塔视野，说出艾克索洛托教她的词句。于是，姑娘脑袋里两个合体的循环清晰可见。

"阿玛。"她看着姑娘，语气严厉，"疾病阿玛。"姑娘大脑中一束细细的神经元亮起。抓到你了。

"阿玛，我知道是你。你知道我是谁吗？"

姑娘突然咪咪笑了，用诡异的高音嘶嘶道："哎呀，宝贝，我认识你。你是艾克索洛托的婊子。好久不见。"

她身旁的阿布吃惊地倒吸一口气。该死，怎么这么巧？这下子，勾引阿布报复邓妮的计划泡汤了。塔瓦姐摇摇头，压住心中的失望。别管木塔希博的勾心斗角了，她现在有病人要治。

"那你肯定知道我的本事喽?"她压低声音,"我知道能把你连根掘出的密名。只要我说出来,他们就会找到你,把你吃掉。想不想试试?"

"穆罕穆德,她在说什么?"姑娘突然开口,"我在哪儿? 别让她伤害我。"

杂耍艺人上前一步,但塔瓦妲举手示意他停下,"别听她的,这是个陷阱。"她盯着姑娘的眼睛,"走开,阿玛。让这姑娘的自循环把你吞掉,然后回亡者之城去。否则,我就向忏悔者报告你巢穴的位置。怎么样?"

姑娘挣脱杂耍艺人,跳了起来,"婊子! 我吃了你——"

塔瓦妲说出第三十七个密名的前几个音节。姑娘犹豫了。接着,她躺倒在地垫上。"你赢了,"她说,"我会替你向艾克索洛托致意。我听说他有了新玩具。"

姑娘突然软了下来,闭上眼睛,开始有规律地呼吸。塔瓦妲继续观察了姑娘大脑片刻,以确保阿玛——从言词和阿塔中偷偷溜进可怜姑娘大脑的东西——彻底化为乌有。阖拢的眼皮下,姑娘的眼珠开始颤动。

"她会睡上一两天。"塔瓦妲对杂耍艺人穆罕穆德说,"在她四周摆上她熟悉的东西。醒来后,她就没事了。"

打发走千恩万谢的穆罕穆德,她觉得十分疲惫,但充满了胜利的快乐。她看看阿布,点点头。看到没? 这就是我来这儿的另一个原因。她本以为魂灵儿商人的脸上会露出厌恶或恐惧,却只在商人的青铜眼睛里看到闪烁的奇特渴望。

夜幕降临,病人终于渐渐稀少。阿布在街头小贩那儿买了两个沙威玛卷①,两人一同盘腿坐在帐篷的充气地垫上吃起来。外头

---

①阿拉伯烤肉卷。

充斥着巴努·萨珊的噪音：不停哐啷作响的灵魂列车，中继站的闪光和爆破声，还有野代码蚕食索伯诺斯特建筑带来的寒噤。

"我啊，很少回这儿。"阿布说，"也许我该多回来看看，让自己别忘了这里有多少人需要医治，有多少野代码肆虐。"

"没有野代码，我们早就全变成索伯诺斯特的奴隶了[①]。"

阿布没有说话。

塔瓦妲把热卷饼捧在掌心取暖。

"你肯定听过四处流传的戈麦莱家小女儿的故事。对此，你怎么看？"用不着再装下去了。

"刚才那个身体窃贼对你的称呼，"阿布问，"是真的吗？"

塔瓦妲叹了口气。

"对，故事是真的。我从第一任丈夫身边逃走，去了亡者之城。那边有个精灵照顾了我。我们关系渐渐亲密。"

"精灵。艾克索洛托？"

"有些人这么称呼他。他的名字其实叫泽巴。"

"他竟然真的存在？"

这也是塔瓦妲的第一反应。传说成真。传说中，他是第一个身体窃贼，百年前来到斯尔，占据了城中一半居民的身体。

"对。但关于他的传言有些不实。做出那样的事并非他的本意。"她把吃剩的卷饼拿开，"不过，如果你想回绝父亲，'艾克索洛托的婊子'这个理由足够了。"塔瓦妲闭上眼睛，用力扯了扯头发。"但我要感谢你陪我度过了一个愉快的下午，也要感谢你让我看到了城市。我是说另一个城市。很有意思。"

阿布转过头，调开视线。没有青铜眼睛的半边脸看起来非常年轻。尽管积累了可观的财产，他的年纪肯定比塔瓦妲还小。

---

①索伯诺斯特人对野代码没有免疫力。

"不必为难。"塔瓦妲说,"我早就习惯了。"

"我为难的不是这个。"阿布回答,"我不愿来这儿,是有理由的。"他摸摸青铜眼睛,"你刚才说想听我的故事。现在还想听吗?"他的声音平静无波,但人类的那只眼睛却闭了起来。

塔瓦妲点点头。

"我的父母死于'怒吼'。有一阵子,一个巴努女人收留了我,让我睡她的帐篷。后来,她发现我能听到昂神的声音,于是把我卖给了合体术士。那时候我才六岁。这儿合体术士的做法跟议会的合体术士完全不同。他们硬来。

"他把我放进一个水箱,水是温的。除了水,什么都没有。连声音也没有。渐渐地,我脑中响起另一个声音。那声音曾是男人,现在是精灵,在痛苦地尖叫。它名叫帕其克。它吞掉了我,也可能是我吞掉了他。我不知道在水箱里待了多久,但他们放我——我们——出来的时候,我瘦成了柴棍,连站都站不住。我眼睛疼痛,但我能看见阿塔,也能摸到阿塔。之后,我一度常常迷路,因为我总会迷失在阴影中的幽灵建筑里。

"我也能听见沙漠的声音。迦拿、天堂,还有世界另一边来的老机器,都在呼唤。

"合体术士很高兴。他把我卖给了一支木塔力棒队伍。他们带我去了沙漠,让我替他们寻找魂灵儿。"阿布微笑,"幸运的是,我竟然很擅长干这活儿。别误会,木塔力棒这行没那么糟。木塔力棒的拉克船是我见过最美的东西,白色的船壳和木片一样自然弯曲,也和木片一样轻。拉克鸟拉着船轻盈前进,猎人精灵像明亮的云团,跟在船旁边。还有沙漠,我不懂人们为什么还叫它沙漠,那里已经有了路,还有奇迹般的城市。有成群的冯·诺依曼机器、亡者暗海,还有沙子。那些沙子会倾听你的梦想,然后实现它——"

阿布摇摇头，"对不起，我扯远了。这些都不重要。我是个半吊子木塔希博，一个玩意儿，只能算半人。所以我没法像人一样去爱。我盼着能找到一个既懂得人也懂得精灵的女人。我以为——"他用手腕按压太阳穴。

"也不是为了这个。不全为了这个。你要知道，我……相信你父亲要做的事是对的。我们不能闭目塞听，装作索伯诺斯特会自动离开，装作赫辛库比其余那些更加理智。所以，不管你有什么感受，决定怎么做，我都会帮助他。"

塔瓦妲咽了口口水。事情竟然会发展成这样。内疚和怜悯就像两条纠缠在一起的蛇，在她胸膛里追逐。

"我看我该走了。"阿布开口道。

"嘘。"塔瓦妲说着，吻了他。

他冰冷坚硬的青铜眼睛抵着她的眼皮。他的嘴唇发干，舌头生硬。她抚摸他的面颊，用鼻子爱抚他的脖子。他坐着一动不动，就像雕像。然后，她从他身边离开，拉开自己的包，小心取出通感器网，缠进头发里。

"你在做什么？"他轻声问。

"这么做可不合规矩。"她笑道，"要是卡法知道，会杀了我的。"她从领口处拉开紧身衣，一直拉到肚脐，然后拉过他的手，按在自己的乳房上，悄声念出密名，唤来温柔艾尔-拉蒂夫。她注视着在眼前渐渐成形的东西，按照卡法的教导，把注意力集中在螺旋和递归的扭曲上。很快，传来了通感器连接成功的刺痛。

"想找跟人和精灵都睡过觉的女人，"她悄声说，"与其来卡萨·戈麦莱①的住所，倒不如去卡法的故事宫殿。那儿的女人便宜实惠多了。"

---

① 塔瓦妲的父亲。

"我不应该去那儿。"他吞吞吐吐地回答。他伸出一根手指,追随她左乳散发的光晕,动作温柔,却迟疑不决,手微微颤抖。欲触未触的感觉让她浑身发麻。

"可是,当我听到那些故事——"

"故事属于傍晚,而非夜晚。现在已经是夜晚了。"她轻斥道,又吻住他,把他拉到自己身边,解开他的袍子。

"我能为你做点什么——"

"你可以告诉我父亲,我不止擅长这个。"她在他耳边喃喃道,"告诉他,我希望像姐姐一样为他服务。"

通感器在她太阳穴边嗡嗡作响。他的手沿着她的肚皮向下,然后抚摸她的背脊。

在阿塔视野中,阿布的青铜眼睛亮如星辰,吐出火焰,进入她体内,就像白热的舌头,逗弄她、燃烧她。她看到了自己的脸,就像面前摆着一面镜子。她的嘴唇嘟成圆形,眼睛紧闭。接着,她迷失在阴影、肉体与火焰的合体之中。

七　窃贼和路由器

"等这事儿结束,你打算干什么?"我通过中微子链接向"培蝴宁"发问。

我们所在的轨道位于小行星带,第90号小行星休神星旁。从这儿看去,佐酷路由器就像一棵以镜片为叶的树,直径约两公里,静静飘浮在太空中。不过,路由器内部完全是埃舍尔①版画一般的狂悖景象:闪光的蓝色球形处理节点,大小从热气球到尘埃粒不等,围绕彼此沿螺旋线翻滚移动;两两相映的银色镜子,投射出无穷无尽的镜像走廊。而我就像个吸血鬼,在任何一面镜子里都没有影子。

"我要换工作,再也不黑这种巨型机器虫了——这机器里尽是正在交合的同性巨龙。"飞船回应。飞船的化身白翅膀蝴蝶在我头盔里飞来飞去。我朝它吹口气,把它吹离我的视线。我正忙着黑进另一个处理节点。这个巨型阿米巴原虫有我的头这么大,就像个透明的、泛着涟漪的泡泡,内部有不规则的结晶结构。很多佐酷Q技术都是活的,这东西就是其一。它饥肠辘辘,吞下路由器光子

①荷兰版画大师。作品多以平面镶嵌、不可能的结构、悖论、循环等为特点,从中可以看到对分形、对称、双曲几何、多面体、拓扑学等数学概念的形象表达,兼具艺术性与科学性。

流带来的量子态,然后编成复杂的有机分子结构。我给它带来了一顿大餐。

"你这也未免太狭隘了吧。这是他们的异境,佐酷人爱干什么都可以。说什么想换工作!拜托,只有犯罪才能让这个世界有点意义可言。况且,你有这方面的天赋。"

我身上穿着快衣,它的离子驱动器推着我轻轻向前。我的行动必须缓慢小心,这儿的带宽足够把一具没有防护的人体煎熟好多次。这儿有永不停歇的奇想光子风暴,只因为快衣材料特殊,把我变成了看不见、测不出的幽灵,风暴才从我身边绕过——但愿快衣能坚持工作下去。

我命令快衣伸出隐形卷须,包住节点。远处,"培蝴宁"上的数学魂灵儿拼命工作,把一小片量子软件塞进节点的存储器中,以便我们监控此处的流量。我们得摸出此地流量的增减规律,找到零流量出现的时间,才能让路由器的量子大脑尽归我们使用——

流量高峰袭来。尽管有头盔面罩的防护,眼前的节点仍然变成了白热的太阳。快衣的魂灵儿处理器——专为这件快衣改造的上传意识——惨叫起来。我一点也没夸张。突如其来的热量烫伤了我的胳膊、脸和胸膛。可不能再来一次了。我的眼睛针扎般刺痛,视野中突然只剩下白噪音。我压抑住蜷缩成团的本能,在脑中的神经界面摸到快衣小小的离子驱动器,打开。

驱动器把我推离了滚烫的数据流。世界总算又变回让人安心的黑暗,我们回到了防护服的处理范围内。我又打开驱动器以保持平衡,但驱动器失灵了,让我毫无方向地乱转。

——你走得太快啦!"培蝴宁"通过中微子链接在我耳边大叫。蝴蝶化身在我头盔里乱拍翅膀,表达出"培蝴宁"经受的痛苦。这表达实在有些滞后了。

"要是某人及时更新流量模型,我本该走得更快点!"我朝它喊道。我伸直胳膊减慢旋转速度,祈祷不会跟处理节点撞上。要是路由器内部出现太多干扰,它就会呼叫佐酷系统管理员。不过,如果我不能在几小时内打开这个匣子,要操心的就远远不止愤怒的佐酷计算机宅男了。

坚持住。原地别动。流量会降下来的。

身体开始自我修复,感觉就像长着针尖腿脚的蚂蚁在我全身乱爬,同时还伴着头重脚轻的眩晕感。我的身体情况仍然很糟:手还没长全,合成生物细胞里满是大剂量辐射导致的变异和类癌物。米耶里总算好心,给了我关掉痛感的权限;但麻木会导致感觉迟钝,而一旦感觉迟钝,我手头的活儿可就没法干了。

快衣嘶嘶地喷出热气,系统修复完成,我脑中魂灵儿的高声抱怨减弱成了轻轻的低语。我舔舔上唇的汗水,深吸一口气,紧紧捏了捏手中的匣子。打开这么个小东西,却要费这么大劲。

"顺便说一句,我本人也还好。不过反正你也不关心。"我嘟囔道。

有个给约三百万未知变量的量子系统模拟更新的活儿,你想不想试试?不想?那就乖乖闭嘴,让我和魂灵儿安静干活。

飞船此刻心情不大好,我能理解。我们把她极为喜爱、引以为豪的翅膀——原本就像两扇流动变幻的北极光束——变成了死板的量子逻辑网,尽可能模仿量子处理器的模样。这也意味着,要是势头不对,我们很难逃得掉。

还有米耶里,这家伙好像急着像个英雄一样去送死。

"请允许我指出,要进去的人是我。"我试探着开口。

请允许我指出,要是某人能理解我的辛苦就好了。"培蝴宁"回答,你觉得匣子里的神会张开双臂欢迎你,然后爽快地帮助我们?

"别担心,我从前跟他打过交道。而且我知道被关在盒子里是什么滋味。只要能出来,你什么都肯干。就连把自己的前途跟奥尔特武士以及一艘喜欢抖机灵的飞船绑在一起,你都会愿意。"

姑且相信你的话吧。闲话少说,流量开始下降了。

"还要等多久?"快衣的时空模拟视界总算回来了,向我呈现路由器重编后的内部结构。隐形的代价是盲目,而盲目则让黑进这架不停创造和消化新组件的巨型机器变得困难重重。至少此刻,我还身处稳定的外层,远离大流量的处理中心。

哦,不会多于一小时,大概。耐心点,慢慢等。

"太棒了。"我在快衣内扭扭身子。这件临时凑合的防护服跟舒适毫不搭边,基本上就是一坨智能物质,加载了定制的魂灵儿,装上驱动器之类的设备。穿着它就像裹在一团潮湿的黏土里,而我已经在里头待了差不多两天。神经界面也是临时制造的,很粗糙,魂灵儿的低语不停地溢进我的大脑。想到还得在里面待上一小时,飘浮在路由器的外层,大有可能再碰上流量高峰,而那个钻石警察的兄弟姐妹随时可能杀到——我实在高兴不起来。

那你呢?飞船突然问。

"什么?"

等这事儿结束,你打算干吗?

我曾有过真正的自由,但我对此只有隐约的记忆。我还记得以变色龙般的多重身份游荡在各个固伯尼亚之间,记得小行星带的零重力珊瑚礁,记得超越城中无休无止的派对,记得在土星光环上跳舞。一时间,我非常、非常想重新体验这种生活。

"我会去度个假。"我回答,"你觉得米耶里会想干什么?"

飞船沉默下来。我从未问过她米耶里的生平,至少没直接问过。我也没法开口询问飞船,为什么米耶里最近一心赴死,尽管我确定飞船一定知情。

对她来说，"培蝴宁"终于开口，我觉得这事儿不会有结束的时候。

"这又是为什么？"

又是长长的沉默。

因为她在寻找的东西，一开始就没存在过。

于是，在等待路由器数据风暴停息的时间里，飞船给我讲了米耶里在金星上失去心中挚爱的故事。

主舱中的寂静让米耶里十分满意。飞船清除了所有杂物，主舱光秃秃、空荡荡的，只留下蓝宝石舱壁和尚未愈合的白色伤痕。她的奥尔特收藏没能抢救出来，但她并不在意：歌还留在她心中，这就行了。

"培蝴宁"新造的众多蝴蝶化身停在曲面墙上，就像白色花朵。飞船的注意力集中在几公里外的目标上——那东西就像巨大的婚礼花束，背后是畸形土豆似的90号小行星。偷儿刚刚在处理节点碰到的小危机似乎已经过去，下一步就看米耶里的了。她伸手从袍子里取出偷儿的珠宝。

第一次看到佐酷珠宝的时候，米耶里才六岁，还住在静默柯多。有个来自木星的太阳工匠把一块死掉的珠宝给她的柯多姐妹瓦尔普当玩具。孩子们都围在瓦尔普身边看这块珠宝，瓦尔普骄傲得展开了翅膀。这东西看来平平无奇：暗琥珀色小玩意儿，比指尖大不了多少，表面皱巴巴的，有些凄凉。可是，只要一碰它，就像摸到外界，摸到太阳。

轮到米耶里的时候，珠宝紧紧粘住她的手心不放，就像饥渴的智能珊瑚。突然，有个声音在她脑中低语。她从没在歌里听过这样的声音。那声音里充满了迫切的渴望,热烈得让她害怕。声音告诉她,她很特别,理应跟珠宝待在一起。只要她放它进来,他们就能永远结为一体——

米耶里展开翅膀,飞到最近的黑洞,不顾惊呆的瓦尔普的抗议,把珠宝扔了进去。那以后,瓦尔普有好几天没跟她说话。

现在飘浮在她面前的珠宝则是活的,内部有纠缠的光芒缓缓闪动。这块蓝色珠宝呈简洁的椭圆形,比她的手掌小些,冰凉、光滑,闻起来有股微微的花香。

只要一摸,刺痒的感觉就会一直传到她的肚腹中,那是向她发出加入的邀请。跟很多低等级的基础设施珠宝一样,这东西并未烙上属于某个特定主人的印记。所以,偷儿才把它从火星佐酷人那儿偷来。不过,这块珠宝里的量子态仍是独一无二、无法伪造的,受到量子力学不可克隆定理的保护。

不像我。她抛开这个念头,接受了珠宝的邀请。脑中传来一阵凉爽的重压,就像有只温柔的手放在她的大脑上。

现在她已属于佐酷的一支,成为集体意识的一分子,彼此间由量子纠缠连接。这支佐酷成员众多,联系松散,致力于维护和改善太阳系的共同通信基础设施。只要她发出愿望,佐酷的意外发现引擎就会把她的愿望织进佐酷大网。一旦资源齐备,就能满足她的愿望,同时让集体中所有成员的利益最大化。

不过,这要付出代价:佐酷人会要求回报。不知不觉间,会有某个念头闪过,在片刻时间内占据她的意识,抓住她全部的注意力。或者,她会突然间心血来潮,觉得必须去某个偶然想到的地方,在那儿碰到个陌生人,帮助解决某个在她能力范围之内的问题。

此刻,在路由器内,偷儿正在开启匣子。她深吸一口气,让他们的计划占据脑海。

超脑皮层把她的愿望传递给珠宝。她的愿望是一个预先制作好的复杂念头，是她、偷儿和"培蝴宁"共同完成的，目的是请求路由器运行一次非常特殊的量子计算。珠宝热切地抓住她的愿望。培蝴宁的翅膀——经过变形，模仿成佐酷通信协议的形状——把愿望传递给路由器。那巨大的婚礼花束开始缓缓变形，就像一件折纸作品，被看不见的巨手展开。

米耶里的活儿干得漂亮。我就知道她行。身边让人头疼的镜叶树活起来的时候，我真想跟她击个掌。但时间就是生命，下一波流量高峰随时会来，我们得抓住路由器全归我们使用的每一秒钟。通过米耶里跟佐酷路由器建立的连接，"培蝴宁"向路由器输入指令。

你得行动了。飞船说，这是最新的流量热图①。快衣的模拟视界闪烁成一幅三维轮廓图，就像大脑扫描的结果，复杂的各色形状在我眼前变换闪动。我瞪了一眼待在我头盔里的蝴蝶化身，这家伙正惬意地停在疯狂的背景画面上。

我咬牙切齿，把地图输入快衣的导航魂灵儿，启动离子驱动器。

我仿佛在看不见的火焰流中游泳，脑中嘀嗒嘀嗒地响着倒计时。几秒钟汗流浃背的紧张操作后，我终于到达了异境之门。

跟我们设想的一样，大房间似的异境之门靠近路由器中央，离动力源不远。谢天谢地，这儿是个无带宽区域，就像静止的风暴眼。在我的模拟视界看来，这儿就像一连串方块，微微闪着紫色，两两相距均为两米。

---

①数据的一种二维呈现，其中的数值都用颜色表示。

异境之门,这是连接物理和虚拟世界的佐酷通用界面。进了门,你会被翻译成门内的异境所使用的语言;出了门,你又会恢复原先的物理和物质身体。极微技术解体者会提取任何实体的量子信息,转化成量子比特,传入满是魔法和龙的模拟游戏世界。

这一次,呃,是咬牙切齿的暗黑战神所在的世界。

"这还差不多。"我轻声跟"培蝴宁"说。计划在我脑中重新运转起来,一切无比鲜明。

"米耶里还好吗?"

你该走了。

我把快衣的手套指头融成一体,以便手指活动。我用右手举起匣子(左手仍是隐隐作痛、正在愈合的残肢),释放部分快衣 Q 粒子场,由它托着匣子向前;同时维系着与粒子场的感知链接。托着匣子前进的 Q 粒子场就像我延长的手臂,我一路指挥着它,将它引导到异境之门旁边就位。

离预测流量最小值还有四十秒。

路由器在匣子周围织起复杂的结构,同时对匣子进行非损害性测量运算。飞船上的魂灵儿说,就连"培蝴宁"翅膀中经过性能提升的量子门,要运行这种计算也需要几千年。没过多久,我的视野前突然爆发出彩色的抽象佐酷语言云团。"培蝴宁"的魂灵儿立刻替我做了翻译。

你是对的,"培蝴宁"说,这里面真的有个异境。现在这异境已经存入了路由器的存储器,你可以进去了。

幻化而成的木匣在我手中低语。也有可能是我失去的左手带来的幻觉疼痛。"飞船,"我说,"万一事情不顺,我先说一句:很高兴认识你。"

我也一样。

"还有，对不起。"

为什么？

"为接下来要发生的事。"

我发动离子引擎，驶向异境之门。

米耶里脑中，珠宝的温柔触摸忽然变成铁钳般的握力。一支歌在她脑中展开，激活了大脑快二十年没用过的部分，那个能让物质起舞的部分。她口中无法遏制地吐出词句。

"培蝴宁"船壳上的瓦奇应声而动。这支歌几乎和她造飞船时唱的歌一样复杂。制造飞船的那支歌，她整整唱了十一天十一夜。与之相比，这支歌更加锋利，满是让人发寒的抽象概念和代码。这是一支死歌，窃贼的歌。她想阻止自己歌唱，想用手指钳住嘴唇，或者咬住舌头。但身体不听使唤。最后，她哑着嗓子，用刺耳的声音吐出一个个词。

这支歌造成的变化很细微，但她能感觉到。涟漪从飞船的核心开始，沿着蜘蛛网状结构和模块一路外扩，一直到飞船的翅膀。

米耶里，飞船喊道，有点不对劲——

诅咒你，偷儿。米耶里快速发出指令，关闭了偷儿的身体。

若昂，你说的到底是什么意思？我头盔里的蝴蝶发疯似的到处飞。

我的四肢动弹不得。米耶里肯定动用了这具索伯诺斯特身体的遥控器。不过她控制不了牛顿定律，我仍然朝门飘去。

异境之门高墙般竖在我面前，和雷雨云团一样漆黑。光芒闪过，我进入了既生又死的状态。

"'培蝴宁'?"米耶里轻声问。

"培蝴宁"的蝴蝶化身从墙上轻飘飘落下,铺天盖地的白色在空中起舞,绘出洛伦兹吸引子的图样。渐渐地,振翅的白色云团越聚越拢,形成了一张脸。

"'培蝴宁'已经不在这儿了。"蝴蝶振翅发出的声音低语道。

八　塔瓦姐和苏曼古鲁①

索伯诺斯特中继站很大,大到拥有自己的天气。现在,里面正下着幽灵雨。雨丝并不落下,只在空中微微发亮,组成各种形状,飘来飘去。这让塔瓦姐总觉得眼角瞥见了什么东西。

她抬起头往上看——随即后悔不该抬头。透过湿湿的雨幕,眼前的景象就像站在戈麦莱残片顶上往下看。高处的垂直线条把她的视线引向约一公里开外的拱顶。拱顶呈琥珀色,闪着微光,表面透明起伏,像马戏团帐篷顶一样在中心扎拢。从中心四散出弯曲的支撑骨架,把拱顶均匀分割成多块。

拱顶下有东西飘浮,就像奇形怪状的气球。起初,这些东西似乎并无意义;塔瓦姐定睛细看,才注意到某些特别的线条:颧骨、下巴,还有眉毛。这么说,这些东西都是人脸,是空气和光线制成的雕塑,用空洞的双眼看着塔瓦姐。

——我到底来这儿干吗?

精灵渴望身体,这她明白。但中继站就是索伯诺斯特的身体,是能思考的物质,真正不朽的肉体。这里到处都是大大小小的魂灵儿,就连雨里也有——雨滴的中心是智能灰尘微粒。

---

①索伯诺斯特始祖之一。

她深吸一口气。这儿的空气粘湿油滑，还有轻微的甜味，就像熏香。雨滴黏在她的衣服和皮肤上，打湿了丝绸裙子，皱巴巴地贴在腰上。小小的雨滴神明落在她头上，毁掉了她精心装扮的发型，然后沿着她的背部滴下。

外交官塔瓦姐。来自天外的神明到达时，我该对他说什么？她温习着临时塞进脑中、有关索伯诺斯特和特使的各种信息。"抱歉，你的兄弟们洒在我身上了。"

我还以为自己挺聪明呢。也许邓妮说得对，我该回去专心讨好精灵。

凌晨四点，她姐姐闯进了她的房间，把她从疲倦深沉的梦中唤醒。邓雅札连看也没看她，径直走向锁孔形状的窗户（从那儿能看到父亲的屋顶花园），一把拉开窗帘，放进黎明前的晨光。邓雅札的肩膀微微颤抖，但声音十分平静。

"起来。父亲要你陪同索伯诺斯特特使调查阿丽尔的死因。你有东西要学，还得打扮得体。"

塔瓦姐揉揉眼睛。昨天，阿布叫了一块飞毯带他们回家（他到底还是随身带着精灵保镖）。一到家她就栽倒在床上。现在她一身汗味，夹杂着巴努·萨珊的气息，皮肤上还留着他的抚摸留下的温暖余韵。这让她对着邓妮也能微笑。

"也祝你早上好，姐姐。"

邓妮没回头。她的双手垂在体侧，捏成了拳头。

"塔瓦姐，"她慢慢开口，"这不是游戏。这不是想办法从查艾利蒙那儿溜出来，跟架线工调情。这也不是某个淫荡的精灵，因为忍受不了失去的男根带来的幻觉痛苦，来找你玩角色扮演游戏。这攸关斯尔的命运。你不明白要跟谁打交道，要付出什么代价。

要是你不想嫁给他，那就别嫁。我们能给你另外找个男人。要是你想玩政治角斗，我们也可以另找办法。但别破坏这个。凭着母亲的灵魂，我请求你。"

塔瓦姐裹着床单站起来。

"难道你不觉得，这才是母亲所希望的吗?"她轻声回答。

邓雅札转过头，直直盯着塔瓦姐，眼睛就像两星寒冰。晨光中，她看起来真像母亲，但她什么话也没说。

"你觉得我干不了吗，邓妮? 你自己不是说了，这不过是无聊的保姆差事而已。你会的东西我都会，你不会的我也会。你根本不了解我。你只在需要的时候才来找我。"她让自己露出半个微笑，"而且，听起来，父亲已经做出了决定。"

邓雅札的嘴抿成了直线。她用一只手紧紧捏住自己的卡林瓶。

"很好。"她说，"但你不能犯错，也不能逃跑。事情不顺利的时候，你最喜欢逃跑，对不对?"

"要是我不行，还有你呢，姐姐。"塔瓦姐说。接着，她放低声音，"我觉得，这会很有意思的。"

邓雅札一个字也没有再说，把她带到蓝色残片顶端，一幢木塔希博的行政楼内。她们爬上长长的蜿蜒楼梯，来到一间毫无装饰的白色石头房间。房间里摆设着低矮的沙发，还有阿塔屏幕。一个穿着橘色袍子、嘴唇干燥、剃着光头的年轻男人正等着她们。邓妮说，这是一位天文政治学家，负责教给她必要的索伯诺斯特知识。

"我们十分肯定，索伯诺斯特权力结构不稳，呈碎片化。"他热烈地盯着她，"引力波干涉测量表明，各个固伯尼亚经历过冲突和重整。"他在屏幕上放出一张看起来像眼球的图片，那是固伯尼亚

——内太阳系行星级钻石大脑的热成像图。"当然,我们认识赫辛库氏。但现在占统治地位的是陈氏。赫辛库们都得讨好陈们。"

"那么,他们会派陈来?"塔瓦姐问。

"大概不会。他们更有可能派苏曼古鲁来。一个,或者几个——来的可能是身体飞船。苏曼古鲁是战士,也是某种执法者、警察,就像忏悔者。"

年轻人的声音热切,激动得直喘粗气,"我得承认,我真羡慕你有这次机会,能和来自深时的始祖之一面对面接触,能对那些让人百思不得其解的疑问有所了解。比如'怒吼',还有,为什么他们对野代码毫无抵抗力,为什么他们允许我们的城市存在,为什么他们要造瓠罩,为什么他们没有干脆把整个地球都上传了——"

年轻人的眼中闪耀着宗教般的狂热光彩,让塔瓦姐的皮肤起了鸡皮疙瘩。幸好姐姐打断了他。

"没必要说这些。"邓妮说,"不管来的是谁,你都得从阿丽尔的案子开始。你要把临时封印给特使,把他们带到女议员的宫殿。那边的人已经知道你要来。所有在场的忏悔者都属于索伦兹家族,都倾向于支持我们的事业。女议员的继承人萨利也一样。你可以让特使尽情调查,我不相信他们会比忏悔者干得更出色。但你要小心,我们现在还不打算让议会其余人员知道我们邀请了客人。"她转向年轻人,"有关苏曼古鲁,我们了解多少?"

"呃,给我们提供情报的赫辛库……怕他们。"阿塔屏幕上出现许多魂灵儿,都是黑皮肤、光头的疤脸男人,"假定我们对原型的知识还有一点点准确性可言,那么,赫辛库怕他是有道理的。他十一岁就逃出了黑盒子上传集中营,后来成了中非费德罗夫派[1]的领

①源于19世纪俄罗斯哲学家、未来学家尼古拉·费德罗夫(Nikolai Fyodorovich Fedorov),他倡导利用科技手段达成肉体永生,甚至让死人复活。其观念后来被索伯诺斯特吸纳。

袖,只手扑灭了当地的魂灵儿贸易。"年轻人舔舔嘴唇,"当然,那是他成神之前的事了。"

邓雅札阴沉地看了塔瓦妲一眼,"听起来你们俩肯定合得来。"

现在她觉得自己不该嘲笑邓妮了,她是不会忘记的。但后悔已经来不及了,需要记下来的东西实在太多。比如对赫辛库与瓦西列夫结盟的猜测,年轻人给她防身的忏悔者精灵戒指的操作方式,紧急情况下使用的密名,还有给特使的封印。

而现在,身处中继站的塔瓦妲突然觉得这一切是那么荒唐无稽,就像一群蚂蚁密谋要弄懂上帝的想法。因为疲乏和焦虑,她有些头疼。

一条光河流向她所在的上传平台,带来了二十几个人,都是穿着黑色索伯诺斯特制服的自愿上传者。他们剃得精光的头皮在雨中发亮。每次思想束的霹雳响起,每次扫描光的闪电亮起,他们就会打个哆嗦。一个瓦西列夫——英俊得不像真人的金发青年,她早已通过雕像熟悉了这个形象——负责护送他们。瓦西列夫在人群中快速走动,摸摸每个人的肩膀,在他们耳边说上几句话。

众人都盯着身前的扫描光目标记号——地上暗淡的一个个金属圆圈。只有一个皮包骨头的男孩子偷偷朝塔瓦妲看了一眼,目光中含着饥渴和内疚。他顶多只有十六岁,但太阳穴下陷、皮肤发灰,让他显得比实际年龄更老。他的嘴唇发蓝,紧紧抿成直线。

他们说,这里是费德罗夫、共同盛业和不朽所在的神殿。但你又为什么来到这里?塔瓦妲思忖,也许因为他们告诉你,你很特别,没受过野代码的污染。他们教你做了头脑训练,说他们爱你,说你永远不会再孤单一人。但到了现在,你却开始心存疑虑。雨里很冷。你不知道接下来的雷霆会带你前往何方。塔瓦妲朝他笑笑,用笑容告诉他:你比我勇敢,不会有事的。

男孩子挺直了背脊,深深吸了一口气,跟其他人一同望向前方。

塔瓦妲叹了口气。至少,她还编得出男人爱听的谎话。也许特使也不会例外。

空气像鼓皮一样震动起来。中继站拱顶下面与上天相连的机关开始运作,拱顶融合成一个旋涡,降下铅笔粗细的光柱,仿佛燃烧的神灵伸出白炽的手指。熔炉般灼人的热量扑上塔瓦妲的面颊。光柱来回闪动,就像在空中书写,亮得不可逼视。塔瓦妲紧闭双眼,但透过眼皮仍能感受到光柱,只是变成了红色。接着,光柱消失,只余残影。等到周围景物再次清晰,她看见平台上站着一个男人,那人的脸和中继站众神雕像中的某一尊一模一样。

塔瓦妲屈膝行礼。男人的头猛地一扭,注视着她。他的眼睛是浅蓝色的,瞳孔很小,眼光像拳头一样打在塔瓦妲身上。他的皮肤比塔瓦妲还黑,只有横跨鼻梁和颧骨的粗糙疤痕是紫色。

"来自绿松石分支的苏曼古鲁老爷,"塔瓦妲开口,"请允许我代表木塔希博议会欢迎您来到斯尔市。我是戈麦莱家族的塔瓦妲,被指派为您的向导。"

她口中吐出组成封印的言语,同时用手在空中比画出木塔希博的仪式性手势。在阿塔视界中,她的手指在空中写出金色旋涡状字母。这些字母就像一群昆虫,蜂拥到索伯诺斯特人身边,停在他的皮肤上。片刻间,他的皮肤仿佛文上了炙热的文字,拼出只有木塔希博知道的独一无二的封印之名。

苏曼古鲁吓了一跳,看着自己的手。毫无特色的索伯诺斯特黑色制服紧紧裹着他的身体,就像涂在身上的油彩。他宽阔的胸膛在制服下隆起。

"我给了您一个我们的封印。封印会保护您整整七天七夜不受野代码的侵害。"塔瓦妲说，"希望您的任务不至于超过这个期限。"再说，还有两天，就要举行协定修正案的投票了。

苏曼古鲁的鼻翼歙张。

"我感谢你。"他回答，"但向导……向导并不需要。"他说得很慢，伴着隆隆的低音共鸣，每吐出一个词都会吧嗒嘴唇，仿佛在品味字词发音的味道，"我已获得足够的信息，可以独立完成任务。如有需求，我会直接跟议会交流。"

塔瓦妲的脖子刺痛。平台上的上传者和费德罗夫都僵住了，极度恐惧地盯着苏曼古鲁。

"也许接洽上有些误会，议会觉得——"

"的确有误会。你可以退下了。"苏曼古鲁朝前走了一步。他的身形在塔瓦妲眼中愈发巨大，比她整整高两个头。跟中继站一样，他的身材也属于另一个尺度。他的皮肤和地板一样黑得发亮，连雨水也不会沾在他身上。塔瓦妲心脏猛跳。

"但您或许会觉得城市比较陌生，"她赶紧说，"还有许多您不熟悉的风俗——"

"你们有麻烦。跟你的主人说，我会解决这个麻烦。这还不够吗？"

他推开塔瓦妲。动作之快，简直像猛击一掌，打得她左边锁骨下面疼痛不已。她失去平衡，跌倒在地上。

她眼前直冒金星。好一个外交官塔瓦妲。傻姑娘。

她甩甩头，抛开这个念头。苏曼古鲁笨拙的动作让她觉得眼熟。等她明白眼熟的是什么时，她差点儿笑出来。

苏曼古鲁无动于衷地低头看了她一会儿，正要转头离开，塔瓦妲的眼神迎了上去，吸引了他的视线。

"感觉很奇怪，对吧？"她说。

"什么奇怪?"他的肩膀微微一耸。

"精灵说过,一旦进入肉体,感觉就不一样了。出来之后,会渴望再度拥有肉体。对您来说,过了这么久没有肉体的生活,再次进入一具身体,感觉肯定也很奇怪吧。就像被倒进了另一只杯子里。"她挣扎着想站起来,"有个赫辛库对我说过,在您那儿,能再度使用肉体是种殊荣。"

"赫辛库的话不可全信。"苏曼古鲁回答。他的嘴唇仍然是冷酷的直线,但眼神中出现了塔瓦姐熟悉的东西:着迷、好奇。"肉体是敌人。"他慢慢伸出一只手,握住塔瓦姐的手,拉着她站了起来。他的握力太大了些,但手指很温暖。

"那您了解您的敌人吗?"胸口新受的伤让塔瓦姐疼得一缩,咬紧牙关。"我倒是很了解。"她在声音中小心流露出一点痛苦。

苏曼古鲁皱皱眉,"你……受伤了?"

卡法说过,要用他们的语言说话。用他们的语言编制美丽的谎话。

塔瓦姐用尽全身力气扇了他一巴掌,正中他带疤的面颊。打他就像打一尊雕像。塔瓦姐手掌生疼,差点儿叫出声来。苏曼古鲁一个激灵,后退了一步,举起一只手,困惑不解地捂住脸。

"现在我们扯平了。"塔瓦姐道。她屈伸一下疼痛的指头,柔声道:"绿松石分支的苏曼古鲁,我不知道您来自何方,但您肯定不如我了解肉体,也不了解肉体讲述的故事。而斯尔,却是一座充满血肉的故事之城。您知道该怎么解读吗?在固伯尼亚,有人教过您吗?"

苏曼古鲁又靠近一步,弯下身来凝视着她,仿佛想看看她眼中自己的倒影。塔瓦姐避开他的凝视,转开眼睛,看着他的伤疤。这些伤疤在他完美无缺的皮肤映衬下,竟显得十分美丽。她能感觉到他的身体散发出的热量，他的呼吸中有些许味道，让她想起机器、引擎和枪。那个橘色衣服的年轻人说过，在斯尔，索伯诺斯特造不出基准人类之上的身体，否则就会被野代码吃掉。塔瓦妲琢磨，不知此话是否属实。

苏曼古鲁的嘴角牵了牵，"把我领到索伯诺斯特的敌人那儿去，让我摧毁他们。"他说得很慢，带着低沉的胸腔共鸣，"不管他们有没有肉体。"

"既如此，您最好跟我走。"

塔瓦妲转身，从平台上走开。一时间，她不知该往哪儿走；就在这时，脚下亮起一条光路，指引他们向前。塔瓦妲感到风从湿漉漉的头发间吹过，忍着没回头看。在她身后，扫描光的闪电再次降下，带走了瑟瑟发抖的男孩。

九 窃贼和老虎

时空断续。全新的世界扑面而来,突如其来的重力让我双膝一软,跪了下来。冷空气灌进我的肺里。有湿土和烟的味道。

我站在一片白色森林中央的空地上。周围的树干挺拔,有着白桦树那样的浅色树皮,枝叶完美对称,形如皇冠或合掌祈祷的双手。毛片蓬乱的暗色生物拍着翅膀在枝叶间窜来窜去。天空灰暗,地上覆盖着几厘米厚的白色微粒,太粗糙,不是雪。异境之门就在我身后,一个银色的拱形,薄薄的,呈完美的半圆形。好。至少还有条出路。

我站起身。双脚光着,脚跟突然传来一阵疼痛。我皱了皱眉。那白色的东西就像粉碎的玻璃。我咕哝着刮刮脚掌,刮下来的微粒形如尖牙齿轮,仿佛微型钟的零件散落一地。

疼痛提醒了我。我也变了。佐酷的异境不止传输,还会翻译。无论你进入哪个虚拟世界,它都会在遵守这个世界规则的前提下,把你变成跟原来的你最相近的软件构造。而在这个世界里,这意味着我的打扮是外套、宽松裤,还赤着脚——简直是轮船甲板上的造型。另外,我还失去了索伯诺斯特身体的所有超人功能。好在我的左手回来了。可惜眨眼之间,这只手就被冻成了蓝色,在冷风中失去了知觉。

我偷来的那把异境之剑也变了，这是当然的。这把剑原本就是擅长突袭失落异境的火星佐酷人造的，能适应任何传送环境。我朝自己的双手呵口气，互相搓搓，把剑从剑鞘里抽了出来。

在这里，这把剑的剑刃是白色的骨头，像爪子一样弯曲着。刀柄是冷铸铁，长满钉子，形状复杂，拿在手里又重又不舒服。我举起剑的时候，剑用粉笔刮擦黑板声音轻轻对我说：小异境。原型物体和化身。生成内容。已受损。濒死①。看上去是这么回事。我那么多次笨手笨脚地企图打开匣子，肯定把这儿的环境毁了。不知这里原先什么样，也许是童话中的森林。

直到这时，我才发现"培蝴宁"的蝴蝶化身不在了。它本该同我一道穿过了异境之门才是。该死。我四下寻找，眼角瞄到树上有东西在动，就在黑白斑驳的阴影间。我本能地举起剑，但那东西已经消失了。

"'培蝴宁'？"我喊道。没有回答。但树旁齿轮雪地上有赤足的脚印，一直延伸，进入树林。

我忍着双脚的疼痛，一步一步，慢慢循着足迹而去。

"那你又是什么？"蝴蝶朝米耶里低语，"你看起来不像他的造物。太简单，太朴素。你为谁工作？"

"我自己。"米耶里回答，切换到模拟视界。飞船的系统乱成了一团，奥尔特智能珊瑚大脑里有个新的拟境在运行。这个拟境用一张命令网覆盖了"培蝴宁"所有的索伯诺斯特系统。飞船和路由器之间有条粗粗的数据链接，流量不停来回——

她回到自己的身体，摸出佐酷珠宝。一个Q粒子泡泡罩住了

---

①这是这件佐酷制品对匣子里的异境的评估。

珠宝,把它从米耶里手中夺走。

蝴蝶脸朝她咧嘴一笑。这笑容不像人,更像野兽露出獠牙。"你的谎话真烂。"

米耶里?"培蝴宁"在脑中轻声唤她。她揪起的心突然放松了,心跳加快。但她听出飞船的思维声里有痛苦。它抓住我了。救我。

"你是谁?你对我的船干了什么?"她从齿缝里挤出话来。

"我是苏曼古鲁,第八代,前木星之战分支。是战脑,也是索伯诺斯特始祖之一。"蝴蝶野兽回答,"至于你的船嘛,我正吃着呢。"

我把枝叶拨到两边。弹回的枝叶鞭打着我的脸和背脊,很疼。幸好我的脚已经完全麻木,失去了痛感。我呼吸困难,吸进去的空气仿佛全是钟表的微型齿轮,正在撕扯我肺里柔软的组织。天色更黑了,原本清晰分明的黑白渐渐融合成黄昏的灰色和蓝色。

脚印延伸到另一块空地。空地中央立着斧子劈出的粗糙雕像,是蹲伏的动物,可能是一头熊和一只狐狸,我不确定。在雕像脚下,脚印消失的地方,有一摊暗色,还有什么在闪亮。我小心走近,蹲下看个仔细。是血,还有一样头饰:蝴蝶形的玻璃发夹。是"培蝴宁"。我的肠子打成了结,胆汁上涌,烧灼我的喉咙。我不由得打着哆嗦,深深吸了口气。

低语声。一阵风刮过,有东西来到我身后,轻触我的背脊,就像伸出手指逗我玩。布料撕裂的声音。紧接着便是让人痛得眼前发黑的一击。这一击的力量极大,把我扔到了熊雕塑的脚下。我趴在地下。地下又多了些红色的东西,这次是我的血。异境之剑脱手飞出,我想爬起来捡,腿一软又倒了下去,只得四肢撑地。

这时,我看到了老虎。它正盯着我。

老虎的身体半掩在树林里,弓着背,身上的条纹跟枝叶的阴影混在一起。这是一只单色的动物,身上除了深浅不同的黑暗以外没有别的颜色,只有嘴边沾着鲜红的血。两只眼睛一只是金色,另一只却是黑洞洞的,了无生气。

它举起一只前爪,用粉红的舌头舔舔。

"你……尝起来……不一样。"老虎说道。它的声音断断续续,带着低沉的隆隆声,仿佛正在启动的引擎。老虎迈开四条腿,轻轻踏进空地,尾巴来回甩动。我用难以察觉的动作朝丢在地下的剑挪了挪,老虎吼了一声,我立刻停住不动。

"你尝起来更年轻、更小、更弱。"它呜呜道,声音越来越像人类,也越来越熟悉,"你尝起来有她的味道。"

我眨眨眼,慢慢坐起来,从外套翻领上拂去小齿轮。我的背脊火烧火燎,温暖的血正一滴滴从伤口往外流。我强作微笑。

"如果你说的是约瑟芬·佩莱格莉妮,"我慢慢开口,"我向你保证,我们不过是……工作关系而已。"

老虎逼近,大嘴凑近我的脸,呼出的热气喷我一身。它的呼吸里混着腐肉和金属的味道。

"你跟她都是叛徒,活该在一起。"它说。

"我不太懂你的话。"

老虎又吼了一声。这次,我不仅听到了声音,那低沉的声音还让我的胸膛隆隆震动。

"你撕毁了自己的承诺,"老虎咆哮,"把我一个人留在这儿,整整一千年。"

我又诅咒了过去的自己一次。这家伙怎么就毫不顾及自己的未来呢?

"这地方确实不怎么吸引人。"我回应。

"折磨，"老虎低语，"这地方就是折磨。同样的事情，一次又一次地发生。狐狸、熊、猴子，阴谋、诡计、荒唐。就像讲给小孩子听的故事。哪怕我杀了他们，他们还会回来。就这样周而复始，直到这个世界毁灭为止。为了这个，我也得谢谢你，赌王。"它完好的眼睛闪了闪。我咽下一口口水。

"跟你说，"我开口，"现在的情形是，我们真该先来一场关于身份问题的哲学辩论。是这样，我实际上缺少你所说的那个人的大部分记忆。我不记得撕毁过任何承诺。而且，我其实是来接你出去的。"

"在等了足够久的时间后，"老虎说，"我也发了个誓。"

我又咽口口水。

"什么誓？"

它退开几步，绕着我转圈，尾巴来回甩动。

"起来。"它嘶嘶道。

我忍痛挣扎着爬起来，靠在石头熊上。

"不管过去的赌王若昂告诉过你什么，"我说，"现在的我跟你之间有了共同利益——特别是，我们都想让马特杰克·陈不好过。你发的是不是这个誓？决心复仇？"

"不是。"老虎回答，接着，它的话变成了咆哮，"我发誓，我会让你先跑！"

我看了一眼它闪光的眼睛，抓起异境之剑，拔腿就跑。

在这座森林里逃跑简直是噩梦。我背上的伤口流着血，齿轮雪嵌在我脚跟被割裂的口子里。我在身后留下一串红色的脚印，痛苦地气喘吁吁。老虎就像影子，一直不远不近地跟着。只要我放慢脚步，它就一言不发地朝我冲来，步子里充满复仇的决心，唤醒我体内的猴子本能,让我再次发疯般在树根和草丛间跌跌撞撞地奔跑。

最后,理所当然,我倒在刚开始的那片空地的边缘。老虎悠闲地坐在我和异境之门中间,前爪中捧着什么东西。

我花了一阵子才认清目前的状况。我真不愿相信自己的眼睛:老虎柔软的爪子压在钟雪上,小小的齿轮在它的胡须上闪亮,就像雨滴。黑白两色的死亡,就像棋盘。

跟上次和警察交手时一样,我又一次感受到了存在于我俩中间的力线。力线指引着我走出正确的棋步。

我走进空地。

"你瞧,我们到了。"我说,"我跟你说过,这条是出路。穿过这扇门,你就又是人类了。你还等什么?"

老虎犹豫不决,狐疑地瞅瞅异境之门。尽管身上到处都疼,我还是想笑。

异境会翻译,异境有规则。古老复杂的异境规则和叙事非常复杂,没法理解。也没人知道那些异境是从哪里来的。但匣子里这个异境很小,讲的是动物故事,也许是给佐酷孩子们准备的。我敢打赌,既然老虎在这儿过了这么久,它的思维方式肯定已经被同化了。狐狸和熊,猴子和老虎。

"我觉得这次我不能信你。"它回答,"也许你该先走。"

突如其来的希望让我的心脏狂跳。我退后一步,摇摇头。别害我。这时,老虎发出一阵令人不快的人类笑声。"赌王,"它说,"我们别玩了。我只想看你逃跑而已。我不会让你穿过这扇门的,我自己也不打算过去。你肯定在对面给我准备了什么惊喜。但你也没说错:这一次,你确实给了我一条出路。"它挪开身体,让我看清躺在地上的是什么。

活着的时候,她有蓝色的长卷发,还有苍白的皮肤,哪怕在雪地里也十分显眼。她比我想象的还要年轻,也许因为她有带笑的双眼,下唇上还穿着唇环。可她脖子以下全被糟蹋得不成样子,开膛破肚,血肉模糊。我转开头,吐了起来。

"她比你先来,"老虎说,"我很快结果了她。当然不算美餐,没多少肉。不过她体内存在EPR①量子纠缠态,可以发库扑特②,也可以连接你的飞船。我想她叫'培蝴宁'。应该说生前叫'培蝴宁'。"

我挣扎着想站起来,"兔崽子。我真该由着你烂在这儿。"

"想想吧,是你给了我力量,让我活下去。你、陈,还有死亡。"老虎咧嘴笑了,笑容介于人类和动物之间,"不过,现在轮到你了。我们得换个地方,稍微聊聊。"

森林像雪一样融化。有一阵子,我们就站在骨白色的天穹内,这个天穹就在"培蝴宁"合成生物内核里运行。接着,老虎对着拟境吼出自己的始祖代码——死去的孩子,铁锈,火和血——改写了整个世界。

米耶里不需要战斗孤独症人格来隔绝自己的愤怒。她借着怒意,切换到模拟视界,用摄魂枪朝飞船的舱壁开了一枪,将哥德尔③炸弹投进"培蝴宁"的系统。炸弹中的自复制逻辑在受感染的系统中如野火般熊熊燃烧。可蝴蝶怪兽——苏曼古鲁——速度太快,

---

①EPR 一般指 EPR 悖论(Einstein-Podolsky-Rosen paradox),是爱因斯坦、波多尔斯基和罗森在 1935 年为论证量子力学的不完备性而提出的一个悖论(佯谬)。在这里,EPR state 可以简单理解为量子纠缠态,即两个粒子哪怕相距遥远,其坐标、动量等仍互相关联。

②作者杜撰的一种通信链接。

③库尔特·哥德尔(1906－1978),数学家、逻辑学家和哲学家,维也纳学派成员。其最杰出的贡献是哥德尔不完备定理。

马上隔离了合成生物内核,她没打中。但她瞄准的目标在别处。她让一个Q粒子鱼雷紧贴在飞船仅剩的奇异夸克团炸弹旁边。只要一眨眼,她就能引爆这团亚原子组成的愤怒和混乱。

她睁开眼睛。

"就算你是黑神本人我也不在乎。"她说,"要是你不放开'培蝴宁',我就把你和我,连同整个路由器一起炸掉。"

苏曼古鲁的蝴蝶脸越来越像人类了,出现了宽下巴、前额和鼻子,还有看起来像是伤疤的东西,都由振翅的蝴蝶组成。但双眼仍然空洞无神。

"随你便,小姑娘。"它说,"想炸就炸。我没什么可损失的。你呢?"

引爆炸弹的开关仿佛在烧灼她的意识。引爆很简单。只要一个念头,奇异夸克团就会结束一切,用伽马射线和重子雨让她彻底消失。

"这样吧,"苏曼古鲁说,"你解除赌王在异境之门里设下的陷阱,我出来,你拿回你的飞船。大家都高兴。怎么样?"

要是她死在这儿会怎么样?佩莱格莉妮会招来另一个米耶里。让别人来干这事好了,不必非她不可。让另一个米耶里去救席丹,跟偷儿打交道,谁都觉不出其中的区别。

除了"培蝴宁"。

她能感受到飞船的痛苦,它的系统正被外来入侵者折磨得死去活来。她的歌被污染了。我不能让她失望。

"你怎么说?"

"你赢了。"米耶里回答。

十 塔瓦妲和阿丽尔

女议员阿丽尔是个谜。

塔瓦妲看着她在封印迷雾之下走动,想起了精灵查艾利蒙给她唱过的儿歌。

> 食物里有它,
> 空气里有它,
> 心里也有它,
> 天道不公哇。

> 心灵明如镜,
> 密名轻声念给昂神听,
> 只要做得对,
> 野代码不会让你受惊。

阿丽尔身处索伦兹残片中,她自己宫殿的工作间内。她的身躯几乎填满了整个工作间。

她就像一张网,透亮的蓝宝石通路,透明的肉质线缆,还有一簇簇小小的、舞动的卷须,纠结在一起延伸过地板,爬上墙,绕过桌子和雕像。她现在就像某种上了岸的奇异海生生物,在大洋深处游动的时候十分优雅,可一旦被冲上陆地,就变得萎靡而无助。她的一部分身体甚至长进了墙里,跟宫殿清澈的类钻石瓦片融为一体,还分出尖尖的枝条,钻出墙体,伸向外部世界。这张网的中心是一个畸形的口袋,就像蚊子的肚皮,鼓鼓的装满了鲜血,里面还漂浮着缠在一起不住跳动的器官。

走廊里飘荡着封印的迷雾,银色和金色的涂鸦。那是木塔希博们编织的,来封锁阿丽尔宫殿受感染的部分。这些封印的确封住了部分感染,但效力还不够。空气中有灰尘和金属燃烧的刺鼻味道。

塔瓦妲尽可能用医生冷静超然的态度对待这一切。她见过感染野代码的可怕病例,但这——

几秒钟后,她还是转过头,用手捂住鼻子和嘴巴。

"我事先警告过你。"忏悔者拉姆赞说。

阿丽尔以前拜访过塔瓦妲的父亲。她是个严厉的女人,瘦长苗条,一张饱经风霜的脸,一身朴素实用的木塔力棒装束,系带加钩锁的封印盔甲,脖子上挂着阿塔眼镜。阿丽尔的头发又黑又长,但头皮上有一块大陆形状的粗糙蓝宝石秃斑,就像被发怒的邓妮拔掉了头发的旧娃娃。

木塔希博的精灵伙伴一般都装在精灵瓶里,但阿丽尔的卡林却住在一只金属鸟儿的身体里。鸟儿的羽毛是金色和鲜红色的,眼睛是黑檀木。这只鸟用极轻极薄的金属制成,真的能飞。塔瓦妲总爱想象,当一群拉克鸟拖曳着阿丽尔的船在沙漠上行驶的时候,这只鸟也在其中飞翔,好让自己的女主人能远眺到前方的野代码风暴和发疯的精灵。阿丽尔当时是这么说的,鸟名叫阿瑟丽亚,是有理智的那半个我。

像阿丽尔那样活着曾是塔瓦妲最大的梦想。但眼前这一切，就是你不该做木塔力棒的理由。

塔瓦妲意识到苏曼古鲁就站在自己身边。

"关于这里发生的事情，你能给我提供什么信息？"他问拉姆赞。在他们坐飞毯从中继站来这儿的短短旅途中，这个索伯诺斯特魂灵儿一直沉默不语。她问他是否喜欢斯尔的景观，他回答：物质就是物质，不管什么物质堆砌起来都是一个样。但现在，他的眼神却活跃起来，充满了冰冷的好奇。

拉姆赞展开自己细瘦的手指。他是个纤瘦的生物，身躯被拉得特别长，细脚几乎足不点地。他身体上覆盖着复杂交错的白红黑三色方块，活像一幅马赛克（根据斯尔法律，精灵的思想形不能像真人），前额上闪烁着金色的标志，表明他是第三级忏悔者。精灵警察很少显形，他们的主要任务就是保持隐身状态，根除犯罪和身体窃贼。拉姆赞闻起来有臭氧味，身体不时会显出颗粒感，同时发出噼啪声。塔瓦妲觉得他眼熟，也许在父亲举办的派对上见过。

"根据阿塔踪迹，我们部分重建了这位女士昨天的行动。"拉姆赞回答，"昨天早上，她先参加了一次议会晨会，回来大约九点。我们能提供会议记录和她的日程安排。但如果您需要每一分钟的详情，就得向议会提交申请。"拉姆赞用高音嗡嗡说道。

"我明白，这事有点……敏感。我继续说吧，接着，女议员独自在屋顶花园进了午餐，然后去了私人天文台，最后进了办公室。"他指指前方被野代码占满的空间，"就是这时，感染爆发了。爆发之强、之突然，让我们只能认为，她应该是打开了一个原本用封印保护的容器，而容器里装着某件被野代码感染的物品。我问过管家精灵,得知她曾是木塔力棒,从沙漠上带回过纪念品。凭她的经验,她肯定知道这种做法的危险后果。感染肯定在几秒钟之内就占据了她的身体。换句话说,阿丽尔女士采取了果断有效的自杀行动。"

"感染被控制住了吗?"塔瓦妲问道。她还记得小时候,精灵查艾利蒙让她演练过,万一父亲的宫殿被野代码袭击,她该怎么办,该说哪些密名。

"精灵管家库扎伊玛通知了我们和木塔希博,你们可以找她谈谈。"拉姆赞说,"据我们观察,感染扩散很慢,仅限于女议员的身体。这不奇怪。这里毕竟是木塔希博的住所,各处都有多层封印保护。"

"你真的无法更精确地重建这个过程吗?"苏曼古鲁皱着眉头盯着墙壁,问道,"会不会有人从外面带进了野代码?"

拉姆赞又展开手指。指尖像蜡烛的火焰一样跳动,"我的忏悔者很优秀,但我们的阿塔并非无所不能。特别是现在。因为周围的野代码水平比正常状态高出许多,而阿塔踪迹衰退得很快。至于外来的可能性嘛,跟其他议会成员的住处一样,这里也始终处于忏悔者的监视之下。不论是精灵还是人类,只要从这所房子进出,都被记录在案。但我们对房子里面发生的事就一无所知了。"

苏曼古鲁眯起眼睛,"我的族人会把这事称为密室案件。"他的声音透着古怪的快活。

"我姐姐说,这是一起附身事件。"塔瓦妲说,"你是怎么确定这一点的? 找到附身介质了吗?"

"没有。"拉姆赞回答。精灵闪光的标志转向她,就像一只眼睛,"没有违禁物。没有书,没有阿塔故事。当然,鉴于此地阿塔的复杂情况,我们可能有疏漏。但综合各种情况来看,自杀是顺理成章的假设。虽然是自杀,但没有遗书。女议员的助手还作证说,女议员最近一直为了议会投票一事热忱工作。所以,自杀不像是女议员会采取的行为。这一切都符合我们的猜测:自杀的时候,女议员……确确实实不是自己。"

"这么说,附身只是猜测喽?"

"对,但这是目前唯一符合事实的推理。还有个麻烦:我们没找到她的卡林。"拉姆赞的面部方块组合成悲伤小丑的面具模样。

苏曼古鲁的手指沿着门边的封印雾抚摸。

"它们能支撑多久?"他问。

"什么?"

"我的封印在这儿能撑多久?"

"您在开玩笑吧。"

"回答我。"苏曼古鲁坚持。

"不清楚。两三分钟?他们说索伯技术比我们更易受野代码的伤害——所以您的时间也许更少。您该在这儿等木塔希博,他们会——"

她还没说完,苏曼古鲁就穿过了封印之墙。

在阿塔视野里,苏曼古鲁四周围绕着淡淡的光晕。他走过阿丽尔的遗体,转头朝四处张望。塔瓦妲想,不知道他有哪些人类感官之上的感知方式。他摸摸高桌上的空罐子,摸摸墙上阿拉伯式样的花纹。此刻,他的动作变了,不再是一往无前的笨重机器,成了正在搜寻目标的灵巧猫咪。

他停在一堵墙面前。墙上各色手掌大小的镶金陶片拼成了一个正方形,每边均由四块陶片组成。正方形上面则绘着几何图形——那是图形化密名的装饰性纹样。

通过阿塔,塔瓦妲看到苏曼古鲁的封印上出现了一个黑色污点。野代码。

"他的封印撑不住了!"塔瓦妲喊道,"苏曼古鲁老爷,快出来!拉姆赞,叫人来!"

索伯诺斯特魂灵儿按压陶片。陶片在他手指下滑动起来。阿丽尔遗体上的蓝宝石卷须缠住了他的四肢,但他仍沉浸在工作中。咔嗒一声,墙壁滑开,露出一个黑洞。苏曼古鲁伸手探入黑洞,同时用另一只手拂开蓝宝石卷须。出来的时候,他手臂里抱着一样东西:一只金属鸟儿。

鸟儿比塔瓦妲记忆中要小,但就鸟类来说,个头仍旧挺大。鸟儿长得像鹰,长度跟塔瓦妲的前臂差不多,有剪刀型的尾巴,十分优雅。它闭着眼,小小的眼皮是金色的。

"阿瑟丽亚?"

塔瓦妲用手臂抱着鸟儿。她本以为会摸到冰凉的金属,但鸟儿背上的羽毛几乎像活的,虽然锋利却很温暖。鸟儿胸膛中的飞轮发出稳定的嗡嗡声,就像有规律跳动的心脏。她抚摸鸟儿,想安慰它,却没有效果。不管发生了什么,她都有时间把它藏起来。她身体中有理智的那一半。

"用简单的话向我解释一下什么叫卡林。"苏曼古鲁指指这只生物。

"卡林是……精灵伙伴,跟木塔希博合体的精灵。"塔瓦妲的声音微微颤抖,"卡林和木塔希博是一体的,在幼年时就被合体术士连在了一起。"

"对我们来说,你描述的是种禁术。只有原型能这么做。"索伯诺斯特魂灵儿说,"也许你们的城市比我想的更该好好清洗清洗。

为什么要这么做？"

"这是风俗。"塔瓦妲回答，"是我们两个种族同盟的象征。同时，木塔希博也靠这个来规范我们城市的经济。有了卡林，他们就能像精灵一样看到阿塔，看到信息的流动，看到所有的一切在阿塔中的影子，看到金钱、产品、劳力和人民。"她看看拉姆赞，"直接看到，而不是通过阿塔眼镜这种原始的装备。"

苏曼古鲁大笑，笑声像犬吠，带着共鸣，"物质和思维。二元论。原始的区分。信息才是一切。你是说，这生物，这个卡林，包含着女议员思维的残余？"

"不，"塔瓦妲纠正，"我是说，这个卡林是女议员思维的一部分。"不对劲。他怎么连这个都不知道？

"很好。"苏曼古鲁说，"忏悔者拉姆赞，宫殿里有没有安静的地方？我们能不受打扰的地方？"

"苏曼古鲁老爷，请别介意，"拉姆赞说，"出于此地官方调查者的权责，我必须问问您，您打算做什么？否则我不能——"

苏曼古鲁挺直了身体，"你们的议会大概没把情况给你讲明白。"他用低沉轰鸣的声音说道，"我们并不都像赫辛库姐妹那样温柔。有人觉得，为了共同盛业，需要在此地进行一次清洗。要是我找不到盛业的敌人，那些人的声音就会占上风。我说得够清楚吗？"

拉姆赞的思想形上起了层层涟漪，"塔瓦妲小姐——"

突然，她记起在哪里见过这位精灵了。当时的他就是以思想形出现在她面前，她还戴上面具，在身上涂了油彩，模仿他思想形的三色方块，好让他觉得她就是他。她把他带到了阳台上。他喜欢阳光照耀在皮肤上的温暖。

"如果你不肯，"她慢慢开口，"那就是跟我和我父亲过不去。

虽然我没有议会的席位,但请你相信,我拥有父亲的信任。"她举起精灵戒指,"还有议会的信任。还有,森先生也是我的亲密朋友。"她对精灵露出蜜一般甜的微笑。每当邓妮威胁别人的时候,都会这么笑。"我说得够清楚吗?"

拉姆赞轻轻咕噜一声。"当然,"他回答,"十分抱歉。我手头的信息不够充分。仅此而已。"

"苏曼古鲁老爷,"塔瓦妲轻声道,"要是您肯把您的打算告诉我们,会很有帮助。"

"明摆着,"苏曼古鲁回答,"我要提审目击者。"

阿丽尔的宫殿比塔瓦妲父亲的住所还大,是一座透明的圆柱体、泡泡以及突出的金字塔组成的迷宫。忏悔者带着他们走上一条洒满阳光的画廊,画廊里陈列着各种雕塑。这时,另一个精灵思想形出现了。这一个是紫色和白色的花朵团。拉姆赞的形体流动起来,跟新来者的形体混在一起。等重回马赛克形后,他的动作变得急躁不安。

"议会要求听取进度报告,"他说,"我得离开一会儿。这样反倒好。要是苏曼古鲁老爷做些……不同寻常的事,我就不会知情。哪怕有人问起,我也能说不知道。我会让我手下的忏悔者保证你们不受打扰。走到画廊尽头,穿过几道门,然后下楼梯,就是一座鸟舍。"

"谢谢,拉姆赞,"塔瓦妲说,"我们会记得你对斯尔事业的忠诚。"

"愿为您效劳。"精灵回道,"至于我自己,我也记得某个愉快的下午,以及您向我展示的不同的世界。"

"此事将永远是我们之间的秘密。"塔瓦妲强迫自己露出笑容。

一进鸟舍,喧哗声就刺激着他们的耳朵。高音尖叫声混杂着啪啪鼓翅声,震耳欲聋。鸟舍是座高大的玻璃拱顶建筑,直径约一百米。地上爬满了从沙漠里带来的嵌合植物,丰茂的紫色管状物横七竖八,织成一张网,不断伸展收缩。这是老地球的经过基因改造的合成生物,因缺人监管而疯长。几棵风车树正慢慢旋转,尖尖的涡轮叶片收集着鸟舍内呈琥珀色和暗红色的阳光。

鸟舍中的拉克鸟群立刻注意到了塔瓦妲和苏曼古鲁,铺天盖地地飞来。到处都是体型不同的鸟:有的小如蓝宝石昆虫,有的大如蝙蝠,最大的两三只在拱顶附近绕圈滑翔。塔瓦妲用手遮住眼睛,挡开翅膀扇起的疾风,高声唤出一个密名。鸟群立时散开,安静下来,变成在植物上空盘旋的云彩。

在鸟舍中心有块空地,设有一张精工细作的白桌子、几张椅子和一个栖架。塔瓦妲把阿瑟丽亚放在栖架上。鸟儿没睁眼睛,但脚爪抓住了栖架,拍了几下翅膀保持平衡。

苏曼古鲁凑近盯着鸟儿,俯下身体,双手在背后交握。接着,他伸出手,手指像魔术师一样大大张开。他这么高大的个子,双手竟十分优雅。五条噼啪作响的光线从他的指尖延伸而出,跟鸟儿连在一起。阿瑟丽亚的金属喉咙发出尖锐的叫喊,疯狂地拍打翅膀。一个泡泡颤颤巍巍地包裹住鸟儿,不让她乱动,同时隔绝了声响。沉默中,只见鸟爪乱抓,鸟喙拼命啄着看不见的牢笼。

见鸟儿受苦,塔瓦妲的手指不停握紧又松开。最后,她忍不下去了。

"你在干什么?"她从牙缝中挤出字来。

"我说过,提审。"

"怎么审法?"

"把它的思维拷贝成拟境。你也可以叫它小小的现实。然后对这份拷贝运行基因算法：向鸟儿大脑提问，改变大脑结构，直到从中取出理性的答案。"苏曼古鲁屈伸手指，"只消几千次重复即可，我敢说半分钟就够了。"

"立刻住手。"塔瓦姐说，"这可是一位斯尔的公民。我不能眼看她受折磨。我会向议会报告。"她握紧拳头，随时准备召唤忏悔者。

苏曼古鲁转头看她，咧嘴一笑。脸上的疤痕让他的笑脸变得像可怕的鬼脸。

"这可事关你自己城市的未来。我能让它开口。要干，就不能怕弄脏手。"

塔瓦姐咽了口口水。邓雅札说，这不是游戏，就是这个意思吗？有些事情不得不做。她看看发狂的卡林，心脏怦怦直跳。不能这么干。

"也许有……另一个办法。更好的办法。"必须有更好的办法。

她从肩膀上拉下自己的行医包，把包放在桌子上打开，拿出里面的通感器，戴在头上，"请放开她。我能找出我们需要的东西。"

"怎么找？"

"我能跟精灵合体。精灵都希望把自己拴在某具身体上，就像跟阿丽尔合体那样。"

苏曼古鲁皱皱眉，"解释一下。"

"我们脑中都有故事，处于自循环状态。你爱着某人的时候，就会跟对方合体。你的自我向对方延伸，就像两群萤火虫汇合在一起。有很多办法来……邀请对方加入。身体窃贼用的是故事。也有更直接的办法。我们可以用密名对阿塔下达命令，阿塔会服从。很多密名都散佚了，但还有些留存。只要会用，密名能派很多用场。"

索伯诺斯特魂灵儿的眼睛眯了起来，"你就会用。"

"有人教过我。"

"在固伯尼亚，始祖禁止我们用这种办法。我们知道，这么做会引来怪物和恐怖。人科动物的思维理应相互独立。"

"怕弄脏手的人恐怕是你吧。"

苏曼古鲁看看她，又看看阿瑟丽亚，一脸好奇，就像个孩子。

"很好。"他终于开口，"我们这是浪费时间。你来吧，别让它飞走就行。"

鸟舍没有她的幽会室安静协调，但她花了几分钟呼吸，还是进入了冥想状态。她让自己的意识延伸开，进入嘈杂的拉克鸟群、植物和闷热潮湿的空气中。接着，她对臂弯中的鸟儿低语。

告诉我你的名字。我叫塔瓦妲。告诉我你的名字。

起先没有反应。接着，她的后脑传来一阵刺痛。她忽然意识到，哪怕有封印保护，在这个被野代码侵占的地方使用通感器仍然极度危险。但总比看着无辜的生物受苦要好。*你叫什么名字？*

突然，鸟儿身体中和她脑中都有东西在动，就像条受惊的蛇。阿塔中出现了一个轮廓，烟一般盘绕在鸟儿的心脏部位。她是一条软件衔尾蛇，被囚禁在金属外壳中，在小小的世界里做着迷梦——突然，眼前出现了一条光之通道，一个声音在呼唤她。

我是阿瑟丽亚。

*阿瑟丽亚，*塔瓦妲说，*阿瑟丽亚，听我说。我要给你讲个故事。*

故事都是谎言。

这个故事是真实的。我保证。

故事讲的是什么？

这是个爱情故事。

我喜欢爱情故事。

好。塔瓦妲说完，开始讲故事。

从前有个姑娘，她只爱怪物。

十一 窃贼和伤疤

　　这个拟境里有火药和机油的味道。远处传来枪声。我被绑在一把金属椅子上，顶上投下明亮的光线。我一丝不挂，手腕和脚踝被塑料带子捆住，带子勒进了肉里。窄窄的椅背紧压着背脊，硌得我生疼。老虎已经变成了一个男人，站在阴影里，双臂交叉抱在胸前，疤脸上挂着冷漠的表情。

　　他上前一步，走进光里。动作还是像老虎。

　　"这飞船不错。"他说，"当然，对肉体做了太多妥协。不过我们能纠正这一点，就从你的婊子开始。"

　　"你把米耶里怎么样了？"

　　"那个奥尔特人？没怎么样。她会帮我一个忙，把我从这儿好好弄出去。"他拉过自己的椅子，抡了一圈，在上面坐下来，靠在椅背上。他的脸贴近我的脸，就像老虎的大嘴凑了过来，"这样，我们就有时间谈谈了。"

　　我打了个哆嗦。我们的思维仍在匣子里，目前所在的拟境在"培蝴宁"体内运行。将世界和思维分隔。这是索伯诺斯特惯用的办法。尽管如此，疼痛却不会减少。

　　老虎男人慢慢打开一把折刀。

"这个拟境来自我的记忆。"他说,"我加上了很多细节,做出了很好的化身。有神经、肌肉、血管。"他在大拇指上试了试刀锋,划出一条鲜红的血线,就像小小的微笑,"其他人总是忘记肉体的存在。人永远不该忘记自己的敌人。哪怕你不看,它也存在。这一点,那些量子垃圾①最清楚。"

我来不及控制,大笑声就从我嘴里冒了出来,还带着唾沫星子和血星。

"你一直很有幽默感,赌王。"他说,"要是你肯告诉我,佩莱格莉妮这次想从我这儿弄到什么,没准我们可以结束得快些。"

"不行。"我说。

"好吧,要是笑能让你好过——"他伸出刀子,抵在我的眼角,割了第一下。

血从我脸上流下。"知道吗,我本想给你个机会。"我开口道,"所以我才让异境之门开着。我以为你残暴的背后有足够的理由;但现在看来,你只是喜欢伤害别人而已。"

他眼睛睁圆了,后退一步。我脸上的五官开始流动,身体变了样。他的代码在我脑中回响——仿佛摸到了死人柔软冰冷的皮肤。我笑了,笑得像老虎。一个念头闪过,我就分解了椅子,站了起来。

"你干了什么?"他咆哮。

"我也许更小、更弱、更年轻,但这并不代表我不会更聪明。就像你说的:人永远不该忘记自己的敌人。我刚才做了个天穹的拟境。对,这本来是不可能的——除非你用奥尔特硬件运行索伯诺斯特软件。她是艘好船。"

---

①指佐酷人。他们曾经坚决反对意识脱离肉体上传,虽然最后仍旧走上了这条道路,但他们始终强调肉体的重要性,也经常"穿戴"肉体。

他挥刀猛砍，但我已经变成了幽灵，不受这个拟境规则的制约。"你真该穿过那扇门。"我说，"猴子有时候也会说真话。"

我冻结了这个拟境，断开跟它的链接。又一次时空断续，我回到了黑森林。老虎正跃在半空，动弹不得。我捡起异境之剑，走过老虎身边，穿过异境之门。

门把我甩回肉体里，回到让人头晕眼花的繁忙路由器之中。我抓住匣子，把它从路由器精巧的机构里扯开。就在这时，猎手之雨杀到。

米耶里看着蝴蝶化身静止下来，慢慢散开。匣子之神轻蔑的脸也渐渐消失。

"'培蝴宁'？"她轻声唤道。

在。飞船的声音传来。

"你还好吗？"

我想还好。我有点不舒服，刚刚大概睡着了。

"要是那兔崽子对你不利，我就要——"

米耶里。猎手，来了。

模拟视界乱作一团。矢量雨点般落在"培蝴宁"上，就像愤怒的孩子下笔乱涂乱画。米耶里召唤战斗孤独症人格，但被匣子之神入侵后，飞船的系统反应迟钝。何况，本来也来不及了。

鱼群似的猎手包围了"培蝴宁"。数量成千上万，每一个都是一颗小星星。猎手群犹如一条发光的河流，穿过飞船，继续向前。它们互相交织的上传光就像死亡蜘蛛网，扫过中央舱室。但这一次，光束中没有了灼人的热量，只是轻轻拂过，没有理会"培蝴宁"，而是朝路由器方向汇合，就像巨大的箭头。

反物质光闪过，路由器消失了。食人鱼撕碎了婚礼花束。太空中充满了π介子和伽马射线。一眨眼间，佐酷路由器无影无踪，只留下一团慢慢扩散的碎片残骸云。猎手群从中穿过，掉过头来，以光速的几分之一飞向高速通道主干道。

周围恢复了安静和黑暗。"培蝴宁"四周的空间什么都没剩。被唤醒的奥尔特瓦奇在墙里闪着熟悉的蓝绿色光芒。

米耶里，它说，我还能收到若昂的信号。他还在那儿。

米耶里麻木地收起飞船的翅膀和模块，改成更紧凑的形状，驾着飞船朝残骸云飞去，一路用反陨石激光开路。他们用Q粒子泡泡把偷儿拉了进来。偷儿戴着头盔，穿着快衣，手里握着一个小黑匣子按在胸前，一动不动。

米耶里让头盔打开。不透明的超物质泡泡消失后，露出的是蝴蝶曾经组合成的那张脸。

狗娘养的。米耶里从手中挤出Q粒子刀，抵在那东西的喉咙上——

"慢着！"

声音是偷儿没错。但也说明不了什么问题。

"米耶里，是我！"

听起来的确挺像偷儿。她收回刀子，但没松手，"怎么回事？"

疤脸模糊了，又变回偷儿的面孔——煤黑的眉毛，下陷的太阳穴，全是汗。"我有苏曼古鲁的始祖代码。我在佐酷珠宝里嵌进一支歌。我跟陈也玩过这套把戏——模拟天穹的拟境，一个陷阱。陈没上钩，这家伙却上钩了。猎手以为我就是他。我命令它们离我远点。奏效了。"他说得很快，上气不接下气。

"真是胡来，你这兔崽子。"米耶里说。

"没关系，"偷儿回答，"我们赢了。我还有了个计划。"

米耶里盯着他，从他手里拿过匣子。他没反抗。她用手把匣子慢慢压碎,黑色的碎片朝各个方向散开,仿佛小小的新星缓慢爆发的图像负片。

"你还利用了'培蝴宁',让她当诱饵。"

"是。"

"你差点儿害死我们,或者让我们遇上比死还可怕的命运。"

"是。"

她推开他。他在舱室中飘浮,一脸羞愧。

"给我滚开。"她说。

米耶里精疲力竭地躲在驾驶舱里,一边平息心中的怒火,一边一点一点查看"培蝴宁"的系统,抹去匣子里那个神明留下的所有痕迹。

"你感觉怎么样?"她问飞船。

不舒服。有一部分不肯工作了。我感觉不到它们。所有的魂灵儿都听从了苏曼古鲁的话,按他的话办事。有一部分进了匣子,没有回来。

"对不起。"米耶里说。

但这不是最糟的。最糟的是我眼睁睁看着你差点儿放弃,两次。你只差一点点就要引爆奇异夸克团炸弹,根本不是虚张声势。

米耶里什么也没说。

你把自己逼得太紧了。既要守诺,又要保护我,听凭佩莱格莉妮改造你。这次,你差点儿掉下来,而且底下没有我来接住你。

米耶里有一阵子说不出话来。从造出飞船的那天起,她就习惯了飞船随时随地的守护,给她温暖。但现在,"培蝴宁"的声音里藏着冷冷的怒气。

"偷儿这样对你,"米耶里说,"太过分了。我要——"

偷儿的事我会处理。"培蝴宁"说,你不必替我出头。是你造了我没错;但你造我之前,我就存在着。是你把我从阿利内带了回来,所以我永远爱你。是你让我变成了新的生物,所以我永远忠于你。但我不全是你的歌造的。语言和歌并非万能灵药。你小时候,卡尔胡用歌声治好过你的牙齿;可有些东西却是歌声无法治愈的。把火发到偷儿头上也没用。

飞船的声音在蓝宝石舱壁间回荡,在米耶里四周响起。

就算佩莱格莉妮能做出你的魂灵儿,那又怎么样?它说,什么都不会改变。你的所有魂灵儿都会和你一样强,而你仍然是米耶里。

"你从没这样跟我说过话!"米耶里叹道。

从前没必要。但现在,我不能看着你毁掉自己。要自毁,你得先过我这关。

"培蝴宁"展开翅膀。磁场和Q粒子就像带着露珠的蜘蛛网,一直伸到几英里开外,兜住温和的太阳风,把飞船推回轨道,朝高速通道和地球进发。

我们接下来该这么做:跟偷儿谈话,然后去地球,依照偷儿拿我喂老虎换来的计划行动,最后救回席丹。这样,我们大家就都自由了。答应我,你不会放弃。

米耶里满心羞愧。库乌塔和伊尔玛塔,宽恕我。"我答应。"她轻声道。

很好。现在让我一个人待会儿。我要疗伤。说罢,飞船切断了联系。

米耶里头晕目眩,静静坐了一会儿,这才起身去主舱。主舱空空荡荡,就像她此刻的脑袋。随着飞船柔和的加速,战斗的残余——碎片和灰尘——在主舱内旋转。

她缓缓地、犹豫地唱起歌来。唱的是简单的柯多歌曲,唱的是食物、饮料、舒适和桑拿。主舱内慢慢出现家具的轮廓,就像有支看不见的笔在空中描绘。该做做家务了。

我在飞船的镜墙里照照自己的新脸,试试大小,做做调整。疤痕和下巴的曲线还不大对。脑子里有个代码的感觉更差。虽然它现在紧紧锁在意识的一角,但我还得再用它一次。烧焦的肉体,秽物,电。我打了个哆嗦。这就是苏曼古鲁的本质?难怪在盒子里才待了几个世纪就把他逼急了。

我闭上眼睛,把注意力集中到手中的威士忌上。我让到舱室内的小小造物机造出一杯酒,以分散注意力,减轻伤口的疼痛。我固然可以直接关掉痛觉;但很久之前,我的火星朋友艾萨克教过我,酒精的安慰作用可不仅仅是化学过程,而是模因,是感受。酒神巴克斯会在我脑中开口说话,让一切都好起来——理论上应该如此。但此刻,麦芽酒的味道太像内疚。

尽管如此,我还是喝了一大口。正喝着,飞船的蝴蝶化身之一飞进了舱室。我看看它,它没说话。

“听着,我没别的办法。”我说,“一定得让那东西觉得自己有条出路。只靠我自己没法修改索伯诺斯特的天穹,只有在奥尔特技术的支持下才有可能。我只能让它先抓住你,才能逮住它。所以我把你的一部分带了进去。对不起。”

蝴蝶还是没说话。它的翅膀让我想起在苏曼古鲁记忆中看到的珠宝。上帝降下的火焰。某些始祖的愤怒混进了我的情绪。沉下去,别冒头。我对它说。

“每个骗术里都得有诱饵。”我说,“抱歉,这次只能是你。”

“你根本没有歉意。”飞船说,“你是赌王,怎么可能对谁心生歉意?"蝴蝶停在酒杯边缘。薄薄的伪物质酒杯底部躺着金色的液体,蝴蝶扭曲的倒影映在上面。

"在火星上,我真以为你能帮助米耶里,让她明白不必事事都听佩莱格莉妮的。我以为你看到了她的另一面。你甚至还让她唱出了歌。可到头来,你还是跟她一样,为了虚幻的目标,什么代价都愿意付。"

"你说得轻巧,"我反驳,"你不过是个……"我说不下去了。仆人?奴隶?情人?飞船对米耶里来说到底算什么?我实在想不出来。"对不起。"我嘟哝道。

"你今天很喜欢说这个词啊。"

"我喜欢这身皮囊,"我说,"这我不否认。我不打算再回监狱,也不打算去那个猎手警察给我预备的其他地狱。至少,我之前跟佩莱格莉妮打过交道,能对付她。"我住了嘴。那位女神肯定时时刻刻监听着我们的谈话。但飞船似乎并不在意这一点。

"是吗?"蝴蝶嘲讽道,"能对付她?所以才被她逼着接手不可能完成的任务?"

"你不明白这有多重要,飞船。要是陈拿到了那块脉冲制品,而我预料得没错——"

"我只明白对我重要的东西。""培蝴宁"说,"你呢?"

说到比赛瞪眼睛,真的很难赢过一只蝴蝶,哪怕我现在长着太阳系中最厉害的战神的脸也没用。所以,到最后,移开视线的还是我。

"我要自由。"我说,"所以我还会再试一次。我在火星上曾经拥有过重要的东西,最后却抛弃了它。我有种感觉——你可能不会相信——从前的我是故意让自己被抓的。佩莱格莉妮给我看了上次被抓的经过。看完后,我想起了很多东西,有关佩莱格莉妮,有关地球,还有她到底想要什么。"我揉揉鼻梁。疤痕组织摸起来粗糙又陌生。

"你瞧,上一次,我曾有个计划,完美的计划,却没使用,而是直接向陈挑战,看自己能否打败他。"我晃晃杯子,蝴蝶飞了起来。我又倒了些威士忌,"所以,我的目的不是成为什么赌王,而是为了摆脱这一身份。"

"你那个计划,"飞船一字一句地问道,"能成功吗?"

"能。唯一的问题是,在现在这种情况下,我不敢保证米耶里会答应。"

"说来听听。"

于是,我跟她讲了战脑和卡米纳里珠宝的故事,还有保险天堂、斯尔市、昂神和身体窃贼的故事。当然有所保留,但足以让她相信计划能成功。反正这次要干重活的人是我。蝴蝶认真听着。也许在我脑中深处,佩莱格莉妮正在大笑。

"你说得对,"最后,"培蝴宁"说,"米耶里不会答应的。她宁可自己死。"

我用意念强行转换,换回了自己的脸。"那,我们怎么做?"我把玻璃杯小心地放在空中,就像下了一步棋。该你了。

"做你最擅长的,"飞船说,"我们骗她。"

十二　塔瓦妲和卡林

塔瓦妲和艾克索洛托的故事

只爱怪物的姑娘独自走在亡者之城窄窄的街道上。

行尸在服务器坟墓旁挤作一团,抱团取暖,用空洞无神的眼睛看着她。

驱使她来到这里的是本能,而非其他。她要寻找一个藏身处,让忏悔者和威拉兹找不到她。要是有人来,她可以扮作行尸。在这里,在亡者中间,她很安全。

有个行尸尾随在她身后。她没有停下,继续朝前走。

从合体术士那儿回来后,邓妮就变了个人。脖子上挂着精灵瓶,标志着两个生物合为一体。姑娘没法再去她那儿寻求帮助。她已经不是从前的姐姐了。

至于父亲——

行尸抓住了她的胳膊。他干枯高瘦,肮脏的胡子乱蓬蓬的,手指力气很大,紧紧地抓着她。

"我在黎明时分枪杀了一个天使歹徒,"他高声道,"它说,诅咒你,马利翁,烧——"他冲着她的脸,用单调的声音喊着,一嘴烂牙的臭嘴吐出自己的故事。她挣扎着摆脱他的手指,逃走了。

她没能跑多远。越来越多的行尸从坟墓中走了出来,在日光的照耀下不停地眨巴着眼睛,喃喃念着自己的故事,汇成空洞的和声。他们堵住了她,围成一团,摸她,压她,变成一堵不停嘟哝的肮脏人墙。她用手紧紧捂住耳朵,不让自己听故事。他们把她的手拉开——

一阵冷风刮来,撕扯着她的头发和脸。风中藏着锋利的东西,像是沙子。还有个声音。

"这……一个……是……我的。"声音说。

行尸们动作一致,扛着她朝前走去。他们把她按在一座坟墓上,她的头砰地撞上了火热的墙壁。她眼前一黑,晕了过去。晕过去之前,她感到有一只沙子组成的手把她托到了空中。

"你是谁?来这儿做什么?"醒来的时候,她听到了一个声音。周围一片漆黑,只有一个精灵的思想形。他的脸是许多小小的苍白火苗。

她能说什么呢?说她生长在戈麦莱残片里,父亲的宫殿中?说她刚过八岁,"怒吼"就带走了她的母亲?

说她从前喜欢逃避精灵导师?说她从前喜欢古老的语言,学了很多秘密词语,把精灵导师们也搞糊涂了?

说她姐姐去了合体术士那儿变成木塔希博后,她就只剩一个人孤零零?说她渴望听到被禁的故事,想看从沙漠上归来的寻宝猎人,还想跟亡者之城中的行尸和老精灵说话?说尽管她喜欢这些,父亲却把她嫁给了威拉兹?

"我是塔瓦妲。"她说,"谢谢你救了我。"

坟墓不大,不过是粗糙水泥建筑的入口玄关。建筑是行尸们建造的,用来存放嗡嗡作响的机器。机器里储存着精灵的思维。

地上洒着沙子。坟墓里唯一的光源就是精灵的脸。

"这么说,你就是忏悔者在寻找的那个姑娘了。"精灵说。他的声音柔和,有点害羞,却是人类的嗓音,"你该走了。"

"我会走的。"她揉揉自己的头,"但我需要休息。我明早就走,我保证。"

"你没明白。"精灵说,"你不该跟我这样的东西一起过夜。这不是你们种族该待的地方。"

"我不怕。"她说,"你不可能比忏悔者还坏。也不可能比我丈夫更坏。"

精灵大笑。他的笑声是断断续续的嘶嘶声和爆裂声,就像火焰在笑,"哎呀,亲爱的孩子,你根本想象不到我有多坏。"

"你有名字吗?"塔瓦妲问道。火焰脸闪了闪。

"从前,我被人称作泽巴。"他说,"你把我逗笑了。就为这个,你可以在这儿休息,不用害怕。"

就这样,爱怪物的姑娘就在亡者之城中住了下来,住在精灵泽巴的坟墓里。那里吃的东西很少,时间却很漫长。姑娘和行尸,以及其他精灵的仆人一起修缮坟墓。她用地毯、靠垫、蜡烛和陶水罐布置了泽巴的坟墓,让坟墓稍微舒适一点。

她向其他精灵打听泽巴的事,但其他精灵不愿回答,只是喃喃自语。

"他想死。"有个行尸说,"他累了。但亡者之城却没有死亡。"

不过,两人在一起的时候,泽巴从没谈论过死亡。不管她问什么问题,他都愿意回答,哪怕是从前精灵导师讳莫如深的话题也一样。

"沙漠什么样?"有一天晚上,她问道,"我一直想去看看,就像木塔力棒那样。"

"木塔力棒的沙漠不是我们的沙漠。我们的沙漠充满了生命、思想河流、记忆森林，还有故事与梦想筑成的城堡。我们的沙漠不能叫沙漠。"

"那你们为什么来这儿？精灵为什么来斯尔？"

"你不知道做个精灵有多苦。总是受冻，没有拟境，没有身体。可我们记得身体：身体会痒，会疼，会受伤。当然我们有阿塔，可阿塔跟身体毕竟不同。这儿至少有温暖。我们渴望温暖。"

"既然这么苦，你为什么不像其他精灵一样，弄个行尸？为什么一个人住？"

精灵什么也没说，离开了坟墓，让思维去了其他地方。那一夜，她在寒冷中入睡。

过了几夜，泽巴回来了。她点起蜡烛，把坟墓打扮得漂漂亮亮，在冷却水箱里洗刷自己，然后用手指梳理了乱蓬蓬的头发。

"给我讲个故事。"她说。

"我不讲。"泽巴回答，"要我讲故事，你真是疯了。你该走了，回你的家人中去。"

"我不知道你为什么要惩罚自己。给我讲个故事，我要听。我要你。我见过我姐姐和精灵，她再也不孤单了。你可以到我身体里来，不必再受冻了。"

"别碰我。碰了，你会恨我的。"

"我不信。你是个好人，泽巴。我不知道你觉得自己犯了什么错；我只知道，如果成为你的一部分，我会很高兴。"

泽巴沉默许久，久到塔瓦姐以为他又气走了，而且再也不会回来。突然，他开始说话，用的是柔和的、讲故事的嗓音。

泽巴和秘密的故事

年轻的时候,我有过身体。那时候,我住在一座城市里。每天早晨,我都会坐火车。我记得火车摇摇晃晃,记得里面的味道:人的味道、快餐的味道、咖啡的味道。我记得我当时想:把自己想象成别人多容易啊!只要变换一下表情,跟对方的目光短暂接触一下,我就能变成穿着蓝色运动衫的文身男孩儿,或者低头看剧本、嘴里念念有词的女孩儿。

这就是我记忆中的火车。但我不记得火车到底开往何方。

我记得一切破碎的那一天。无人机从天上掉下,房子在地基上摇晃,就像巨大的动物慢慢苏醒。远处传来轰隆隆的声音,天空中尽是逃跑的飞船。

之后,就是永恒的黑暗和寒冷。

醒来后,我已经变成了另一种生命。我花了很长时间才适应这种生命,活了下来。我让自己慢下来,好在嵌合兽的大脑里运行;只做条理清晰的梦,免得自己发疯。我给自己造了一辆梦境火车,在上面我能变成其他人。我坐着这辆摇摇晃晃的梦境火车,坐了很多年。

有一天,我在火车上一抬头,看到了花儿王子。

他拉着镶在车顶上的黄色扶手,身体微微后仰,穿着蓝色的天鹅绒外套,翻领上别着一朵花。他的脸上只有一张咧开笑的大嘴,实在不能叫脸。

"你在这儿干什么,泽巴?一个人孤零零的。"他问道。我想,这不过是梦罢了,于是笑了起来。

"难道你要我跟兄弟们一样,去吃拉克鸟或者嵌合兽的肉?"我反问,"我更喜欢做梦。"

"做梦固然好，"他说，"但你总有一天要醒来呀。"

"醒来发现自己在沙漠上，没有身体，只有思维？然后被木塔力棒抓住，放到罐子里，去斯尔市伺候某位肥胖的老爷或者太太，直到他们发善心放我自由？"我又反问，"就连噩梦也比这个强。"

"要是我告诉你，你能把那些肥胖的身体收归己有呢？"他爱嘲笑人的眼睛发着光。

"该怎么做？"

他用手臂揽住我的肩膀，在我耳边低语，"让我告诉你个秘密。"

让我也告诉你吧，塔瓦姐，这样我们就能合为一体了。

于是，从那以后，爱怪物的姑娘和泽巴就像卡林和木塔希博——不，还不止如此。她既不是他的主人，也不是他的奴隶。他们一同寻找秘密处所，走过亡者之城和巴努·萨珊的秘密通道。

他们一度变成了一个全新的人。下雨的时候，塔瓦姐望着雨点落在坟墓上，看着他俩的屋顶上蒸腾起水汽；而泽巴也会像第一次看到这景象一样，满心新奇。

有一天，一个名叫卡法的男人来到了亡者之城。他曾经高大英俊，现在却成了个瘸子，还用斗篷遮住身体，用头巾盖住头。

"我听说，"他向行尸打听，"有个女人驯服了艾克索洛托。"行尸窃窃私语一番，把他带到塔瓦姐面前。

塔瓦姐给他上茶，微微一笑。"这些不过是谣传，是故事。"她说，"我只是个可怜的姑娘，住在亡者之城，靠为精灵服务谋生。"

卡法看着她，捋捋短胡子，"这话没错。可你满足吗？你家境优渥，原本的生活比这强得多。要是你肯跟我来，你就会知道，能让精灵听话的女人，在斯尔市能怎样呼风唤雨。"

塔瓦姐摇摇头，送他出门。过后，她思索这事的时候——她的思想和艾克索洛托的混在一块儿——她发现自己确实怀念人类的陪伴。她怀念不住在坟墓里的生物，怀念不是沙子的触摸。也许她该走——她体内属于泽巴的那部分说。我绝不离开他——属于塔瓦姐的那部分反驳。也有可能，想走的是她，说别走的是泽巴。

后来，有天早晨，她告诉泽巴，自己前一晚梦见了火车。

"你会变成我的。"泽巴说，"我太老，也太强。"

"对，你是我的大精灵，我可怕的艾克索洛托。"塔瓦姐逗他。

"对，我是。我正是艾克索洛托。"

"我还以为那人管你叫艾克索洛托，不过是在嘲弄你。"她轻声道。

"我不是告诉你了吗，我就是艾克索洛托，第一个身体窃贼。我从沙漠来到斯尔市，差点儿把整座城市变成了我的东西。"

塔瓦姐闭上眼睛。

"艾克索洛托来的那天晚上，我祖父在场。那是个行尸之夜。"她说，"祖父说，那就像一场瘟疫。只消陌生人对你耳语几句，你就被附身了。街上满是眼神空洞的人，他们有的停住脚步，死盯着什么东西不放；有的从自己身上割下肉来；有的不停地吃东西；还有的当街做爱。"

"对。"

"最后，人们把第一批行尸带到索阿伦兹残片顶上。丈夫们带来了已经变成陌生人的妻子，母亲们带来了用诡异声音说话的孩子。然后，他们把行尸们推了下去，落到沙漠里。"

"对。"

"从那以后，忏悔者就开始搜捕故事。给别人讲虚假的故事，就是死罪。"

"对。"泽巴沉默片刻，"我本来可以告诉你，我不是故意的。我可以说，当时我被肉体吞没了，迷失在众多自循环的浪潮里，不知道自己在做什么。可这是谎言。我只是饿了。而且我现在还饿。塔瓦妲，要是你继续跟我待在一起，你的思想就会彻底变成我的思想，什么都不剩下。这样行吗？"

"行！"

不行。她体内某一部分说。可她分不出这一部分是谁的。

第二天她醒来的时候，坟墓寒冷死寂。她发现，早晨坟墓上升腾起的水汽已经引不起她的回忆了。她坐着，直到日上三竿，想记起花儿王子说过的秘密。但秘密已经消失了。艾克索洛托——泽巴——也消失了。

于是，爱怪物的姑娘（可怪物之中，只有一个是她最心爱的）收拾起行装，住进了故事宫殿。不过，那就是另一个故事了。

故事讲完后，塔瓦妲成了阿瑟丽亚，阿瑟丽亚成了塔瓦妲。她所在的身体温暖坚固。她看看自己的手。手比记忆中美得多，熏了香，涂了油，覆盖着复杂的红黑旋涡，装饰着金环。塔瓦妲——阿瑟丽亚——举起双手，像盲妇般摸摸自己的五官。有个黑脸膛的男人看着她们。塔瓦妲告诉她不用害怕，他是朋友，不会伤害她们。[1]

*告诉我，发生了什么。*塔瓦妲开口。一开始，她不太想说；但塔瓦妲哄着她，而且她现在觉得很安全——一部分在鸟罐里，一部分在温暖的身体里——所以她说了。

从前，我住在近海的一座岛屿上。我善于辨识纹样。我能从

---

[1]在以下的段落中，塔瓦妲与阿瑟丽亚的思维相混，就像上文中塔瓦妲的思维与泽巴相混一样。阅读时请注意叙述者的变化（以变体字标明）。

云彩里看出各种图案,还把这些图案织进孙辈的袜子里。后来,我的手痛起来,还颤抖。我不愿意变得这么老,所以交出了自己的思维。他们给了我一套上传装备。我到安格斯墓前,跟他道了别,坐在那儿吞下药丸,将冰冷的冠冕①戴在头上。我本以为能在那边见到他。结果我的手还是痛,永远都痛。嘘,别想这个,想想阿丽尔。我想念阿丽尔。

我知道。跟阿丽尔合体时,是什么样的?

我帮她看纹样。沙漠里有,风里有,野代码里也有。我们发掘财宝。土壤底下埋着魂灵儿,只要找对地方,就能挖出来。我们喜欢飞行。我们会爬到拉克船的索具上,底下的人喊我们回来,我们理都不理。看看底下的人——委拉斯凯兹、祖威拉,还有其他人——都慌成什么样了!他们看不见藏在沙漠皮肤下面的光②,但我们能看见。那个男孩儿也能看见。看看这些光!

她举起双手,按住眼睛。按得越紧,眼前跃动的光点越多。看哪!

不不不,看着我。她就在那儿,望着阿瑟丽亚微笑。她面颊上有泪珠滚落,但她在微笑。想想阿丽尔,别想光。

累。手疼。议会。会议。卡萨想把光交出去,交给钻石人③。也许是该交出去了。我累了,去不动沙漠了。我以前从没累过。我想再一次感觉到累,我想睡觉,我想做梦。我们能不能跳跳舞,跳到我累为止?我能听到音乐声。

她想站起来。她的脚想跳舞。等会儿。我能理解你的感受。阿丽尔去哪儿了?

艾克索洛托把她带走了。

---

①指上传设备。

②指沙漠中的魂灵儿。

③意思是将沙漠中的魂灵儿资源交给索伯诺斯特(钻石人)。

不，这不可能。

震惊就像绷紧的电线，狠狠切割着她的思维。疼。绝望中，只有合体是她的救命稻草，她紧紧抓住，让阿瑟丽亚的记忆覆盖自己的记忆——冰冷的早晨，海浪冲刷着坚硬的岩石海岸，我脸上有风和盐粒，手中握着另一只手——片刻后，她又进入了鸟儿的大脑。

你能肯定吗？他在我的故事里出现过，阿瑟丽亚。你现在也在讲故事吗？

不，我之前并不知道他的名字。但那就是他，你故事中的精灵。艾克索洛托。他从哪儿来的？

那时候，他就是我们，我们就是他。他说一切都会好的，阿丽尔会去一个更好的地方。在坟墓旁边的时候，我也以为自己会去一个更好的地方。但我看到野代码抓住了她。黑墨水做的昆虫。虫子写满了她全身。艾克索洛托撒了谎。故事全是谎言。

什么故事？

我在光里看见的。光里有个圆圈。它想跳过一个方块。它失败了一次又一次，一次又一次。方块爱着它，不愿让它走。圆圈在寻找某件失落的东西。

你从哪儿听来这故事的？

我不记得了。

艾……艾克索洛托去哪儿了？

我看不见。她把我藏了起来。他来的时候，她把我藏进了禁地。四周都是墙，还有阿塔。我想念阿丽尔，我是她的卡林，她是我的木塔希博。

对，你是。你永远都是。

她本该给我更多东西，本该住在我身体里。她总是带我出去看光，然后就把我藏起来。她本该给我更多东西。现在她不见了。她只留给我一样东西。什么东西？

我不能说。

告诉我，你就能睡觉了。告诉我，你就能跳舞了。

她脑中回响起一个词，一个迷宫般的词。这是一个密名，密名的音节在她脑海中闪亮，就像一串珍珠。密名很长，简直就是一段旋律。跟所有的密名一样，它为她带来宁静平和：父亲的厨房，菜肴马上就要出锅，父亲的手放在她肩上；在消失已久的岛上，海浪冲刷着海岸。清晨，安格斯头发的气味。

该睡觉了。塔瓦妲说。阿瑟丽亚感到自己的嘴唇吐出几个词，在阿塔中变成了音乐。接着，她回到了鸟儿形状的精灵瓶里，做着梦。梦见自己在跳舞，梦见自己是塔瓦妲。

塔瓦妲站起身，温柔地把卡林鸟阿瑟丽亚放回栖架上。她的手关节疼痛不已。模拟合体是暂时的，但总会留下踪迹。她希望自己的自循环能留给卡林鸟一点安慰。至于她自己，她比合体前更加焦虑不安。她除掉头上的通感器，坐了下来，双腿发抖。

他为什么要这么做？阿丽尔遗体的可怕形状又闪过眼前。他怎么能这么做？为什么？

是的，他是身体窃贼之父。但他说过，他再也不会这么做了。是因为我吗？因为我们不能在一起吗？

卡林鸟脑中的故事碎片——那个圆圈和方块的故事——里面有他，她嗅得出。那个故事很奇怪，完全是抽象的，像孩童的画，只有骨架，没有细节。一般来说，身体窃贼讲述的违禁故事都会让人上瘾，危机重重，扣人心弦，人物栩栩如生，会一直钻进你的脑海，然后变成你。但这个故事很粗糙，只有简单的渴望，迷梦般的需求，要寻找某样失落之物。

还有,那个密名。它就像黄铜大钟,一直在她脑中回响。

苏曼古鲁正盯着她。她无言地望着他,用疼痛的双手按住前额。

"很抱歉,苏曼古鲁老爷。合体之后总需要一点时间恢复。"我该怎么跟他说?说犯人是我的爱人?谁知道他会有什么反应?

她又揉揉前额,扮出比实际更虚弱的样子。这倒不难,毕竟昨晚她睡得太少,早上没吃饭,坐了飞毯,还来了一次合体。"请给我几分钟。"

她站起身,来到风车树荫下的小池塘边。小小的拉克鸟掠过水面,搅动了她水中的倒影。她用水洗了脸。水弄花了她脸上的妆容,她毫不在乎。她的肠胃痛苦地纠缠成一团,皮肤麻木。只爱怪物的姑娘。但我并不相信他是怪物。我从没真心相信过。哪怕他要我信,我也不信。

苏曼古鲁静静坐在卡林鸟旁边,看着她。她回到拱顶下的阳光空地上,露出微笑。

"结果怎么样?"

"大部分都是噪音。但阿丽尔确实被附了身,有个身体窃贼占据了她的身体。在彻底失去自我之前,她想办法藏起了自己的卡林。"

"关于这个……窃贼,有什么线索?"

"只有它用作附身介质的故事留下的回音。"

"就这么点?"

"对。至少,我们已经知道这不是自杀。"她垂下眼睛,在声音中加了点颤抖,擦擦眼睛,"对不起,苏曼古鲁老爷,阿丽尔女士是我们家的亲密朋友。"

"你给那东西讲的故事——目的是什么?"

"我说过，故事就是合体的附着点，是我的自循环的种子，埋在阿瑟丽亚的思维里。不过是讲给孩子听的童话而已。"

苏曼古鲁站了起来，手中突然出现一把折刀，慢慢打开。"你撒的谎很动听。但我听过的谎话太多了，对它们了如指掌。"他贴近塔瓦妲，笑容像机器和金属，"告诉我实话。那只鸟到底说了什么？"

塔瓦妲腹中的结散开，取而代之的是一股怒气。她挺直身体。把他想成某个无礼的精灵。"苏曼古鲁老爷，我是卡萨·戈麦莱的女儿。在斯尔，撒谎是个严重的罪名。您还想再挨我一下吗？"

"哼。"魂灵儿用刀刃贴贴嘴唇，"你也想受受那只鸟儿受过的苦吗？"

"您不敢这么做。"

"我只为共同盛业服务。所有的肉体在我看来都一样。"他眼中又闪过光芒，柔软的光芒。塔瓦妲的心脏怦怦直跳。

"我不允许您用这种语气跟我说话。"她听到自己说，"您怎么敢？您来到我们这里，把我们看作玩具。难道这是您的城市吗？难道您的祖父是跟昂神达成协议，保护我们不被野代码沙漠吞噬的佐多·戈麦莱？

"您尽可以威胁，但您威胁的不只是塔瓦妲。我身后站着整个斯尔市，还有昂神和沙漠。它们曾一度奋起反抗您。只要我父亲说出正确的密名，它们还会这么做。所以，索伯诺斯特的苏曼古鲁老爷，请放尊重些。否则我一句话就能剥下您的封印，让您瞧瞧野代码是否比戈麦莱家族的塔瓦妲更加宽容。"

她喘着粗气。好一个外交官塔瓦妲。她的手紧紧捏成拳头，紧到精灵戒指嵌进了肉里。

片刻后，索伯诺斯特魂灵儿轻声笑了，垂下折刀，摊开双手。

　　"你该做个苏曼古鲁，"他说，"也许我们能——"

　　苏曼古鲁还没说完，身上就飘来一片阴影。塔瓦妲抬头看去，只见蓝色天空的映衬下，几百双快速振动的透明翅膀反射着阳光。快者。

　　一百支枪同时嗒嗒开火。拱顶碎裂，玻璃碴洒了苏曼古鲁一身，金属雨般的密集针尖朝他们攻来。

十三　战脑和卡米纳里珠宝的故事

索伯诺斯特舰队从宇宙弦[1]的阴影中跃出，对量子垃圾佐酷人发起了进攻。

战脑在战斗拟境中指挥进攻。虽然有了肉体，他只给自己一点点享受，让拟境中有一丝微微的枪支机油味——这也是对原型的尊重。除此之外，他完全沉浸在超我翻译和过滤过来的战斗空间数据中。他所有的拷贝兄弟——从最低等的纳米导弹战争弹头，到巨型州船上他本人的高级分支——都是他的眼睛。

他需要这些眼睛。弦在时空中切出的角度很小，造成的引力透镜效应[2]会让佐酷人眼前出现重影。这种效应同样会影响他。只有在所有眼睛的帮助下，他才能顺利航行。弦是木星爆发在真空中留下的伤疤，还不到一费米[3]厚，但长达十公里，呈圈状，比地球的质量还大，周围环绕着不断增厚的氢云和尘埃云，就像一根带肉的骨头。

战脑的舰队一共有两百艘区船，有几艘被弦吞没了。被吞没

---

①指在宇宙形成早期，在对称性破缺的相变中，形成的一维拓扑缺陷。

②根据广义相对论，当背景光源发出的光在引力场（比如星系、星系团及黑洞）附近经过时，光线会像通过透镜一样发生弯曲。

③$10^{-15}$米。

的战舰在队列中发出无声的闪光,仿佛佩莱格莉妮项链上的钻石。但他们的牺牲换来了进攻的出其不意——舰队顺利地对佐酷飞船形成了夹攻之势,就像一把愤怒与核聚变组成的铁钳。

跟索伯诺斯特的钻石楔形及多边形舰队相比,敌人的飞船又大又笨重。有些敌船结构复杂,就像上发条的玩具,载着附在物质身体上的思维(真是浪费[1])。剩下的敌船则更像临时凑数的,肥皂泡泡里装着或蓝或绿的量子大脑——活生生的大脑。佐酷人太喜欢使用这种长存的量子态了。老地球那套黏糊糊的传统生物学肯定讨厌这种做法。

但佐酷人还是有些手段的。尽管位于彼此的光锥[2]之外,他们看似疯狂随意的还击,不知怎么竟能完美对抗两股夹攻的索伯诺斯特势力。索伯诺斯特舰队向敌舰吐出奇异夸克导弹,导弹击中目标,奇异重子和伽马射线喷薄而出,造成的损害却远比战脑预计的小。

量子垃圾,战脑想,这些佐酷人信奉量子力学的不可测性和唯一性,他们居然连克隆都反对。就凭这个,攻击他们就是正义的。没有克隆就意味着万物终有一死。跟他的拷贝兄弟一样,他存在的目的就是为了战胜死亡。这一仗他是不会打输的。

在战脑的命令下,舰队的阿尔肯[3]计算出纳什均衡点[4],让区船流变成群聚的自组织阵型,围住佐酷飞船,打算逼对方使用别的手段,无法再利用共享的纠缠量子态占得上风。看起来这一招很灵:

①除非特殊情况下,索伯诺斯特一般不穿戴肉身,保持纯思维形态。佐酷人则喜欢将思维附着在躯体上。

②可以看作闵可夫斯基时空下的一束光随时间演化的轨迹。

③索伯诺斯特始祖之一的手下,长生不死的精神体,擅长博弈理论。

④在博弈论中有重要地位的概念。如果在某种情况下,任何参与者不能通过独自行动增加收益,此策略组合被称为纳什均衡点,或纳什平衡。其经典的例子就是囚徒困境。

佐酷飞船分散开来,中间留下一个缺口——

突然间,缺口被填满了。两艘佐酷大炮族的巨型飞船甩开覆盖其上的超物质隐身斗篷,露出真容,接着立即开火。这两艘飞船呈球形,体积甚至超过了索伯诺斯特的州船,拥有长达几公里的线性加速尾部。两艘船喷出普朗克尺度的黑洞,黑洞蒸散,引起剧烈的霍金辐射高峰,把巨量物质转化为能量。这些人到底在干什么?

许多载着数百万魂灵儿的区船蒸发殆尽。战脑没理会面临真正死亡的拷贝兄弟的悲鸣,而是专注于战争。(他只分出一个魂灵儿去处理震惊情绪。这个魂灵儿因为得到为共同盛业增光添彩的机会,浑身涌起"晓"的洪流,对他再三致谢。)他把州船拉近,船上的分析魂灵儿争着提供各种方案,向他展示多种可能的结果。

他们在保护什么东西。

他不理睬四散逃逸的佐酷飞船,把注意力集中在大炮族的两艘船上,用州船上的所有武器向它们集火射击,同时召回区船群。

一枚奇异夸克导弹突破了他们的防御,打穿了一艘球形船的黑洞容器——镜子般的容器将黑洞的霍金辐射又反射回黑洞里,让黑洞保持稳定。容器一破,内部的黑洞立即消散,两艘佐酷飞船都在爆炸中消失了。爆炸又摧毁了众多索伯诺斯特区船,让它们为大炮族的飞船陪葬。不过,这是值得的。

在梳理爆炸留下的离子云和危险的拓扑缺陷网的时候,战脑的魂灵儿发现了佐酷人想保护的宝物。

战脑花了好些主观年才搞明白前木星残骸、宇宙弦网、非平凡拓扑学,还有奇异物质块如何将时空揉成纸团。但他从没见过这样的东西。

他低声诅咒。这就意味着,他不得不将情况汇报给陈了。

战脑讨厌陈的拟境。陈的拟境纯由语言构成,就像水墨禅意画。白纸上,黑色的笔触构成文字,继而构成物体:黑白沙滩,海浪即将拍岸;一座桥;一块岩石。所有的抽象形体既是能指,也是所指。全靠造物魂灵儿不断改变拟境的形状,维持如此精巧的构造,战脑才能在里面维持知觉的连续性。

对战脑来说,这地方更像量子垃圾的异境,而不是索伯诺斯特拟境。跟拷贝兄弟们一样,他更喜欢物质世界和肉体,以铭记战争的残酷,并对原型表示尊敬。但陈的拟境完全忽略了原型记忆。而原型记忆可是所有索伯诺斯特现实的神圣基石。

这还不是最糟的。最糟的是,拟境正中央还有一团漆黑,一个浓浓的墨水点,没有意义,只有寂静,旁边围绕着同样无意义的文字:

不存在的颜色

冬天的龙产下一枚蛋

未经孵化的奇异循环

造物魂灵儿低语/书写/描画。

战脑打了个哆嗦。这东西肯定是被关起来的龙。不是尤达意蒙①,也不是人类意识。它是始祖们犯下的唯一过错,在第一个固伯尼亚中进化而成的生物,比人类更加强大。在深时的几千年前,它们挣脱了锁链,挑起了索伯诺斯特历史上最血腥的战争。就因为这个,始祖们才放弃了改进原始人类认知结构的努力,转而把魂灵儿关在意识壳里,把意识壳关在拟境里,把拟境关在超我里,一层叠一层,就像洋葱皮。这全是为了避免龙再度出生。那些被抓

---

①希腊神话中的善精灵或天使。此处类似良知。

住、拴上锁链的龙,则由陈看管,关在沙盒①环境中。至于他是打算拿这些龙做武器,还是作为不再犯错的警示——没人知道。

"祝贺你打了大胜仗,兄弟。"陈说。他本人总算不是文字,而是个小个子男人,年纪不大,头发花白,全身单调得像水墨画,"你非常出色地完成了大计划赋予你的任务。"

战脑哼了一声,"嗯,可我却发现了不属于大计划的东西。"

"是吗?"陈的眼中闪过礼貌的好奇。

"没错。我来向您请示,能否延迟前往伽利略会合点的行动。佐酷人有阴谋,我要打探出他们的目的,然后摧毁它。"

陈微微一笑。他比战脑的等级高出几代,战脑必须对他表示敬意。但严格遵循晓的等级是件很麻烦的事,尤其在战时。木星爆发后,政治混乱席卷了所有的固伯尼亚,陈却坚持要在所有区船上安置一个自己的魂灵儿,作为观察员。虽然战脑船上的这一个礼数周到,但事事都得向别人汇报请示,实在不合战脑的性格。

"自然,这由你来决定,"陈说,"我不想干涉你对舰队的指挥。不过,我想亲眼看看你刚才提到的了不起的东西。"

战脑点点头,对着天穹默念自己的代码。战脑代码的强烈程度吓了造物魂灵儿一跳,拟境中出现了代表恐惧的墨水渍。陈的一部分语言建筑消失了,水墨桥和竹林淡化成不连贯的灰色。战脑看着这一切,心中升起残忍的得意。陈不满地看了他一眼,但战脑打开的亚拟境很快吸引了他的注意力。

战脑对佐酷珠宝并不陌生。那是佐酷人用来储存纠缠量子态、连接彼此成为整体的工具。战脑一直觉得佐酷人的这种做法实在太荒唐了——居然要听从基本可以算是随意的命令②。跟这

---

①又译为沙箱,是一种计算机安全机制,为运行中的程序提供的隔离环境。

②赌王正是利用了这一点,才借助佐酷珠宝切入佐酷处理器,进而打开那只匣子。

个相比,能听到超我慈爱的声音,听到它根据大计划下达的命令,战脑觉得自己幸运多了。

但这一块不是普通的佐酷珠宝。在真实空间,它的直径大概有十厘米,包含了阴阳二元。珠宝的形状就像两半水晶大脑,在中间一点相连,闪着紫色和白色的光芒。两半大脑都是不断重复的自相似结构,就像树的枝叶,或者合掌祈祷、向某位神祇乞求的双手。

在外面的超空间,战脑派出众多魂灵儿,簇拥在珠宝旁边进行检测。魂灵儿们用数千纳米尺度的手指探测后得知:这东西不是物质,甚至不是在固伯尼亚深处炼成的克罗莫技术伪物质。它是结成晶体的时空,只因为里面有供光线穿透、弯曲、散射的奇特通道,才成为可见之物。尽管是时空的结晶,里面却没有奇点,也没有不连续。而且,这东西是活的:那些分形手指不断移动转换,仿佛应和着某种量子波动,划出条条荧光测地线①。

"了不起。"陈屏住了呼吸。

战脑惊讶地看着他,"您从前见过?"

"没亲眼见过。"陈回答,"但长久以来,我和兄弟们一直在跟佐酷人下一盘大棋,所以知道些内情。我们……我们本来就希望能在这儿找到类似的东西。"

"那么,这到底是什么?"

"是兔子洞②。"陈说,"要是我直接掉下去,穿过地球的中心,会发生什么呢……"他眼中露出梦幻般的神情,温柔地抚摸着亚拟境中的珠宝。

"我不明白。"战脑说。

---

①又称大地线或短程线,数学上可视作直线在弯曲空间中的推广。

②爱丽丝掉进兔子洞,由此坠入另一个世界。此处用的就是这个寓意。

"我没指望你明白。"陈回答,"这块珠宝原本属于卡米纳里人,他们是佐酷人的一支。其中的故事很长,我没时间讲。但我可以告诉你,故事很精彩,充满戏剧性的转折和冲突。我已经命令魂灵儿把这个故事写成特洛伊一样的史诗,或者说,氪星①一样的史诗。"

战脑查了查资料库,哼了一声,"这么说,这是活下来的最后一个孩子喽?"

陈冷冷一笑。

"还不止。他们完成了我们做不到的事。因此木星才会爆发,我们才会来到此地。我们想知道他们是怎么做到的。"

战脑目瞪口呆地盯着陈,体内的超我狂吼乱叫。共同盛业的目标是降服物理定律,根除量子垃圾,从上帝手中夺过骰子,在固伯尼亚内部创造出由新规则统治的新宇宙,让每个死去的人都活过来,躲开某个发疯的上帝写下的法则。正是为了不让佐酷人玷污这个梦想,才打响了协议战争。

"哎呀,别吓成这样。"陈说,"只有比你低级的魂灵儿才要受超我的束缚。相信我,你为共同盛业做出了巨大贡献,在终了之时会得到奖赏的。"他在空中写了几个字。

"在那之前嘛,恐怕会有点疼哟。"

陈写下的墨迹跟拟境正中的旋涡融在一起。战脑向意识壳内秘藏的拟境武器伸出手去。"叛徒!"他吼道。

"正好相反,"陈说,"我一直忠于这个梦想,哪怕到该醒的时候也一样。"

---

①氪星,超人的故乡。超人是氪星唯一存活的孩子,在氪星灭亡之际被父母送上飞船,落到地球。

黑色的死亡之蛋

孵出冬日之龙

吞食自己的尾巴

造物魂灵儿唱起歌来。

一瞬间,龙就扑到了他身上。龙从那一团漆黑中涌出,就像伤口的血液。它是结构或逻辑的不在场,饥肠辘辘,名为疯狂的牙齿一口咬住战脑的化身。

古老分支的记忆与反射苏醒了。战脑将部分分身[①]扔进那代码东西的大嘴里。龙的出现打破了拟境结构,给了他一条出路。他闪入战斗空间拟境,下载了自己的魂灵儿,放进思想束——

时空断续。突然,他已经是思想束上的魂灵儿,从远处看着龙吞噬自己的舰队。州船的霍金驱动破裂了。从思想束里望出去,大火红移成了温和的闪光。战脑虽然没有了身体,但小小的思想束拟境却让他出现了浑身疼痛的幻觉。他心中燃烧着熊熊怒火。一定要告诉始祖,他发誓,为了我所有的兄弟,为了盛业。

可惜,量子众神创造的宇宙既随意又残酷。没等他赶到最近的思想束路由器,佐酷飞船就截住了他。这些飞船是宇宙弦之战的幸存者。他想战斗,至少给自己一个迅速的真实死亡。不过,佐酷人没有他这份仁慈。

---

①功能受限、并非完全自主自由的部分魂灵儿。

十四　塔瓦妲和密名

塔瓦妲喜欢密名带给她的感受。小时候,学习密名需要不断重复练习,外加精灵查艾利蒙的严厉指导。要不断默想密名的各种不同形式,重复它们的音节,在纸上描绘它们相互嵌套的几何形状,直到这些形状充满自己的梦境。这很辛苦,但也有回报。邓妮特别喜欢拿密名闹着玩,把它们画成古怪的卡通形象,招来查艾利蒙的严厉警告:小心这么干引来身体窃贼。查艾利蒙一边说,一边还用阿塔手指摇晃着他的精灵导师罐。

塔瓦妲则更喜欢静静坐在阳台上,倾听密名在脑中不断回响。有马利克-乌尔-穆鲁克,宁静庄严堂皇,让她觉得自己像女王。复仇者艾尔-芒他钦则是红色的正义与愤怒。还有智者艾尔-哈金姆温柔的沉思。

《密名之书》里记录的只是密名的通用语外号,这些外号只抓住了密名的部分本质。密名是昂神的名字,能呼唤这些名字,你就能控制世界,能使用祖先在地球的大气、岩石和水中设置的雾滴的功能。

塔瓦妲一直觉得,密名并非全然来自外界。密名会唤醒她自身沉睡的某些东西,就像碰上久不见面的老朋友。

但现在,快者突袭的当口,从她口中和脑中喊出的密名却不是她的这些老朋友。

她的恐惧跟守卫者艾尔-穆黑敏的恐惧交织在一起。守卫者的触碰把她四周的阿塔变成石头般坚硬的外壳。她脑中闪过失传已久、属于天空斯尔的词汇,比如"紧急减压"。钻头般的声音撕扯着她的耳鼓,那是快者的针枪在开火。在针枪子弹和落下的碎玻璃的冲击下,她的雾滴盾牌闪过一阵阵火花。

攻击让苏曼古鲁摇晃了一下,制服上出现片片血斑。接着便被淹没在透明翅膀组成的旋涡之下。塔瓦姐喊了一声,往前一步。这时,两个生物嗖地飞下,在她面前盘旋。

就快者的身量来说,这两个算是巨人了。两个都有一英尺多高,身穿双子城中城夸什和米斯尔的小人族制造的白陶盔甲,蜻蜓似的翅膀上有蓝银相间的圆斑。他们的突降掀起了一阵风,风中满是它们过快的新陈代谢散发的废热和刺鼻气味。两人用针枪对准塔瓦姐的头部。枪由青铜制成,瞄准时,枪上的飞轮发出尖锐的哀鸣。

两个快者在空中停顿了超过一秒,让塔瓦姐看清了它们豆子似的黑眼睛。两个小战士叽叽喳喳交谈了几句,声音就像刺耳的爆裂声。接着,它们朝栖架上的卡林阿瑟丽亚冲去,其中一个用一根尖刺扎进阿瑟丽亚的后脑。金属鸟儿拍拍翅膀飞了起来,像一道金色闪光,穿过破裂的拱顶,身上还坐着两个小骑士。塔瓦姐叫了起来。

其余快者仍然拥在苏曼古鲁身上,把他变成了一座叽喳尖叫的小人构成的雕像。在他头顶上,另一组小人正在吃力地搬动一件大型武器,即将布置就位。

塔瓦姐喊出了想到的第一个密名,镇压者艾尔-卡昂。这个名字的回响在阿塔上激起阵阵涟漪。蜂拥在苏曼古鲁身上的快者一阵混乱，从他身上松了开来，那件大型武器也啪嗒落地。索伯诺斯特魂灵儿手中握着刀一阵乱砍，刀身炫目的闪光在空中留下一片明亮的网状残影。几秒钟后，他脚下一片狼藉，身上沾满了血迹和快者透明细小的内脏，还有它们蟹壳似的盔甲。剩下的小人儿一哄而散，跟着鸟舍里的嵌合鸟一起逃了出去。

苏曼古鲁用极度厌恶和困惑的表情看了看自己的身体，抹抹制服领子上的脓水，小心地搓搓手指。

"苏曼古鲁老爷，他们带走了卡林。"塔瓦妲说。阿瑟丽亚已经变成了远处的金色小点。谁派他来的？忏悔者为什么没能阻止？他们怎么知道我们找到了阿瑟丽亚？她咽了口口水。是拉姆赞干的好事。不，这不可能。

要是他们带走了阿瑟丽亚，没人会相信我的话。

她对精灵戒指低语，招来一块飞毯。

"苏曼古鲁老爷？"

魂灵儿一脸迷惑与反感。他胸口都是快者的针枪和剑留下的抓痕与伤痕，前额还有一道深深的划伤。他摇摇头，眼神中一度恢复了原有的冰冷，没多久却又转过头呕吐起来。

吐完后，塔瓦妲碰碰他的肩膀。

"苏曼古鲁老爷，那两个带头的抓走了卡林。我已经叫了飞毯，我们还追得上。"她咽口口水，"然后审问他们。"

苏曼古鲁沮丧地踢踢散落一地的小小尸体，"能审问这些吗？"

"他们已经死了。小人族不怎么珍惜生命。这点跟索伯诺斯特人很像——我听说是这样。"

接着，她发现了躺在地上的那件大型武器。它是黑木制作的，枪身曲线平滑，其中的机构和转轮由金子和黄铜制成，旁边雕刻着象征标志和密名。她伸手拾起枪。枪身摸起来光滑凉爽。

"这是什么?"苏曼古鲁问。

"这是巴拉卡枪,是木塔希博的武器,用来打破封印。这把枪能说反密名,也就是死亡的密名。他们本打算用这个来对付你。"

"太棒了。"苏曼古鲁嘟哝道,皱皱眉,"他们怎么没攻击你?"

飞毯到达,打断了他的话。飞毯是一片银色的雾,缓缓落下,在他们跟前停下,浮在离地几厘米处。飞毯上的雾气波浪般不断起伏。

"没时间了,我们先走吧。"

她领头踏上飞毯。苏曼古鲁跟着跨了上去,身体微微摇晃。刚踏上飞毯的时候就像踩在水床上;接着,脚下感觉坚实起来,飞毯自动调整,承托住她的体重,许多看不见的手撑住了她。飞毯的原料是未被野代码污染的功能雾,非常昂贵。此外还需要几个低等精灵不停地清洁与升级阿塔咒语。塔瓦妲手上的戒指会把飞毯变成她思维的延伸,仿佛是她用手掌托着自己和苏曼古鲁一般。

一个念头,她就让两人从破损的鸟舍中拔地而起,升入耀眼的阳光中,追赶前方金色的鸟儿。

一开始,由于迎着阳光,肉眼很难看到阿瑟丽亚的踪迹。蓝天清澈,隐隐还能看见笼罩地球的弧罩的白色和银色条纹,就像天上的巨大蜘蛛网。但在阿塔视野里,那只鸟儿就像一颗醒目的小星星。她正带着快者骑手,往索伦兹残片方向飞快下降。

塔瓦妲深吸一口气。你能行。你曾经跟架线工贾比尔一同跳下戈麦莱残片,跳进长着苹果树的垂直通道,直到天使网接住你为止。现在要做的事跟那个差不多。

她让飞毯垂直下降。

宝石般的天蓝宫殿、房屋和花园都变成了模糊的影子,一闪而过。光之河——天空斯尔的古老窗户——就像明亮的剑影,从他们身边闪过。她肚子里痒得厉害,差点儿笑出来。狂风撕扯着她的头发。

她偷眼看看苏曼古鲁。魂灵儿的眼睛紧闭,看起来像个吓坏了的孩子。塔瓦妲用力握着巴拉卡枪的把手,紧盯着下方的卡林。卡林的身影越来越大,只消再有片刻,就能抓住它——

快者拉着它们的坐骑,突然一个急转弯,离开残片方向。塔瓦妲紧紧跟上——却一头扎进了一片密密麻麻、由银线构成的丛林。那是一队嵌合鸟群的系绳,这群鸟正牵引着底下的拉克船队前进。船上有装饰性的甲板,有蓝色和金色的圆柱体,精灵风帆上的封印鲜明夺目。蓝色和金色——那是索伦兹家族的颜色。

阿瑟丽亚灵巧地从银线当中穿过。锋利的、致命的银色系绳,在阳光下几乎完全看不见。塔瓦妲想让飞毯绕过去,却来不及了。没想到会死在这里。她闭上眼睛,等待银线割进肉里……

阿塔巨响,声如雷鸣。这是反密名,像白噪音爆发。又一声。再一声。塔瓦妲张开双眼,看到苏曼古鲁正拿着巴拉卡枪,像个疯子似的不停开火,射出一浪又一浪野代码毁灭波,像把大镰刀,割断了眼前的线绳丛林。

"继续飞!"他睁圆双眼,大喊道。塔瓦妲收敛心神,调整飞毯,从松开的线绳中穿过。两人掠过生着透明翅膀的巨大拉克鸟。拉克鸟群正拼命挣扎欲获自由,掀起的风让飞毯不住地颠簸。最后,他们终于回到无遮无拦的天空中,将拉克船上木塔力棒船员们的怒骂抛在身后。

塔瓦妲调转飞毯。阿瑟丽亚和快者已近地面,鸟儿的身体在残片基座的阴影区中闪闪发亮。塔瓦妲的心脏猛跳起来,直欲破胸而出。"他们正朝夸什和米斯尔去!"她指指魂灵儿市场旁边的快者寄生城市。城市就像蜂窝,外面团团围着层层叠叠的小人儿,其密度堪比固体。"到了那儿,我们就再也抓不到了。"她摘下精灵戒指,塞进苏曼古鲁的手心。

"你干什么?"

"我们来不及了。"她说,"飞毯由你控制,我试试别的办法。"

一时间,飞毯失去了控制。接着,魂灵儿终于摆正了飞毯,但双眼仍旧闭得紧紧的。

塔瓦妲好不容易摸出通感装置戴上。她现在处于几乎一公里的高处,身边风声呼呼,只有灰尘微粒大的小机器人手拉手托着她。尽管如此,她仍然集中了注意力。合体总会留下踪迹。她的手指关节仍然疼痛。在高处看下去,阿塔清楚明晰,她的思想能传出很远。阿瑟丽亚,到我这儿来。

痛。针扎穿了她。她的身体不由自己控制。她的翅膀很疼。

阿瑟丽亚,转身。声音就像天上的光,像太阳,温暖、纯粹而清澈。她奋力反抗风、疼痛和针。塔瓦妲。

"抓住她。"塔瓦妲轻声告诉苏曼古鲁。她自己的声音像从远处传来。脊柱上仿佛扎着幽灵针,很疼。她忍着痛,不停呼唤阿瑟丽亚的名字。

"她来了!"苏曼古鲁喊道。

塔瓦妲张开眼睛。他们已经降到离地不到一百米的地方,阴影区白色房顶的上方。人们在底下指指点点,乱喊乱叫。地面上,飞毯的影子和阿瑟丽亚的影子正不断接近。她抬起头。前方,金色鸟儿直冲他们而来,背上的白色玩具骑士死命想拉她转头。苏曼古鲁站在飞毯上,朝她伸出右手。

屋顶人群中亮起一道闪光。是反密名冰冷的咆哮。

阿瑟丽亚和快者变成了一片蓝色火花。

阿塔链接突然断裂，塔瓦妲的脑袋里就像挨了重重一锤，并不存在的双翅处传来幻觉剧痛，然后便是一片黑暗。

眼前又亮了。一跳一跳地疼。面颊上有只粗糙的手。热量让人窒息。人类的声音。是忙碌的人群。

"塔瓦妲?"苏曼古鲁的声音，"睁开眼睛好吗，塔瓦妲?"身体感觉很奇怪，痒兮兮的，就像有蜘蛛网扫过。她强睁开眼睛。索伯诺斯特魂灵儿蹲在她身边，一只手在她身体上抚过，手掌上闪烁着细小的火花。跟她在鸟舍中见到的一样。

"别担心。这是Q粒子探测器，它说你没摔断骨头，也没摔坏内脏。虽然我的飞行技术很烂，但总算在飞毯变成灰之前让我俩安全落地了。"

他扶她坐起身。他脸上血糊糊的，制服也撕烂了。两人全身都是白色粉末——那是失去活性的雾滴，功能雾飞毯仅剩的残余。我的样子肯定也好不到哪儿去。她眼前闪过刚才疯狂飞行的画面，害她一阵眩晕。真不敢相信是我干的。

"我本该选个更好的地方降落的。"苏曼古鲁咧嘴笑了起来。笑容在他的疤脸上实在不自然，就像戴了面具。

两人降落的地方是个小小的广场，靠近魂灵儿市场，小店和胡同纵横错综。街道很窄，两边是粉刷过的白色石头房子，被快者的社区压得摇摇欲坠。两人身边已经围了一小圈人，都是些魂灵儿推销员、手艺人和商人。

"你……有没有看到是谁开的枪?"塔瓦妲哑着嗓子问道。她喉咙发干，浑身发抖，想召唤忏悔者，却毫无动静。她的所有精灵戒指都和飞毯一样，都死在巴拉卡枪下。她心中突然一阵惊惧，摸索着戴上阿塔眼镜，仔细观察苏曼古鲁的封印。还好，除了在阿丽尔宫殿染上的小小污点以外,他的封印完好无损,她自己的也一样。

"当时,光是不让飞毯掉下来就够我忙的了。"苏曼古鲁说,"不管是谁,很显然,他们急着要封住卡林的嘴。"他严肃地看着塔瓦姐,"这个,我们得谈谈,但得换个地方。"他扶着塔瓦姐站起来,"靠在我身上。我们最好趁早离开,免得凶手再来碰运气。"

"我姐姐和忏悔者很快就会找来。"塔瓦姐说,"还有,你受的伤比我重多了。"

"相信我,更厉害的伤我也受过。"苏曼古鲁咬着牙,"不过是肉体而已。但你和我——我们得谈谈。"

头顶上悬着密密麻麻的电缆网,挡住了部分阳光。这些电缆把房子连在一起,同时连接着亡者之城的精灵仆人。空气里充斥着人体和臭氧的味道,还有快者以非人类的速度从人群头顶掠过时留下的高音尖啸。每次尖啸声响起,塔瓦姐就打个哆嗦。她全身都疼,最疼的是头,疼痛欲裂,就连密名也赶不走这种痛苦。塔瓦姐这才意识到,自己一整天都没吃东西。于是,她带着苏曼古鲁走进街边一家小吃店。店主是个戴头巾的胖妇人。

两人坐在拜恩-艾尔艾斯瑞恩商业区边上,一座索伯诺斯特雕像脚下,吃着塔基尼。辛辣的香料和有嚼劲的肉让塔瓦姐恢复了一些精神。苏曼古鲁吃得很慢,脸上浮现出怀念的表情。很快,等他再度抬头的时候,这种表情就不见了,取而代之的是惯常的严峻脸色。他若有所思地摸摸胸口的伤——伤口还在渗血——接着搓搓手指。

"我低估了你,戈麦莱家族的塔瓦姐。我不会再犯这种错误了。在寻找共同盛业敌人这方面,你比我走得更远。而且,你还救了这一个苏曼古鲁,免得他遭受真正死亡。请接受我以及我这一支的谢意。"

"我还以为索伯诺斯特不畏惧死亡。"

"共同盛业就是一场针对死亡的战争。不畏惧敌人的士兵是傻瓜。所以,我谢谢你。"他微微低下头。

塔瓦妲突然难为情起来。此刻,她蓬头散发,头发里全是飞毯的残余灰尘,衣服破破烂烂。她有多久没和某位迷人的、并非姐姐指派的男士一同用餐了?实在太久,记不清了。只可惜,现在他们的用餐地点是街边,吃的是便宜的塔基尼,这位迷人的男士则是索伯诺斯特刽子手,他的身体是纳米机器人几小时前刚刚用原材料造出来的。而两人之所以来此用餐,全因为塔瓦妲的前情人——那个身体窃贼——开始对议员下手了。

还有阿布。等会儿再想他的事。对了,在这个苏曼古鲁严峻的外表下,有些东西让她起疑。他在飞毯上怕得厉害。

"苏曼古鲁老爷,"她慢慢开口,"在卡林脑子里,我还看到了……其他东西。"

苏曼古鲁什么也没说。

"一个密名。我想是阿瑟丽亚替阿丽尔保存的。这个密名也许跟阿丽尔的死无关,但肯定很重要。"她说话的时候,那个密名就在她疼痛不已的脑中回响,仿佛挣扎着想要出来。它的音节就像清脆的铃铛,充满了奇特的纯真。

"跟我说说,什么是密名。"

"我还以为您已经得知了斯尔的历史。"

苏曼古鲁眯缝起眼睛,"有时候,听听一个故事如何被人讲述,比这个故事的内容更重要。"

塔瓦妲放下手中的碗,"密名是昂神教给我们的词语和标志,用来控制阿塔,驯服野代码。它们是古老的命令,用于操纵天空斯尔以及沙漠的各个系统。封印则是特殊的密名,独一无二,不可替代,用来防御野代码。只有木塔希博知道如何创造封印。"

"阿丽尔想把封印交给我们,这样我们就能自己继续开展盛业,无须你们的木塔力棒的帮助。"苏曼古鲁接口道,"所以,任何反对这种做法的都是嫌疑犯。"

"持异议的人有不少。封印是祖先留给我们的唯一遗物,是怒吼的象征。"塔瓦姐说,"如果把它们直接交给你们,我们的魂灵儿贸易和经济就会受挫,索伯诺斯特的机器就能直接开进沙漠,我们的木塔力棒和商人就失去了用武之地——因此,很多人都强烈反对。"

苏曼古鲁的浅色眼睛一眨不眨,"那么,戈麦莱家族的塔瓦姐怎么想?"

塔瓦姐垂下眼睛,"正义必须得到伸张。"

"有意思。"苏曼古鲁捏捏鼻梁,眨眨眼睛,垂下双手,"有没有可能,杀阿丽尔的人并不是反对协议,他们只是想要你看见的那个密名? 你知道那个密名有什么用吗?"

塔瓦姐摇摇头,"有些密名只能在特定时刻、在特定地点说。我想这个就是其中之一。"

苏曼古鲁看了她一眼,眼神锐利,"凶手偷走那个卡林——或者说,不让我们得到卡林——只可能出于两个原因:一是想得到这个密名,二是那只鸟知道凶手的身份。仔细想想:你在卡林脑中到底有没有看到其他东西?"

塔瓦姐咽了口口水。

"我觉得你在保护某人,戈麦莱家族的塔瓦姐。"苏曼古鲁柔声说,"要是这样,请你想一想:不管凶手是谁,他们都打算挑起跟索伯诺斯特的战争。而在战争中,你常会发现自己变得和敌人一样坏,变成了之前你恐惧的东西。"他朝后一靠,看看天上的瓠罩。从这里看去,它就像几条丝丝缕缕的线条,被午后的蓬松云朵遮住了大半。残片则像挂在地平线上的窗帘。

"你对索伯诺斯特的历史了解多少?"

"我只见过赫辛库。"

"赫辛库是痴迷于历史的一小族。他们只希望重新创造一个地球——一个模拟地球,让所有存在过的人居于其上。他们的眼睛盯着过去,而我们大多数人则盯着未来,哪怕需要付出代价才能实现这个未来。"

"什么意思?"塔瓦姐问。

"第一次战争后我们就明白了,只靠这个,"他敲敲太阳穴,"是不够的。人类认知结构对共同盛业的推进是有限度的。当然,契特拉古波塔说过,其中某些基本结构还是通用的,比如递归、念头中的念头、语言的基本架构、自省,也许还有意识。余下的大多都是模块,被自然进化毫无效率地强行捆绑在一起。就像人造怪物弗兰肯斯坦。"

"像什么?"

"我老是忘记你们这儿不能读小说。没什么。总之,我们尝试了各种实验,最后得到了龙。龙没有知觉,没有模块,仅仅是一个不断自我修正与进化、保持最优状态的引擎。我们永远没法彻底消灭它们,只能把它们关在虚拟机器里,隔离开。你以为固伯尼亚是用来做什么的? 本质上,它们就是怪物的笼子。其余全是表面文章。"

"你确定这些话能讲给我听?"塔瓦姐想起那个穿着橘色衣服的年轻人,那个天文政治学家。她敢说,整个斯尔都没人听过这些话。

"你确定不能讲?"苏曼古鲁的嘴巴一撇。

"后来呢?"

"我们跟龙打仗。在固伯尼亚深时里,打了几千年。龙没有尤达意蒙,也没有内心的声音,是一种不知道意义是什么东西的智能生物。我们接连受挫,快要输了。后来,我们只能把自己身上的某些东西也剔除出去,比如身体语言、同情之心。为了跟龙战斗,我们创造出了某种特殊的魂灵儿,就像那该死的东西的镜像。

"我就是这种魂灵儿。"

塔瓦姐瞪着苏曼古鲁。他冷冷一笑。"哦,我能完美伪装所有的社交礼仪,但那全是奴隶魂灵儿牵动我面部肌肉的结果。我的情感全由魂灵儿包办。我个人的效用函数和愉悦跟你们的……非常不同。

"所以,戈麦莱的塔瓦姐,你可以保守你的秘密,但你最好想想两件事:第一,你所保护的人,真的值得保护吗? 他们真的没做什么越界的事吗?"他凑近了些,呼吸中刺鼻的机油味惹得塔瓦姐胃里的食物直翻腾,胆汁涌到了嘴里。"还有,你真敢欺骗屠龙者吗?"

他端起塔瓦姐没吃完的塔基尼,贪馋地把剩下的食物一勺一勺送进嘴里。

这以后,两人都没再说话。最后,一块飞毯的影子移来,慢慢降落到广场上。来的是邓雅札和一个高个子、浑身尖刺的忏悔者思想形。塔瓦姐的姐姐一身正式的议会袍服,黑色布料,金色发饰链——这是戈麦莱家族的颜色。

她向苏曼古鲁行了一礼,双手合掌,一脸惊恐。"苏曼古鲁老爷,"她说,"您受的伤重不重? 我们马上送您去父亲的居所,给您治疗。"

苏曼古鲁耸耸肩。"肉体总会愈合。"他说,"若不能愈合,那就割了它。”

邓妮又行了一礼,转向塔瓦妲。

“亲爱的妹妹,”她飞快地紧紧拥抱了她,“赞颂昂神,你还活着!”但抱紧塔瓦妲的时候,她压低声音在她耳边说道,“父亲要见你。我看你还是再逃一次的好。”

邓妮放开塔瓦妲,向两人露出灿烂的微笑,“请跟我来。我们要聊的东西实在太多了。”

十五 窃贼和桑拿

偷儿出发去地球的前一天,米耶里准备了一顿奥尔特式的大餐。偷儿看起来心情不错,滔滔不绝,笑容满面。但米耶里用眼角瞟到,偷儿脸上时不时会露出跟平常不一样的东西——某种凶狠的东西。

看到没?佩莱格莉妮对她耳语。她做饭的时候,女神一直在旁观看。只要有信心,到头来,一切都会好的。

米耶里没理会女神,继续布置餐桌。小小的食物网里放着蜘蛛蛋,剥了皮的气泵树果实,圆圆的球茎杯里装着饮料。她还预热了桑拿房。

"看起来很精致啊,"偷儿说,"可我们不是应该,呃,为潜入星系中守卫最严密的行星做准备吗?"

"我们就是在做准备。"米耶里回答,"地球很黑暗,也很痛苦。我们得先净化自己。"

"这一点我蛮可以做到。我甚至还能从内部净化自己呢。"他吞了一口球茎杯中的饮料,做了个鬼脸。米耶里从他手里夺回杯子。

"味道像焦油。"偷儿抱怨。

"味道不重要。这是纪念死者的饮料。而且,这顿饭要等到洗完桑拿才能吃。先管住你的嘴巴。"

偷儿看看她,"死者怎么想我不知道,但我自己倒是挺盼望这顿饭的。真高兴,我们终于达成了一致意见。"

米耶里没回答。她看到佩莱格莉妮在微笑,于是闭上眼。但女神的脸仍没消失。"我们去洗桑拿吧。"她说。

桑拿房装在"培蝴宁"的存储模块中。替佩莱格莉妮服务了这些年,米耶里只用过几次。洗桑拿会让她想家,想得厉害。不过,这是唯一能彻底清洁身体的办法。而且,为了这个特殊的日子,飞船还特地重新装备了桑拿房。

眼前的桑拿房是个小圆木屋,里面放着一个大水泡泡。水泡的壁是半透明的薄膜,细细的瓦奇线网把它固定在屋子中间,就像一滴露珠粘在巨大的蜘蛛网上。洗桑拿的时候,要用火钳从小火盆里夹出烧红的石头,丢进水泡里。水泡中腾起蒸汽,石头在水泡中旋转,带动水泡舞蹈,仿佛水泡是个活物一般。

"培蝴宁"已经把桑拿模块跟主生活区相连。桑拿房的小木舱门很诱人。偷儿狐疑地看看它。

"这玩意儿怎么弄的?"他问。

"脱掉衣服。"米耶里下令。

他犹豫不决,"现在?"

"快脱。"

他猛吸一口气,转过头,摸索着开始脱外套和裤子。"连毛巾也没有?"他问。此时,米耶里已经让身上的托加长袍滑落在地,拉开舱门,走进迎面扑来的温暖的洛伊里当中。

偷儿不情愿地跟了进去,眼睛飞快地瞄了一眼她的身体。接着,他在桑拿泡泡的另一端坐下来,把脚塞进木把手里坐稳。另一边舱门通向太空,嵌着玻璃窗。在窗外的星光和灼热的基乌阿斯石头的红光映衬下,偷儿的脸显得十分年轻。

"来点洛伊里。"她说。偷儿小心翼翼地拿起火钳,从墙上金属编织的火盆里挑了一块最小的。在彗星冰和灰尘的世界里,基乌阿斯石头十分珍贵。偷儿挑的这一块很不错,又黑又圆,透着红光。偷儿把石头扔进泡泡,石头悲鸣一声消失了。

米耶里叹了口气,拿起一束气泵树枝条,轻轻抽打自己的背部。房间里温和的热气让她翅膀上的伤疤微微作痒。枝叶上的吸盘紧贴在她的皮肤上,十分舒适。

"我知道你对己严苛,常常鞭答自己;可没想到你竟然来真的。"偷儿感叹。

"嘘。"米耶里瞪了他一眼,赤手捡起一块大点的石头,扔进泡泡里。这一次,腾起的洛伊里就像柯多的晨光般从头到脚包裹了她,让她全身的皮肤刺疼。偷儿捂着嘴尖叫,背转身想躲开蒸汽,却疼得更厉害。他连滚带爬地逃向舱门,门牢牢锁着。

"不用问,"他呻吟道,"这肯定是惩罚。对不对?"

"不是惩罚,是宽恕。"她朝里面扔了一块蓝色的石头。虽然温和的薄荷味儿充满了房间,但房间的热度更高了。木头渗出了琥珀色的汁液。她朝后一靠,汁液粘在她背上。偷儿很久没说话,久到让人惊讶,只能听见他粗重的喘息声。

"对了。"最后,她开口,"'培蝴宁'跟我说,我们总算有个目标和计划了。"

偷儿蹲伏在座位上,手肘放在膝盖上,看着水中的石头愈变愈暗。

"我们就从目标说起,好吗?"他开口道,"我还不清楚它到底是什么、有什么用，但它跟木星爆发有关。那个……老虎叫它卡米纳里珠宝。"他顿了顿，小心地扔了块大点的石头。水嘶嘶作响，木条嘎吱几声——他们和黑神中间，只隔着这几块木头①。突然，米耶里似乎觉得自己回到了家。

"这东西现在属于马特杰克·陈。"偷儿说，"佩莱格莉妮想要，我们就拿来给她。这就是最终目标。"

"那去地球干吗？"她问。

"嗯，要想从陈那儿偷东西，就得变成他。可惜没人能变成他。没有存着陈的代码的匣子。上一次，我想直接从他那儿偷，结局不怎么理想。所以我们只能另想办法。办法就是地球。"

"你知道吗，在地球上的某处，藏着马特杰克·陈的魂灵儿。不是索伯诺斯特的现任上帝兼国王，而是一个孩子。是以防万一的预备。那孩子身上的东西足以让我们找出陈的代码。"

"这你是怎么知道的？"米耶里问。

"你的佩莱格莉妮跟我是老交情。她还是人类女子的时候，我曾经为她工作，就像你现在这样。那时候，她有点儿像是始祖们的赞助人，特别是陈的赞助人。在她跟他上床之前，她让我巨细靡遗地查了他的底细。我发现了一些有意思的东西。你对上传的历史知道多少？"

米耶里没说话。

"没关系。"偷儿接着说，"对你们奥尔特人来说，这问题的确太敏感了。事实是，早在2060年代，死后的生活就已经大有市场了。只要付出一大笔钱，你就能给自己买个天堂——要是你喜欢，地狱也行。我说的可不是集体上传——那些人活得就像肮脏的野兽，寿命却特别长。我说的是出得起大价钱的富人。他们能买到特别

---

①指与真空相邻。

定制的高保真拟境,在超级稳定的计算机硬件中运行,由地热供能,能持续运行至少几千年。地点则选在安保最严的秘密所在。

"陈的父母对他有过度保护倾向。他的父母一个是通感器明星,另一个是量子对冲基金经理,家里的财富多得让人无法相信。陈七岁那年,他们把他上传到了一个特别定制的保险天堂。他们从没对他说起过这事,而且那个时期的数据基本上都在大崩溃中丢失了。所以,这个有用的情报只存在于我的脑海中。

"问题是,我一直找不到那个天堂在哪儿。它很有可能躲过了大崩溃。大多数这种天堂都幸存了下来,斯尔的木塔希博家族经常能发掘出来。幸运的是,赫辛库痴迷历史。我打算诈唬一下,混进他们扣在地球上的那个弧罩列阵里,去那里运行的祖先拟境中看看,找找有没有可用的东西。这应该不难。大家都怕苏曼古鲁。"

"有人不怕。"米耶里说。

"哎,反正赫辛库害怕。"他扭了扭,揉揉脖子,"这地方怎么降温?"

米耶里指指另一扇舱门。"真空,"她说,"也叫黑神之吻。你应该能撑个几秒钟。"

"谢了,不用。"偷儿回答。

米耶里看着他微笑,笑容在说:也许你没得选,只能往黑暗里跳哦。偷儿赶紧接着往下说。

"嗯。我会去找目标藏在哪里。与此同时,你得混进能拿到这东西的队伍里。斯尔一直都有雇外星佣兵的传统,这是你完美的伪装。这也是获得封印的最好办法。现在的地球是个非常古怪的地方,没有这种技术保护,你没法四处走动。它是统治斯尔的木塔希博家族的专利。没有封印,你会受到野生纳米机器人的攻击。

所以我们需要这种封印。一旦我弄到所需的信息，我们就找个地方碰头，把小马特杰克从他的天堂里拉出来。通过他，我们就能重建马特杰克的代码——这就差不多等于成功了。这计划怎么样？"

"对你倒是很有利啊。"米耶里说，"你大可以消失在索伯诺斯特网络里，还有完美伪装护身。我凭什么相信你会再回来呢？"

"你太小看约瑟芬——佩莱格莉妮了。"偷儿说，"别人不知道，你总该知道她是多么擅长激励别人遵守她的命令。我没那么容易逃出她掌心。"

"你有话瞒着我。"她用手指捏起一块烧红的石头，举起来，"我能让你开口。"

偷儿手一摊。"你能，"他突然变得十分疲惫，"但你不会这么做。你不是这样的人。"他敲敲桑拿房的木墙，"这才是你。你还有地方可回，别丢掉它。

"我们有分歧，这没错。但我说话算话。我们俩至少还有这个共同点。我答应替你做这件事，就一定会做到。上一次，你把我救出了监狱；这次轮到我来救你了——让我帮你摆脱这一切，送你回家。"

她思忖，他说这话的样子就像"培蝴宁"。但是，他的每一句话都是谎言或骗局。桑拿房的温暖让她心软。也许我该告诉他，我为什么这么做。接着，她想起了第一次见面时，他随便摸弄席丹珠宝的样子。

"好吧。"她慢慢开口，"我们按你说的办。但你要是敢背叛我，我一定会找到你的。"

她往水里扔了最后一块大个头的基乌阿斯。蒸汽嘶嘶叫着冒出来的时候，偷儿呻吟一声，紧紧闭上双眼，逃走了。他摆弄了一下舱门锁，门一下子弹开。偷儿挤了出去，顺手摔上门。米耶里瞄到一眼他精瘦的裸体，还有龙虾似的通红皮肤。

米耶里闭上眼睛。上一次来这儿洗桑拿，身边还有席丹。也许不用多久，她们又能在一起了。很快。就算要等，也等不了多久。

接着，她打开通向真空的门。空气涌了出去，水蒸气结成亮闪闪的水晶云。

米耶里跨出舱门，展开翅膀，亲吻黑神。

我在主舱，让身上的温度慢慢下降。通红的皮肤刺疼不已，让我想起了接连被猎手和路由器烧烤的不愉快回忆。不过，刺痛之后，舒适的疲乏感接踵而来。想起米耶里明令禁止我碰食物，我不客气地往嘴里塞了几个蜘蛛蛋，还喝了几口恶心的奥尔特甘草伏特加，免得嘴里太干。

你现在还不能碰这些东西。飞船说。

"对不起，我忍不住。你会不会告发我？"

有必要的话，我会把你的把柄都捅出去。飞船回答。她信了吗？

"没全信，不过足够实施计划了。"

一定不能让她知道。

"这点包在我身上。米耶里干的脏活儿够多了，这次轮到我了。"

我尝了尝水果。水果的味道有些奇怪，甜甜的像柿子，但味道更冲。

"总之，你做的铺垫工作不错，让她容易接受我说的话。桑拿也是个好主意。"

我没干什么，全是她自愿的。她能听进去是好事。这事越快结束越好。

"同意。"我说,"但愿过后她会感谢我们。"

说实话,我觉得这不可能。连我自己也有点儿不喜欢这计划。也许就是因为这个,上一次我才没用这办法。但这回我别无选择。

"选择总是有的,若昂。"约瑟芬开口了,"不过,你特别擅长选择错误。"

这一次她没用米耶里的身体,而是以幽灵的形态出现在舱室里。光芒照亮了整间舱室。跟我记忆中一样,她个子高挑,容貌美丽,看起来只有四十出头,只可惜骨头和脖子显出一丝脆弱。我不由得心跳加速。

"错误这个词过了些。"我说,"我更喜欢不拘常理这个词。"我眯起眼睛,"我还以为你躲着不肯出来呢。"

"你解决了那个可怜的苏曼古鲁以后,我就不用再躲着了。"她点起一支烟,"看到你对米耶里这么感情用事,我笑得忍不住了。你从前就这么干过。你对自己说,我在乎这些人,可转过身就把他们当成工具利用。就是因为这个,我们俩才这么合拍。跟我在一起的时候,你不必对自己撒谎。"

"你没生我气?"

"这个嘛,"她说,"你已经跟奥尔特人一起洗过桑拿,我看这惩罚暂时也够了。而且,你让我看到了从前那个若昂的影子。只要继续这样下去,你能得到的东西远远不止自由。把珠宝拿来给我,整个太阳系就会匍匐在我们脚下。"

"我会给你拿珠宝,可不会替你叼拖鞋。"我说,"我不会再当你的哈巴狗了。"

她哈哈大笑,"你知不知道,这话你对我说过多少次?什么都没变,若昂。我们这样的人是不会变的。永生的代价就是永远只能做自己。所以我们才需要珠宝,好改变规则。"

我朝她举了举手中的圆杯。"亲爱的约瑟芬,"我说,"你向来是个好情人,可从不是个好哲学家。现在嘛,如果你不介意,我有一顿大餐要吃,还有一长段没有身体的路要走。"

她露出毒蛇的微笑。"你不是一个人,若昂。"她说,"我会跟你一起去。"

米耶里几乎觉得心满意足。她轻轻哼着歌,墙上重塑的雕像跟着旋律缓缓起舞。

"倒不是说我特别喜欢这具身体,"偷儿说,"不过,请容我问问,我不在的时候,你打算拿它怎么办?"

"放到我看不见的地方。"米耶里回答。

随后的进餐时光两人都一声不吭。最后的甜点是米耶里最拿手的:金色云莓,配蜘蛛奶。偷儿也闷声不响地埋头大吃。

"这事儿结束后,你打算做什么?"他突然问。

米耶里看看他,"该出发了。"她切换到时空模拟视界,用意识命令"培蝴宁"准备好思想束发射器。他们会把偷儿的意识抛进索伯诺斯特通信网,把他压缩下载到由智能物质构成、比肥皂泡还薄的精巧圆盘中。他会比"培蝴宁"先到地球。

"好。地球上见。"偷儿说,"等我的信号。"

"愿库乌塔和伊尔玛塔与你同行。"米耶里轻声说。

"两位女神？豪华阵容啊。不过,确实需要她们才能完成任务。"

他闭上眼睛,上路。思想束经由飞船的激光发射器加速,消失在黑暗里。

十六　塔瓦妲和卡萨·戈麦莱

卡萨·戈麦莱难得有几小时空闲时间。他总是把这些时间消磨在厨房里。

老资格议员们常说,要是卡萨没继承家业,早就在绿色残片的最高级餐馆里当上厨师了。厨房里香料味扑鼻,一片片菜谱飘荡在阿塔里。精灵仆人备好原料,放在小罐子和容器里。卡萨本人则埋头把蔬菜切成精致的方块。他手中拿着一把大刀,宽阔的背脊弓着,动作轻巧敏捷。

一开始,他似乎没发现两个女儿的到来。接着,他放下刀,抬起头,在围裙上擦了擦手。

"父亲。"塔瓦妲唤道,躬身行礼。她全身都疼。还算好,她有时间回家换了衣服,清洁了身体。她花了半小时挑选衣服,最后决定穿一件朴素的暗绿色袍子,系上白色腰带,用发网束住头发,素面朝天。

卡萨看着她,脸上无动于衷。接着他转过身,从菜板上收拾起切好的原料,放进一口冒着热气的大罐子里。

"我看到我女儿没有受伤,好。我们的客人呢?"他仍然背对着两人,专心盯着罐子。不论心情好坏,塔瓦妲父亲的声音中总带着一丝哀伤。

"苏曼古鲁老爷正在养伤。"邓雅札开口,"尽管暴露在野代码和巴拉卡枪下,他的封印依然完好。"

"感谢昂神的小小怜悯。"卡萨说,"在城市上空上演疯狂追逐,导致索伯诺斯特特使丧命,这可不是好事。"

"索伦兹家族就拉克船受损一事提出了抗议。萨利老爷因为卡林被毁而大呼小叫,要求——"邓妮开口。

"索伦兹不成问题。"卡萨一挥手,"我们现在有更重要的问题要讨论。塔瓦妲。"

塔瓦妲心脏猛跳。

"年轻的努瓦斯老爷……说服了我,让我允许你参与这次不幸的事务。这个决定明智与否,尚未明确。现在,我要说,你主动对家族事务表示出兴趣,这是好事;但你不该采用诳诈的手段。你该先向我说明。以后你必须按我说的做。明白了吗?"

"明白了。"

卡萨背对着她,看着自动搅拌着内容物的罐子。

"没关系。小阿布对你十分着迷,这点很有用。你在调查中发现了什么?"

塔瓦妲深吸一口气。她一直在想该说些什么,一遍又一遍地演练过要说的话。

"阿丽尔夫人遭到附身,是被谋杀的。凶手的目标是她掌握的一个密名。这个密名十分重要,引得议会中某个成员对我和苏曼古鲁老爷动了杀念。"塔瓦妲说,"还有,不能信任忏悔者拉姆赞。而我……可能认识附身阿丽尔的精灵。他可以把我们引向幕后主使。"

"我问的是你在他身上发现了什么。那个苏曼古鲁。"

塔瓦妲瞪着父亲。父亲的耳朵略微招风，带着白色的厨师帽其实挺滑稽。但他面容太严峻，让人笑不出来。

"我不明白。我以为我的任务是——"

"利用这次机会寻找索伯诺斯特人的弱点，供我们利用。这就是我原本布置给邓妮的任务。"

"可是——她没有——"

邓雅札对塔瓦妲甜甜一笑，一根涂过指甲油的手指按着嘴唇，"亲爱的妹妹，我不是跟你说过，这不是游戏吗？"

卡萨叹了口气，"调查案子根本无关紧要。很明显，是马斯陆在背后指使。我召唤索伯诺斯特代表，完全不是为了破案。"他用长柄勺子尝了尝罐子里的东西，做了个鬼脸。

"嗯。至于忏悔者拉姆赞，他已经失踪了。我们很清楚，就算他本人不是复仇之剑，也一直同情马斯陆。我相信，这次袭击针对的是苏曼古鲁老爷——连你也身处险境，这一点当然令人遗憾。但那个卡林，还有你自认为发现的秘密，与此并无关联。当然，密名本身也许有其价值。等这次危机过后，你应该跟查艾利蒙一同检查这个密名。但现在，让我再问你一次：你在苏曼古鲁身上有什么发现？"

塔瓦妲咬住嘴唇。"他……害怕高处。"她脑筋急速运转，"还有，索伯诺斯特有种叫作龙的东西，没有自循环。他经过强化，能在拟境中抓住人的思维加以拷问。但……尽管他声称自己乐在其中，他其实并不喜欢……"她咽了口口水，脑子突然一片空白，"还有其他几件事，我肯定能记起来……"

"就这些？"卡萨背着手，摇摇头，"我本来指望听到更多东西。这些事，你跟议会的那个天文政治家说去吧，对我们没用。我的女儿，我想我已经完成了对阿布·努瓦斯的承诺。从现在开始，你只

需要照看客人的身体。等他复原以后,邓妮会继续调查。她已经
准备好了很多线索,够苏曼古鲁老爷追踪的,可以让他忙上好一阵
子。你呢,可以回去继续料理你的巴努·萨珊了。至少这还能说明
你有颗善良的心。还有,努瓦斯老爷会成为你的好丈夫。"

塔瓦妲咬住嘴唇,不让眼泪流下来,"阿丽尔夫人呢? 我们不
去找凶手了吗?"

卡萨微微低下头。

"阿丽尔是朋友,对她的去世,言辞无以表达我的哀悼。总有
一天,我们会惩罚马斯陆。至于现在,她也会希望我们继续未竟之
业,为斯尔尽责。"

塔瓦妲真想大喊,凶手是艾克索洛托,我能找到他,把他交给
你。但这些话她无力出口。

卡萨的眼睛闪了闪,从眼角瞄了她一眼,又转开了目光。

"我看你还不明白我们的义务和责任。天空斯尔坠落、人民几
近迷茫之时,是戈麦莱家族的先祖引导了他们。这位戈麦莱跟昂
神对话,达成协议,使我们得以继续生存。今天,我们的任务也一
样:想办法存活下去。

"'怒吼'的发生,表明昂神并不喜爱索伯诺斯特。上一次,他
们企图带走我们的意识的时候,整个沙漠都起来反抗他们。但如
果我们安插在商人中的情报员探知的消息没错的话,现在的形势
不同了。首先,并非所有始祖都和赫辛库一样温和。其次,有些始
祖比赫辛库强大得多,也许连昂神都无法对抗。所以,我们现在只
能想办法做些退让,免得折损自身。当然,不能做有辱身份的原则
性让步。"

"让他们自己派遣机器,去沙漠挖魂灵儿,算是这种让步吗?"
塔瓦妲声音颤抖,几近呐喊。

"这是他们的要求。我们的回答是,这得看他们能提供什么样的回报。但我们必须对他们*知根知底*。恐怕你不是对苏曼古鲁*刨根问底*的合适人选。"

塔瓦妲垂着头,咬着嘴唇,忍着眼泪。她的面孔麻木,脑袋和胸口就像开了大洞,空空落落。

"请允许我解释——"她轻声说。

"就这样吧。"卡萨·戈麦莱说着,转身继续做菜。

塔瓦妲和邓妮走在通向生活区的柱廊上。走到半路,塔瓦妲实在无力忍受,筋疲力尽地瘫倒在一条石头长凳上,任由傍晚的紫色天光洒满面庞。她眼睛刺疼,却没有足够的力气念出密名让自己恢复精力。她太累了,累到连气都生不起来。她的嘴唇仍然无知无觉。

"你玩了我。"她轻声说。

"妹妹,"邓雅札说,"是你自己想玩。那么,输了就别抱怨。我本想帮你,让你别掺和进来。但你不听。"邓雅札表情郑重起来,"而且,你今天身处险境。你这么疯狂地追赶快者,差一点就死了。我们之间的分歧再大,你也得相信,我说我不希望看到你受伤,完全是真话。我真心感谢昂神你安然无恙。"

"是啊,当然是真心。你要真心感谢的东西还多着呢。你现在高兴了吧?捣蛋鬼塔瓦妲挨了板子,一切都走上了正轨。"

"还没呢。"

"什么意思?"

"我们还得在客人身上加一重保险。我需要你的帮助。"

"你这么对我,竟然还敢说需要我的帮助?你疯了吗?"

邓雅札望着落日。

"你想不想尽到身为戈麦莱的责任?"她柔声问,"我想,我们应该把这些琐碎的钩心斗角暂时放在一边。等斯尔安全了,我们有的是时间玩。你同意吗?"

塔瓦姐咬咬牙,默默点头。

"听着,我已经以父亲的名义跟赫辛库联络过。很奇怪,他们对自己的特使遭遇危险并不十分着急。我告诉过你,这里头牵涉到政治问题,我们还蒙在鼓里。也有可能是时间问题——有时候,索伯诺斯特一族会进入深时。我们这里才过了几天,他们那儿已经换成了下一代人。所以,他们会忘记先前跟我们谈判的内容。"她意味深长地一笑,"当然,有时候,为了达到目的,这也是很好的借口。"

她从长袍的褶皱里取出一只小盒子,递给塔瓦姐。

"你去苏曼古鲁那儿,跟他谈谈,看看他的伤势。趁治疗的机会,把这个塞进他皮肤底下。要塞到他看不见的地方,最好靠近大脑。'怒吼'发生后,我们对索伯技术的研究还是有些成果的。一旦完成,你就不必再操心这事了。"

邓雅札打开盒子。里面放着一件小小的东西,像是玻璃碎片,由金属钳子小心固定。

"这东西干什么用?"

"我说了,你不必再操心这事了。"

"你自己干吗不做?"

"因为他信任你。而且,虽然你干政治不行,干医生却很出色。这一点有目共睹。"邓妮碰碰塔瓦姐的胳膊。

"我知道你不会相信,不过,你今晚其实已经让父亲对你的印象有所改观。慢慢地,他就会像我一样看清你的为人:一个名副其实的戈麦莱,我们家族的一员。"

塔瓦妲闭上眼睛。

"你愿意再为我做这一件事吗？拜托？"邓妮问道，"如果不为我，就当为了母亲，行吗？"

塔瓦妲默默点了点头。邓妮亲吻一下她的前额，"谢谢。完成后，你该睡上一觉。"

她把精灵戒指举到耳边，皱皱眉，"看来你睡不成了。阿布·努瓦斯来这儿看望你。"

"我一听到消息就来了。"阿布说。塔瓦妲在幽会室接待了他。接待阿布前，她匆匆忙忙往脸上抹了些脂粉，马上又洗掉了——薄薄的脂粉根本掩盖不住她疲惫的脸。不过，幽会室的宁静，加上阿布和善的脸，还是让她感觉好了些。

两人坐在软垫上。塔瓦妲点亮桌上的两支蜡烛，阿布的铜眼在温暖的烛光中闪闪发亮。

"你从哪儿听到的？"她问。

"阴影区空中的高速追逐？"阿布边说边摇头，"这可算不上什么秘密。很高兴你没事。"

他的手伸过桌子，握住塔瓦妲的手，"我不知道会这么危险。是我让你身处如此险境，我觉得十分内疚。赢得你父亲的信任固然重要，但也不能拿命来换——"

他又摇摇头，"相信我，我知道梦想的代价。"

"唉，反正我的涉险也就到此为止了。"塔瓦妲说着，抽走自己的手，"父亲甚至不肯直视我的眼睛，觉得我不配。还有……"

她想忍住眼泪，可眼泪还是滚滚流下。

"怎么了？"阿布说，"跟我讲讲。我知道我只是个陌生人，但只要你愿意，我就在你身边。"

他明白。塔瓦妲用袖子擦擦眼泪。

"真傻。整件事都傻。我在阿丽尔的卡林里找到了一样东西，我还知道是谁杀了她。可我没证据。没证据，我就不能告诉父亲。他不会相信我。"

阿布摸摸她的肩膀。

"如果……如果你愿意，你可以告诉我。我去见你父亲，再跟他谈一次。他会听我的。"

他的声音很温柔。她记起了行医帐篷中的火焰——那燃烧在她体内、吞噬一切的火焰。在闪烁的烛光下，阿布那只人类眼睛中仿佛又亮起了那火苗。一阵惧意袭来，塔瓦妲觉得背脊发冷，就像有根冰冷的手指由上而下沿着脊柱抚过。别犯傻。是我太累了，仅此而已。

"谢谢，不用了。"她说，"你为我做的已经够多了。而且，一旦我父亲做出决定，唯一能让他改变主意的只有我母亲。"

阿布转开目光。

"由你决定好了。"他顿了顿，"那……我们俩呢？"

"我现在太累了，阿布，我不知道。"

"当然。我该让你休息的。"他站起身，"我提议，明晚你到我那儿吃晚饭。"他举起一只手，"我不接受拒绝。你带我看了你的世界，我想让你也看看我的世界。"

塔瓦妲点点头，"我很愿意。"

"好。知道吗？那天晚上我的故事还没讲完。也许这故事能让你好受些。"他揉揉铜眼，"那一帮木塔力棒拿到他们想要的东西以后，就把我丢在沙漠上等死。这样，我就没法带别人去他们去过的地方了。我孤零零一个人，待在野代码沙漠上，留在快城里。快城里有房子，窗户就是它们的眼睛；有汽车一样的怪兽；有看起来像人，其实不是人的机器，还有……更可怕的东西。

"但我还是走回了家。我活下来了。有一百次，我都以为自己要死了，但我还是活了下来。我心中有个目标。为了这个目标，不管情况多糟糕，我都咬牙挺了过去。

"所以，别对你父亲丧失信心。也许你还有机会让他看清你究竟有多出色。只要你愿意，我会帮你。你不必像我那样，一个人走出沙漠。"

塔瓦妲心中一暖。"谢谢你。"她在门边吻了他。他的嘴唇很冷，但他的拥抱很坚实。

最后，塔瓦妲挣脱开来。他笑了。"明天见。"

"是什么？"塔瓦妲问。

"你指什么？"

"是什么让你坚持下来了？"

阿布微微一笑。

"复仇。"他回答，"还能是什么？晚安，塔瓦妲。"

阿布离开后，塔瓦妲拿起邓雅札给她的盒子。

复仇。

"怒吼"。那年她才八岁。天上突然出现重峦叠嶂。水晶云朵和钻石金字塔把蓝天遮得严严实实。远处传来雷鸣声、叫喊声，还有惊恐的尖叫，一直传到残片顶上。她看到天堂里有白色光柱降下，高兴得笑了起来。

"妈妈，"她喊道，"瞧啊，下光雨啦！"

母亲惊惧地望着索伯诺斯特天空。自从疯星出现后，她就不一样了，沉默寡言，总做噩梦。塔瓦妲以为这天上的奇迹会逗她笑出来。

可是，母亲却径直跑向阳台，纵身跳了下去。

外面有风吹来，蜡烛的火苗明灭忽闪。她关上窗户，拿起行医包，去看望苏曼古鲁。

客房区位于藏红花塔。藏红花塔是整座戈麦莱宫殿最高的五座垂直高塔之一，客房区俯瞰斯尔市，景致绝佳。塔瓦姐挑了一条弯弯绕绕的长楼梯，从自己的房间出发，走向客房区。楼梯经过宫殿的主生活区，然后延伸至残片圆弧形的外壁。夜晚的空气加上爬楼的运动，让她清醒了不少。脚下，斯尔市就像一片金色的灯海，让她想起了阿布在阿塔视野中给她看的另一个斯尔市。她发现自己在思念他。一重重打击之下，总算还有他是她的安慰。

苏曼古鲁拉开房门。他穿着白色裤子，还有客房衣柜里备用的朴素衬衣。他皮肤很黑，衬得衣裤特别扎眼，就像个架线工，只是多了些伤疤。他好奇地望着塔瓦姐。

"真没想到，这么快又见到你了。"他说，"你有话对我说吗？"

塔瓦姐垂下眼睛，"苏曼古鲁老爷，我再来给您做个检查，以防巴拉卡枪的攻击留下什么后遗症，或者封印出现漏洞。当然还要诊视您的伤口。我父亲十分担心客人是否安好。"

"我倒不太担心这具身体，不过我没法拒绝主人的好意。请进。"

在塔瓦姐的要求下，苏曼古鲁坐了下来，脱掉衬衣。他的身体光滑无毛，每条肌肉都完美无瑕。他的胸膛上满是数不清的小伤口，大多数已经愈合，速度比基准人类快得多。在阿塔视野中，他的封印仍然完好。凑近看，她能看到皮肤下有一片节点网。那是阿塔没法表达的复杂构造。

"我还不知道你竟然是位医生。"苏曼古鲁开口。

"我的身份很多,医生不过是其中之一。"她摸摸他厚实的脖颈。背部左边有条深深的割伤,可以利用。"这儿有个断掉的针尖,我得拔掉,以防野代码感染。可能会有点疼。"

"疼痛不重要。只管拔。"

她从行医包里拿出一把小刀。屠龙者。绿松石分支的苏曼古鲁,这是你真实的面貌吗?她按了按他结实的肌肉,准备切下去。她的触摸让他绷紧了肌肉。

你为什么会害怕飞行?

她放下手中的小刀。不,邓妮,我不打算陪你玩。至少不是这个玩法。

"想干的话就快干吧。"苏曼古鲁说,"非死不可的话,我宁可死在漂亮姑娘手中。"

塔瓦妲退后一步,"苏曼古鲁老爷,我……"

苏曼古鲁转过身。他手里拿着邓妮的那个小盒子。盒子打着,里面的小小珠宝闪闪发亮。

"不错呀。"他说,"是佐酷技术。哪儿弄来的?"他把那东西翻了个个儿,眼睛里闪着好奇的光。

佐酷。塔瓦妲对这个名字只有极其模糊的印象:一种遥远的文明,守着古老的传统,曾经跟索伯诺斯特打过仗。邓妮怎么会跟他们扯上关系?

她又后退一步,慢慢举起小刀,心跳加速。我怎么什么都做不好?

苏曼古鲁站起身。

"别紧张。"他说,"我不会伤害你。早先我说的那些话,不过是吓唬你而已。那时候我自己也吓坏了。我知道,你清楚杀害阿丽尔的凶手的身份。"

"你到底是谁?"塔瓦姐从牙齿缝里挤出话来。

苏曼古鲁微微一笑,"这话该我问。塔瓦姐·戈麦莱,你到底是谁?我觉得你不会起意伤害住在你父亲家中的客人。是你父亲派你来的?"

"不是。"塔瓦姐脸发木。她舔舔嘴唇,嘴唇也失去了知觉。突如其来的醒悟就像沙漠里的嵌合毒蛇,来得飞快,让人震惊。是邓雅札。拉姆赞会向她汇报,说我们找到了卡林。她也知道去哪儿找巴拉卡枪。

小刀叮当落地。苏曼古鲁长长地吐出一口气,"这还差不多。"他说。

两人一时沉默,互相望着。苏曼古鲁坐下来,把手肘放在膝盖上。

"是你姐姐,对不对?"他慢慢问道。

塔瓦姐肚子里一阵翻腾。

"本来,做你向导的不是我,是她。所以快者才没有碰我,他们把我当成她了。"

"你觉得你父亲知道这事吗?"

塔瓦姐摇摇头,"他可是卡萨·戈麦莱。自从母亲死后,他关心的只有斯尔市,半辈子的时间都花在这份协定上。还有,他绝不会伤害阿丽尔夫人。"

"能说得通。"苏曼古鲁说,"长久以来,地球一直是我们和佐酷人争夺不休的……一块骨头。我们打赢了协议战争,击退了他们,这才来到地球。佐酷人一定希望我们尽可能别碰这里的魂灵儿。他们可能利用了你姐姐,除掉阿丽尔。"

"鸟舍的袭击又是怎么回事?"

"我猜,她担心索伯诺斯特调查员查到她身上。所以,袭击失败后,她才叫你在我身上加一重保险。"

他把盒子扔还给塔瓦妲,"这东西肯定已经自毁了。真可惜。我本来可以查出它来自佐酷的哪一支。"

塔瓦妲紧紧闭上双眼,"没有证据,我没法向父亲报告。"

"在议会,你还有信任的人吗?"

阿布。但他毕竟是邓妮安排跟我见面的。

她摇摇头。

苏曼古鲁微微一笑,"看来,只剩下您忠实的朋友我了。"

"恕我冒昧,但我不信任您,苏曼古鲁老爷。"

"你的确不该信任我。但我们可以互相帮助。要是我们能找到杀害阿丽尔的精灵,也许就能把谋杀的罪名引向你姐姐。"

泽巴曾经警告过我。他会理解的。至少曾是塔瓦妲的那个泽巴能理解。

塔瓦妲心中,一个冰冷的主意越来越坚定。她记起了那些古老的故事,故事里说到跟魔鬼签订的协议,黑暗的影子,能满足纯真人们的任何要求——只要他们用灵魂来交换就行。她一直以为那不过是身体窃贼编出来的,以此安抚他们的受害者。

但是,也有别的老故事。在那些故事里,家中备受冷落的女儿最后成为大家的救星。

"别人管他叫艾克索洛托。"她开口。

"讲给孩子听的故事里的那个。我明白了。那么,我们该怎么抓他? 我想我有装备能拖住他。"他举起一个小小的装置,外形像一颗子弹,"但首先,我们得找到他。"

塔瓦妲摸摸太阳穴。合体总会留下痕迹。

"我们已经找到了。"她说,"他的一部分就在我体内。我们只要找个办法跟他说话就行。有个地方叫故事宫殿,那儿有人能帮我们。但我们今晚就得去。"

"你打算怎么溜出这地方?"

塔瓦妲苦笑。

"这个容易,苏曼古鲁老爷。我最擅长从父亲身边溜走。不过,您也许不喜欢我的办法。"

"什么意思?"

"我知道您不喜欢高处。"

十七 米耶里和地球

从前,席丹想去地球。米耶里却不懂她为什么想去。

那时候,她们俩才刚刚见面,准备一同完成某件大工程。对静默柯多的人们来说,这是一种成年仪式。年轻人要去黑暗中,用瓦奇雕塑冰块,造出新的栖息地,或者完成某件大工程——只为他们自己。这么做的目的是:让内太阳系小气的众神看看,他们的钻石大脑看不上眼的粗糙原料也能创造出好东西。他们的作品相当于对众神竖起的巨大冰雕中指。

亮眼睛的席丹来自科卡·库托加的柯多,是奶奶派来跟她一同工作的。奶奶说,这种极限编程是古老的传统(意思是,过去住在土地上的人就是这么做的):两个意识,却像一个人一样密切协作,一同工作。一个负责雕塑,一个负责观察、监测、修正。起先,米耶里觉得这是种侮辱。不过,她很快发觉新来的姑娘远比自己擅长捕捉游移不定的祖先。这些先祖就像声子①,也像捉摸不定的幽灵电流结构,总是从冰通道里逃走,把正在生长的冰纹样搞得一团糟,只留下活像生殖偶像的冰柱。

起先,两个姑娘只是随便塑些东西,以掌握冰块的特性。她们

---

①物理概念,指晶体中晶体结构集体激发的准粒子。

用小冰块雕成玩具城堡,还有怪物。她们甚至还让祖先赋予其中一个怪物生命,起名为米诺陶①。小瓦尔普来看望她们的时候,她们造了一座迷宫,让瓦尔普进去,然后派这只怪模怪样、行动缓慢的小兽在她身后追赶。瓦尔普高兴得直叫。后来,她们真正想造的大东西终于慢慢在她们脑中成形。

她们叫它珠链。它是精心雕刻的一百个圆形冰球,表面饰有明亮的花纹,吸引着路人的目光,晃花他们的眼睛。冰球由坚韧无比的木星 Q 粒子纤维连接,在月球大小、名为普加的天体的引力井②中缓缓舞动。珠链的第三重结构是她们仿照一种蛋白质的结构做成的,还找出了珠链拉格朗日函数的本地最小值。这么一来,珠链就会在引力作用下折叠成复杂精巧的形状,成为传说、花朵和分形的造物。

工程进展缓慢。黑暗一直潜伏在不远处,就在她们的第二层皮肤和米耶里建造的小花园的冰墙之外。米耶里用小太阳为花园照明,在里面摆满了零重力植物,就像奶奶的花园。可席丹说,这是软弱的表示。她只住在自己的第二层皮肤里。第二层皮肤是一个小小的生态系统,藻类和呼吸器纳米机器人在遍布全身的管子里流动。每当席丹穿越正在生长的珠链的时候,都会兴奋得脸上放光。很多时候,她们只能等待。等待珠链折叠,等待冰块中的瓦奇长成她们歌声唱出的形状。

两个姑娘用闲聊打发等待的时光。

"我才不要像祖先们那样,最后变成冰里的幽灵。"席丹说,"好地方多的是。小时候,我们的柯多上来了个木星大使。它只是颗种子,需要培植。我们给它食物,它给我们美梦作为回报。这些梦

①希腊神话中克里特岛迷宫中的怪兽。

②宇宙天体周围的井状引力场。天体质量越大,引力井也越深越大。

让我们看到，在某些地方，你可以得到真正的永生，还可以变成不同的人，过许多种不同的生活。我才不在乎长老说什么，也不想学习冰的五十种不同名称。我只想活个够。我想见识内太阳系，我想去金星，看看天空之城。我还想去地球。"

在米耶里的柯多，地球是拿来吓唬小孩子的故事。燃烧之地，痛苦之地，托内塔会以毒蛇为绳索，捆起受罚的死者，用铁链抽打他们。在地球，你会喝下黑水，然后忘记自己是谁。地球上有巨大的树木，它们在那里生长，然后被砍伐。她的柯多同胞从前就生活在那块水深火热之地，直到伊尔玛塔前来搭救，带他们离开。

米耶里更喜欢大建筑师赛波的故事：赛波用歌声造出了一艘星船，驾着它去另一个星系寻找心爱的姑娘，蜘蛛之女。还有窃贼勒米的故事：勒米偷走了库乌塔神十二条性命中的一条，吞下肚子。结果肚子炸开，他变成了照耀奥尔特的第一批小太阳之一。地球的故事总让她做噩梦，睡不安稳，梦见自己在黑水河边爬行，身体被重力的巨掌压在地上，脸被黑色的粗糙石头磨破。她知道托内塔就在身后，可没力气逃走，也没力气飞翔。

"你干吗要去那儿？"她问。

席丹大笑，"我打赌，你肯定听了那些故事，而且全信了。对不对？那都是长老们编出来的。不过，你非得当真不可，这我懂。毕竟你不是奥尔特人，而是被当作什一奉献①、交给我们抚养的孩子。所以你只能样样都比别的孩子强。外来归宗的孩子的信仰总是最虔诚的。"

"这个话题我不能谈。"米耶里说。

"有一次，一个先祖给了我一本书，真正的古书，来自地球。"席

①什一奉献（又名什一税、什一捐），常用于指犹太教和基督宗教的宗教奉献，欧洲封建社会时代被用来指教会向成年教徒征收的宗教税。源于《圣经旧约》时代，其希伯来文原意是"十分之一"。现在，什一奉献通常是自愿的。

丹自顾自接下去，"那本书里讲到，有个孩子，被一群还没开发出智力的猴子抚养长大，后来成了他们的国王。我一直在想，你在我们中间，肯定也像这孩子在猴子中间一样。比我们更聪明、更优秀、更强壮。"她顿了顿，"也更美丽。"

"我不想当女王。"

"你尽可以随心所欲，不想当就不当。"席丹说，"用不着人家说什么，你就信什么。"

"可你为什么想去地球？那儿有什么可看？"

"我不知道。可你难道不想亲眼见识下，地球上究竟有什么东西这么可怕，可怕到长老们要编出噩梦故事来掩盖的地步？"

"这是异端邪说。"米耶里喃喃。

"才不是。"席丹说，"你想知道什么是异端？你就坐在我身边，而且周围一光秒之内没一个活人；你的眼睛说你想吃了我，可你却一点动作也没有。这才是异端。"

她吻了米耶里。光滑冰冷的二层皮肤上突然传来柔软的温暖触觉。席丹很快缩回身子，看着吓呆的米耶里哈哈大笑。"快来，猴子女王，"她说，"珠链可不会自动连成一串哪！"

最后，米耶里跟席丹一起离开了故乡。但她们从没去过地球。

她想，如果席丹知道她此刻正在驾驶室里注视地球，不知会做何感想。眼前是一颗蓝色星球，笼罩在蜘蛛网般的阴影里。就像有许多锋利的黑色刀刃，正切割着这颗蔚蓝和白色相间的球体。黑线是瓬罩投下的影子。瓬罩由众多银色弧线组成，位于地球同步轨道，呈椭圆形，直径超过十万公里，包围着地球。

银色弧线两两相隔一定距离。所以，整个瓬罩就像两只白骨爪，正把一颗眼球握在手心，越捏越紧。弧线交汇处形成六边环，这些地方交通繁忙,思想束、区船、州船川流不息,时而还有几艘佣兵船,让这些六边形不断地闪闪烁烁。

银色通道从瓠罩的一极伸出,像一条银线,伸向地球的卫星,月球。索伯诺斯特机器正蚕食着这颗卫星,用那条通道把月球壳物质传送过来,打造成地球的牢笼。

库乌塔神哪,米耶里心想,让这幅景象从我脑中消失吧。

索伯诺斯特已经花了二十年时间,一点一点建造这个瓠罩。准是因为地球上有可怕的恶魔,才需要建造这种东西来防御。飞船的数据库没有包含建造瓠罩的目的;不过,内太阳系通行的说辞是:这是赫辛库建造的,是一种探测阵列,以增强他们的祖先拟境的可信度。

你不该来这儿,奥尔特古老女神的声音响起,这里是禁忌之地。

不过是块石头而已,她对自己说,压抑着祈祷的冲动,也压抑着命令超脑皮层关闭脑中翻腾着宗教恐惧的区域的冲动。不过是水、岩石和废墟而已。

她回想着这一路的旅程:桑拿、奥尔特大餐,还有为这一刻付出的所有努力。她现在的身份是来自奥尔特的异教徒佣兵米耶里,因为斯尔的木塔希博家族愿意支付丰厚酬金,这才来到地球的野代码沙漠淘金。可她却觉得自己就像个被噩梦吓醒,却发现噩梦变成了现实的孩子。

仅仅一个钟头,瓦西列夫就向我提出了八千次加入永生的邀请。飞船抱怨道,我真讨厌跟这些人谈判。不过,我总算弄到了一条轨道,还有佣兵中枢的一个泊位。你相信吗,那些人居然管自己叫泰迪熊路边野餐公司——你没事吧?

"没想到会这么难。"米耶里回答,"我已经好多年没回奥尔特故乡了。我打过协议战争，见过黑洞吃卫星，也见过金星上的奇点。我还服侍着一位统治固伯尼亚的女神。可是，我还是觉得我不能去那儿，好像一去就会被托内塔抓走。"她深深吸了口气，"这是为什么？"

因为你仍然是米耶里，飞船回答，是静默柯多卡尔胡的女儿，是席丹的爱人，通晓奥尔特的歌曲。只要我们完成这次任务，你就永远不必变成别人。

米耶里微微一笑，"你说得对。至少，我能向席丹炫耀，先一步来到地球的人是我。"

"培蝴宁"沿着弧罩的一条银带缓缓飞行。银带上刻着无穷无尽的索伯诺斯特面孔，旁边围绕着闪闪发光的施工尘，就像一条全世界最大的彩虹。其中一张巨大的赫辛库面孔张着大嘴，嘴巴就是贸易泊湾的入口。米耶里收起飞船的翅膀，飘了进去。

泰迪熊路边野餐公司的招聘官出现在时空模拟视界中。他是个熊形生物，膀阔腰圆，身体明显经过了索伯诺斯特技术的强化改造，脊柱处有钻石棘突出，笨重的脑袋就像冰柱。但他的蓝色眼睛仍然属于人类。这双眼睛正怀疑地盯着米耶里。

"你想干吗？"他问。

"还能干吗？"米耶里回答，"我想去野代码沙漠狩猎亡者。"

十八　窃贼和瓠罩

　　我在20世纪90年代的一家越南咖啡馆跟423代赫辛库(复兴早期五次方程分支)见面。为了维护所扮角色的形象,尽管眼前的黑森林蛋糕十分诱人,我也一口没动,保持着苏曼古鲁严峻的公事公办面孔。

　　而赫辛库呢,倒是贪馋地享用着她那份蛋糕。她是个面貌普通的富人,穿着那个时代的裙子,圆圆的脸上微有笑意,一勺接一勺地吃蛋糕,发出满足的咂巴声。我耐心等她吃完。最后,她终于拿起餐巾擦了擦嘴。

　　"要不要咖啡?"她问。

　　"我更希望专注于手边的工作。"我回答。

　　"好吧。苏曼古鲁老爷,说实话,我是特别拨出了时间来见您。您这次来访事出突然,我们并未接到计划变动、需要重新审视执行情况的通知。"

　　我又黑又大的手拿起勺子,轻轻掰弯。赫辛库打了个哆嗦。

　　"共同盛业的敌人太多,不可能一一列入计划。"祖先模拟体的物理引擎忠实再现了金属勺子的柔软质地。

　　我举起掰弯的勺子,"拟境不错。全都精确到了量子层面,对

180

不对？"

赫辛库的眼神突然惊慌起来。

"只要能简化，我们就做了简化。"她赶紧解释，"不存在多余的量子元素，所有的意识都严格符合正统标准。我们只对20和21世纪的实验做了量子修正，而且也都严格按照正统，在沙盒虚拟机器中操作。苏曼古鲁老爷，请您放心，这里没有受到污染。"

"你误会了。"我把勺子放回桌上，"我和我的兄弟们赞赏你。我们觉得找个躯壳合体……倒是有助于拷问盛业的敌人。"

赫辛库眼中掠过一丝恐惧。从前的我也曾选择苏曼古鲁作为假身份，看来很有道理。我最担心陈会向其余始祖通报说，苏曼古鲁的始祖代码已经泄露。但这么说会损害精心维护的始祖不败的神话，所以可能性不大。

"您肯定不会认为这里有盛业的敌人，对吧？"她小心问道。

"有人觉得你们的操作办法太贴近肉体，也太物质。"

"我们别无选择。"赫辛库回答，"我们对盛业的阐释跟其他始祖一样合理合法。我们的阐释要求我们挽救地球上所有失落的灵魂。"

"这个任务为何还没有完成？"

"多年前，我们尝试过大规模扫描并上传地球的生物圈和物质，但失败了。"

"荒唐。区区一个行星环境，怎么会出问题？更不用说大计划还把那么多资源拨给了你们。"

"这全是因为野代码。"赫辛库脸红了，"大崩溃以后，这儿出现了类似迷你奇点的东西。没有木星爆发那么大的规模，但人类思维圈跟当地的生物圈进行了融合，产生出复杂的自修正代码。土著人叫它野代码。野代码侵入了地球的所有物质，很难去掉。但我们的成像仪还是完成了部分重建工作,大多数重要的意识现在都在上传天堂里了。"

"通过贸易,你们才拿到了这些意识。对不对?"

"总的来说,这话没错。我们跟土著人做交易。进展虽然缓慢,但我们赫辛库本来就是考古学家,有足够的耐心。再说,贸易比我们之前的失败尝试有效多了。"

"软弱。你的拷贝部落确确实实不负此名。"我讽刺道。

"我们会找到办法抵消野代码的影响。只要大计划拨给我们更多的资源——"

"——你们照样会浪费在别的地方。从你的话里,我已经找出足够的漏洞,完全可以上诉到原型那里了。不过,也许你还有机会挽回局面,同时也帮我一个忙。据我所知,你们有……我们光荣历史的详尽记录。"

"根据我们对盛业的阐释,我们的目标是复活所有费德罗夫主义兴盛之前在地球上生活过的生命。这个任务需要对物质和历史记录进行巨细靡遗的研究,还需要意识考古学的帮助。"

"你们如何解读盛业与我毫不相干。我只要求进入祖先拟境的权限。完整权限。"

"只有在大计划的安排下,我们才能给您这种权限。这一点您肯定能理解吧?不然,我们的尊严将荡然无存。"

"你的……严守纪律让人钦佩,但并不明智。"我给了她一个苏曼古鲁式的微笑,就像老虎笑着咧开大嘴。

"什么意思?"

"学者的研究工作有时会让人无暇关心其他重要事件。比如佩莱格莉妮和瓦西列夫,他们之间的关系已经十分紧张,紧张到我们不得不注意的地步。"

她紧张地放下手中的勺子。勺子落在餐盘上，叮当一声。她大概正在她的图书馆[1]里搜索，打算拿出更自信的自我来面对我。

"还有，我在调查实验的时候，发现了某些……异常。"

"按照我们的时间框架，这都是几百年前的事了。"她抗议。

"永远不能认为针对盛业的阴谋已经过时。"

"我懂了。"她说，"也许可以为您安排有限时间内的入境权限。"

"好。"我尝了一口蛋糕。蛋糕味道很好，但我强迫自己做了个苦脸，"你们的造物如此精美，要是被拿去喂龙，那就太可惜了。"

瓠罩的祖先拟境。赫辛库就是在这里创造历史。这是一幅巨大的拼图，历史的碎片与历史的模拟胶合在一起。赫辛库们观察、测量、搜索魂灵儿的记忆（有些魂灵儿是从斯尔的灵魂商人那儿买来的，还有些是从忘川偷来的），然后运行全套模拟程序，直到找到符合观察值的历史。凡是可能性大于平均的事件序列都被实例化，经过筛选和调整，直到符合赫辛库心目中历史的模样。

一开始，拟境的界面让我无所适从。我变成了四维世界中没有身体的幽灵，获得了上帝的视角，还有新的感官，可以在时间中自由地前后走动。我不喜欢没有肉体——摸得到东西我才能安心。但这儿没法跟人合体，只能忍着寒冷，看着魂灵儿脑中的思维过程慢慢展开。赫辛库想尽办法偷懒省事。这儿有些模拟没有精确到分子层面，有些甚至没有精确到细胞层面，没有做到真正的物理等量。看来我刚才说得还不够狠。

不知道这里的魂灵儿对自己的生命作何看法。在这里，随时

---

[1] 索伯诺斯特的图书馆，存放着主人生命中所有重要时刻的自我。进入图书馆，就能变成特定时刻的自己。

会有世界生成;可接着,只要一发现新的历史事实,整个世界就都被抹去,然后改写。只有真正活过的人才有权活下去。其余的不过是草图,只要用不着了,随时可以擦除。可怜的家伙。

为了避人耳目,我一路回溯到7世纪的英国,找了个偏僻的角落——雨中泥泞的田野——这才放出佩莱格莉妮。作为始祖,她轻松老练地黑进物理引擎,用雨滴给自己做了一张脸。

"那么,若昂,"他说,"你现在清楚我们的计划了。这个计划我从没打算瞒着你,迟早总要告诉你的。不过,被你逼到不得不泄露的地步,还挺有意思的。问题是,这次你有没有勇气按计划进行到底。"

"你还没把计划的目的给我。陈为什么急着要自己的某个古老魂灵儿?"

她笑了,"谁不想重新变成孩子呢?"

"我就觉得当大人挺好。告诉我。"

雨女哈哈大笑,"得再过几个世纪,你才能长大呢。"

接着,她对我讲了在马特杰克·陈的拟境海滩上看到的东西。

"哦,纯真啊。"她讲完后,我应道。

"这就是你要偷的东西,而且不能用你惯常的办法。"她说。

我咽了口口水,心中已经开始打退堂鼓了。我要面对的可是星系的伟大主人,怪物马特杰克·陈。这世上我能做的事情,他早就做过一千遍了。

但我想要自由。

"我们是来聊天的,还是来偷东西的?"我截断话题。

她在我面颊上留了一个湿吻,便像柴郡猫①一样消失了。她打

---

①《爱丽丝漫游仙境》中可以凭空出现又凭空消失的猫。

算接管弧罩系统,给赫辛库添点乱子。

我在脚下的水坑里照照自己的影子。我的影子也看看我,眼中有责备之色:你这个魔头,会堕入深渊,诸如此类。

但我是个偷儿,不是哲学家。再说要后悔也太迟了。我得从某个地方入手,寻找马特杰克·陈。我唯一记得的,只有巴黎的吞火人。

陈来到塞纳河边看吞火表演,赌王若昂来塞纳河边看他。

正值傍晚,秋意已浓。圣母院像个大蜘蛛,盘踞在河的另一边。天空中,新城银色的尖塔高高耸立。相形之下,圣母院就像个小矮子。吞火杂耍艺人是个裸着胸膛的巴西老人,肌肉虬结,像一捆捆绳索。他身边的铁轮上插着十二支火把,慢慢旋转,火光在他深棕色的皮肤上跳跃。他取下一支,仰起脖子,慢慢把火炬塞进嘴里。火焰冲天而起,仿佛熔炉爆炸的后坐力。吞火者的面颊和喉咙就像万圣节南瓜灯一样亮了起来。

陈入迷地盯着老人,看着他伸出亮成红橙色的舌头,舔舔空气。陈眼神热烈,早白的灰发在风中凌乱。这就是未来的费德罗夫主义之父,但现在还是个年轻人。

年轻的若昂站在人群的另一头,看着陈。那时的若昂同样是受了佩莱格莉妮所托而来。我进入他的脑袋。这个若昂只是个空白的魂灵儿,人群的一分子,但随着他的行动,我的记忆也慢慢恢复[1]。

吞火表演一结束,我就朝陈走去。

"你喜欢杂耍吗,陈先生?"我问。

---

[1]我进入的是历史拟境,在这个拟境中观察若昂(即过去的我)的行动,从而恢复自己的记忆。

他锐利的眼睛看了我一眼。"吞火人比小丑好玩。"他回答。

我微微鞠了一躬,"我觉得自己更像魔术师。不过,也许我能引您发笑。"

他冷冷一笑,"我深表怀疑。"

"我是受人所托来找您。这位人士十分富有,而且对您的……活动有兴趣。他们有个提议给您。"

"这玩笑不好笑。"他转身离开。

"我知道,天堂彩虹门事件是您在幕后操纵。"我说,"那也不好笑。"

他看了我一眼。尽管隔了几个世纪,他眼中的寒意也让我的肚肠都结了冰。我赶紧挥挥手。

"别担心,我无意告发您。对我这种职业的人来说,那是失礼。请听我说完,至少让我给您买杯酒。"

"我不喝酒。"他说。

"您可以看我喝。我知道个好地方。"

我带他来到王宫旁一家名为"地下室"的酒吧,酒吧离一条满是空荡荡窗户的小街只有几步路。我们走下台阶,进入这间地下室,向来自旧金山的光头酒保要了一杯莫吉托鸡尾酒。陈紧紧盯着我。我注意到,他在努力打穿我在他四周布下的特工网,不由对他产生了几分敬意。

"我的雇主很好奇。"我开口,"你为什么这么做?"

他牵了牵嘴角。

"我就是不喜欢世界现在的样子。很难相信吗?"

"但我知道你对这个天堂也不满意。"

费德罗夫主义者释放了黑盒子软件集中营里的所有上传意

识,还指挥了无人机的攻击(由世界各地的费德罗夫主义者遥控)。不幸的是,被释放的意识占据了深圳的信息基础设施,把它搞死机了。还有活着的计算机病毒,被疼痛逼得发疯,能侵入任何自动控制系统并自我复制。

"天堂事件不过是个开始。"他说,"费德罗夫预见到了这一点。下一场革命要打倒的目标是死亡。我不喜欢死亡。我想,至少就这一点,我们能达成共识,赌王先生。"

我扬扬眉毛。他比我预料的还要消息灵通。但话又说回来,他身后有无数被解放的奴隶,当然有优势。

"光是躲开警察就够我烦的了,没时间去搞什么打倒死亡。我对意识形态没兴趣。我干的事不过是游戏而已。"

"对我来说,这不是游戏。"

是什么?是什么改变了他?是什么让他变成今天这样?玛莎·韦恩①的珍珠?本恩叔叔②?不管是什么,这儿都没有。

我真想钻进他戴在头上的帽子里瞧瞧。那是一套原始的上传设备,让他和储存在云端的自我意识随时保持同步。但这套设备的数据已经永远消失在大崩溃里了。加油,小若昂,你不止这点本事。

"我的雇主清楚这一点,才提出帮助你,给你提供设备、资金,等等。不管你要什么,只要开口就行。"

"那么,你的雇主要什么?"

我微笑,"自然是永生。"

---

①蝙蝠侠的母亲。蝙蝠侠的父母在一次持枪抢劫中遇害,才有了立志消灭邪恶的蝙蝠侠。

②抚养、照顾蜘蛛侠的叔叔。同样在街头暴力中遇害,让蜘蛛侠记住:力量越大,责任也越大。

　　我撇下过去的自己，让他跟陈一边喝酒一边密谋筹划即将到来的世界。我则转身离开。很不幸，这地方没有我要的线索。之前我肯定找到过别的东西，才会深信地球上藏着马特杰克·陈的魂灵儿。我进入了拟境中的另一个空白魂灵儿，叫来酒保，让他调杯螺丝刀鸡尾酒。合体跟酒精让人舒服，可我想要的答案仍然阙如。

　　有人拉拉我的袖子。我转头，发现一张木头面具正盯着我。面具是个咧嘴笑的怪物，油彩都褪了色。幸好戴面具的是个小姑娘，才不那么吓人。小姑娘穿着一条脏裙子，裙子上全是煤灰，光着脚。

　　我眨眨眼睛。

　　"怎么回——"

　　她竖起一根手指，放在木头嘴边。

　　"嘘。"她说。

　　我跳出暂时栖身的魂灵儿，切换到四维视界。小姑娘还在。她不属于这个世界，从四维角度看去，她变成了一串无穷无尽的镜像，就像条蛇。她招招手，让我跟上。

　　"我能帮你，"她说，"只要你给我讲个故事就行。"

　　"你是谁？"

　　"姐妹，母亲，女神，公主，女王。给我讲个故事，我就带你去你在寻找的地方。"

　　"什么故事？"

　　"真实的故事。"

　　上一次，在火星上，从前的我也给自己留下过一条记忆踪迹——只要我出现，就会触发某些事件。也许这里也差不多。这样的话，还是乖乖配合的好。

　　她灰色的眼睛在面具后面闪着好奇的光芒。

"故事很长。"我说，"不过，我猜我们有的是时间。"

我又叫了杯酒，开始讲述。

"跟战脑互射之前，我照例想先聊两句。[①]"

"谢谢你。"等我讲完，她开口道。她的声音轻得像耳语，像风吹过烟囱的声音。接着，世界变了。我发现自己身边只剩下三个魂灵儿。

一个深色皮肤的男人，穿着西服，胡须光洁整齐，坐在桌子后面，望着面前的年轻夫妇。丈夫是个英俊的男子，茂密的金发，穿着牛仔裤和T恤。妻子是个娇小的亚洲女人，一刻都坐不安稳，不住地摸着男子的小臂。

桌后的男人朝他们微笑。他名叫唐·路易斯·普莱纳，是迦拿公司的经理和销售代表。此人显然是个连环创业者，想出一个又一个商业点子，好叫土豪巨富们花钱。我估计，在碰到约瑟芬之前，我干的也是这种事。

他用理解的眼神望着他们。

"我自己也有孩子，"他说，"一个儿子，一个女儿。自从他们参与这个项目之后，我每天晚上都感到莫大的安慰。做父母的都有这种噩梦般的恐惧。人们说，一旦你有了孩子，每到夜晚，你都会战栗不已。我们想帮你们赶走这种恐惧，赶走死亡獠牙的威胁。"

"我还是觉得有些不妥。"男人开口。他名叫博扬·陈，是马特杰克·陈的父亲。"这里头牵涉到太多的哲学问题……"

"当然，我理解。"普莱纳接口，"一方面是哲学——就是爱智慧；另一方面呢，则是爱本身。在迦拿公司，我们更关注后者。"

---

①本系列第一部《量子窃贼》的开篇第一句话。也就是说，我告诉小姑娘的故事是《量子窃贼》。

"我们已经谈过这个问题了。"女人坚定地开口。她加大力气，紧紧握着博扬的前臂。这间办公室中的探测器性能很不错，我能看到他们脑中慢慢做出决定的过程。普莱纳已经把这两人稳稳地捏在手心了。

"好吧，"年轻男人说，"我们看看详情。"

屏幕上映出一座建筑，像地下堡垒。"由地热和聚变供能，还特别配有备用设施。地点机密。"该死，我还得去翻检迦拿公司的资料。

"我们绝对确保安全。放心。哪怕小行星撞上地球，这地方也能安然无恙。里面的时间流速会默认减慢，还会进行周期性同步调整……"

我是对的。这儿真有马特杰克·陈的秘密魂灵儿，就埋在地球的某个角落。这个魂灵儿将是行动的关键。当然，还有身体窃贼。我给米耶里拟了一份加密信息，发到索伯诺斯特思想束网络里。

拟境突然冻结。

"真是有趣的发现呀。"五次方程赫辛库的声音响起，"了不起！对来自你们拷贝部落的人来说，算是了不起的学术成就了。"

"你想干什么？"我用苏曼古鲁的咆哮声回答。

"我不过是来帮忙的，免得你找不到想找的东西。没想到会有这种东西存在。你是怎么碰上的？这可是陈生命中的新片段。"

"我建议你别插手。"我说。这婊子耍了我。

她礼貌地点点头。

"当然不会喽。不过，我想请你帮个忙。"

我明白了——她在玩诈唬游戏。由一个中央统一进行的计划,实际执行时准会出现这种问题:执行总是跟计划不同步。计划赶不上变化,执行者就会另想办法。我本该料到的。赫辛库离固伯尼亚深时太远了,她们的操作不会严格按照大计划进行。

"在斯尔的肉体世界中,有个小问题需要处理。如果您愿意协助,我们会非常感激……"

十九　塔瓦妲和故事宫殿

我像只蜘蛛，沿着斯尔的戈麦莱残片外壁往下爬，背后就是野代码沙漠。沙漠仿佛夜晚的都市，闪光的线段和图案纵横交错，让人眼睛发花。所以我把注意力集中在前方的塔瓦妲·戈麦莱身上。她的位置比我高出几米，苗条结实的身体裹在黑色的封印布料里，正灵巧地寻找一个又一个抓手。在垂直的城市中长大，看样子还是能学到点本事的。

秀色可餐。这是爬墙这活儿仅有的一点安慰。我们越爬越低，我心中的恐惧也渐渐减少。残片靠沙漠的这一侧陡峭光滑，死去的陈旧智能物质外壁时有裂缝，算是给我们提供了落脚处。我的手心和赤裸的脚心有小小的尖刺突出，勉为其难地扎在裂缝里。我紧紧抱着墙壁，就像抱着自己的爱人，告诫自己别去看脚下那数百米的悬空。

我们的逃跑计划说起来很容易：只要爬下外墙，就能避开卡萨·戈麦莱的忏悔者卫兵，因为精灵不喜欢那儿。然后，只要穿上木塔力棒的装束，就能防御野代码风的侵袭。可真做起来就难多了。尽管身上套着沉重的布料，我的视野中还是出现了小小的火花，表明野代码已经开始啃噬我的大脑。

"我们偷条该死的飞毯该多好。"我第四次咕哝这句话。但塔瓦妲不答应:飞毯太惹眼,会立刻出卖我们的行动。

不过,她掏出一瓶从巴努·萨珊的蜘蛛女那儿买来的黏糊糊的绿色液体,让我喝掉。味道很苦。不过,液体里的不明种类的纳米机器人对我的索伯诺斯特身体很有效果,眼前的火花消失了。我真是搞不懂斯尔技术(如果能管这个叫技术的话)。他们通过几何形状和特定的言语调整自己的意识,让它进入某种状态,进而激活隐藏在阿塔中的古老的命令。阿塔,这是他们对时空模拟视界的叫法。相当于用逆工程手段破解过去的人脑-计算机界面——古代纳米技术就是通过这种界面来操控的。他们还有种叫作密名的东西,更为复杂,跟野代码相关。

你到底在干什么,若昂?

"培蝴宁"的声音突然在我脑中响起,吓得我差点儿松手掉下去,只靠一只手抓着墙壁,悬在深渊上。连接我和塔瓦妲的绳索扯紧了。她朝下看了看,我比了个手势,告诉她没事。

"该死,小点声。"我对飞船说,"你怎么才来?"

佩莱格莉妮花了不少时间,才把我接进弧罩的通信系统。

"这么说她没闲着。米耶里呢?"

她的佣兵角色扮演得很成功。

"好。追寻迦拿的不只我们这一拨人。但就目前而言,计划进展顺利。我有种感觉,很快,某人就会需要雇用大批佣兵。只要她站对队伍,我们就会占据有利位置。"

那……另外那件事呢?

"就为这个,我现在才在这儿扮蜘蛛。"

你知道,我不喜欢这主意,若昂。你答应那可怜姑娘的事,你是做不到的。

"我答应的事向来做得到,这你知道——"

别跟我提这个。

"现在可不是退缩的时候。我们说好了,记得吗?"

只要你守约,我就守约。对了,佩莱格莉妮说瓠罩里有大量异动,赫辛库肯定在搞什么名堂。而我们的计划很难避人耳目,我可能不得不……

突然,飞船的声音消失了。我压低声音骂了一句。不管怎么说,现在要回头也太迟了。我朝塔瓦妲打了个手势。只剩下最后两百米。我浑身乏力酸疼,就像得了感冒。

在瓠罩系统里实体化的时候,我现在使用的身体没法装备任何索伯诺斯特强化技术。经过佩莱格莉妮改造的那具身体还在培蝴宁那儿沉睡。野代码已经严重损害了我现用身体的内脏,我只盼着它能撑到任务完成的那一刻。

我还盼着自己的逃跑路线也能一路通畅。

塔瓦妲拉了拉绳子。我们脚下像是个展览馆,只是没点灯。

我用Q工具切割展览馆包着封印的玻璃。没多久,工具发出一阵噼啪声,罢工了,还改变了形状。我咒骂着丢掉这东西。它消失在底下的黑暗里,一路噼噼啪啪地窜来窜去,就像个爆竹。

"试试这个。"塔瓦妲递给我一件老式工具:一个金属圆盘,嵌着钻石。

钻石在斯尔一文不值。只有小孩子才会跑到索伯诺斯特飞船在怒吼中坠毁的地方,捡钻石来玩。有意思,一千个魂灵儿费力做出来的珍贵东西,居然被用来当作割玻璃闯空门的工具。用这东西割了几分钟后,我小心移开割下的一块圆玻璃,露出一个圆洞。我们俩从洞里溜了下去。

这地方是一座还没完工的宫殿,空空荡荡,寂静无声。塔瓦妲带我穿堂而过,来到一块悬空的踏板上。踏板底下是一个垂直的深洞,一直延伸到残片底部,里面布满了精灵电缆,就像一张打着哈欠的大嘴。

"我们该怎么下去?"我问。

塔瓦妲严肃地看了我一眼,"您信任我吗,苏曼古鲁老爷?"

夜色中,她的眼睛乌黑美丽。这姑娘历经过不少坎坷。跟我一样,她逃出了一个监狱,却进了另一个监狱;追逐的目标总是眼看要到手,却又离她而去。但尽管如此,她仍旧想做正确的事。

飞船说得对。我会让她失望的。

只做你擅长的事。

所以,我慢慢点点头,笑了。

"那么,把手给我。"

她握住我的手指,力量大得惊人。接着,她一步迈进深渊,把我也拉了下去。

我一声尖叫,想抓住什么东西,却来不及了。我们一头栽进了黑暗。我听到塔瓦妲大笑。突然,我们四周亮起琥珀色的微光,急速下落变成了缓缓下降。

"天使网。"我吐了口气。

塔瓦妲飘浮在我身边,挥挥手。

"没错!"她笑着说,"只有乌格特残片有一张正常运作的天使网。最富有的魂灵儿商人都住在那儿。这儿嘛,只有内行才知道哪儿有。"

我闭上眼睛,任由古老的天空斯尔的守护天使把我一路护送到地上。

落地后,他们随即坐上最后一班有轨电车,前往乌泽达残片的基座。

塔瓦姐站在苏曼古鲁对面，拉着扶手。苏曼古鲁的阿塔眼镜映着城市的灯火，灯光的倒影随着电车有节奏的震动而跳跃。苏曼古鲁选的是一副蓝色的圆眼镜，跟木塔力棒的装束颜色相配。

"你的时空模拟视界残缺不全，害得我眼睛疼。"他说，"不过我觉得有人在跟踪我们。"

塔瓦姐望了一眼苏曼古鲁身后，压低声音诅咒一声。跟踪者是三个精灵，外形像多边形组成的彩色毒蛇，在车厢的人群中蜿蜒而行，乘着列车上方的精灵电缆，速度快过常人。在物理世界中，没有思想形的精灵能看到的很有限，所以，只要在阿塔中做点手脚就行。

塔瓦姐选中车上的一对夫妇。一个小个子女人，正不停地朝同伴比画手势，说要给他们的精灵仆人买新的精灵瓶。塔瓦姐轻声念出一个密名——艾尔-穆索维尔，制形者。她在阿塔中复制了自己和苏曼古鲁的外形，覆盖在那对夫妇的身上。不出意料，这对夫妇在下一站下车的时候，两个精灵跟了上去。第三个犹豫片刻，也冲了出去。"妙啊。"苏曼古鲁叹道。

乌泽达残片是斯尔唯一还没完工的残片。建筑物外面围着脚手架，盖着塑料布，表明自从两年前受到野代码大规模感染后，这地方的修缮仍未完工。塔瓦姐记得，当时，一辆受污染的灵魂列车从沙漠带来了野代码。于是，残片里突然冒出来一个庞然大物——一棵蓝宝石大树。大树迅速生长，快到肉眼可见。在阿塔视野中，还能看见树旁边围着旋涡般的野精灵群。

他们越接近地平线上的黑色骨架，她的心就跳得越快。邓妮，邓妮，我要做正确的事。父亲必须知道真相。她想起在那内疚中度过的漫漫长夜,想起在那些夜里,自己总觉得有些什么事不对劲。也许全都是她搞的鬼。她想让我觉得自己一无是处,这样才不会碍着她的事。

她捏了捏口袋里的索伯诺斯特意识子弹。"这东西会模拟你的一部分大脑,就是对方的意识片段进来的地方。"苏曼古鲁说,"它就像个精灵瓶,只是精灵进来了就出不去。"这东西可真小,只有她的指尖这么大,质地是冰凉的金属。

她回忆着卡法平静的声音,回想自己从亡者之城出走后,是他收留了她。他会帮忙的。事情会顺利的。卡法教过她,一切都会愈合。

这里高低错落,既有电车高架轨道下方的凹地,也有升向残片高处、张着大嘴的垂直通道。塔瓦妲朝下看看最初感染野代码的地方,北部大火车站。火车站长长的低矮大厅和拱门里仍然留着打斗的痕迹。为控制感染,木塔希博和忏悔者曾在这里战斗。金属条和玻璃上都留有伤疤。

伤疤也会消失——只要耐心等待。

两人在最后一站下车。这一站有很多上完晚班回家的架线工和其他工人下车,两人从人群中挤过。在塔瓦妲带领下,两人走下一条弯弯曲曲的楼梯,来到下层。这里没有忏悔者的踪影,阿塔也稀疏不全,精灵很难追踪。邓妮肯定在什么地方气得冒火。

他们进入北部火车站的废墟。车站的一道道拱门上亮着标志。上方有轨电车的轰隆声太响,响到连说话声也听不清。四周充满了臭氧味,空气浑浊。突然,两人眼前出现了一条从前供灵魂列车使用的隧道,仿佛巨人眼睛的瞳仁。

隧道的地面坑坑洼洼。塔瓦妲差点儿被钻石铁轨割伤。隧道远处传来隆隆声,还有喃喃的低语声。根据巴努·萨珊的传说,野代码生物并未被全部消灭,还有后代生活在废墟里。

"你说这里是宫殿。"苏曼古鲁开口,"跟我想象中的宫殿还真不一样。"

"嘘。"塔瓦姐让他别开口。墙上有个发光的标志,是个简单的圆圈,两点代表眼睛。一张脸。塔瓦姐念出卡法很久以前教她的密名。门开了,露出微弱红色灯光照明的长长甬道。甬道深处响着音乐声和呢喃声。

塔瓦姐给了苏曼古鲁一张白色面具,自己也戴上一张。

"欢迎来到故事宫殿。"

故事宫殿变了。这是自然——它一直在变。现在,它是灯光暗淡的通道组成的迷宫。只要一转弯,通道某处就会突然扩展成房间。

在某一间房间里,虽然没有可见的光源,白墙上却有阴影在舞动。影子是一片片头发直竖、四肢修长的墨水渍,塔瓦姐想去摸,它们却都逃走了。另一间巨型大厅里高悬着蛛网似的铜线,回响着静电的嗡嗡声。塔瓦姐发丝根根竖起,噼啪作响,身子就像暴风雨来临前一样滞重。还有一间展厅,四周的墙壁覆盖着暗色天鹅绒,顶上亮着几千支头朝下的蜡烛。有个穿着黑西装、戴白手套、套着芭蕾舞裙的男人正打着指挥的拍子,蜡烛随着他的手势缓缓起舞——烛光与火焰之舞。阿塔视野中,这儿全是忙着编织幻觉的精灵。

一个身形娇俏的女子,深色头发短得像男孩子,悄悄靠近他们,微微鞠了一躬。

"看起来,你们好像是第一次来故事宫殿。"她对苏曼古鲁说,"我们能为您提供什么服务呢?您有什么雅好?精灵能得到身体,真人能听到故事。"她从头到脚打量着索伯诺斯特魂灵儿,一手叉腰,另一只手的手指拨弄着嘴唇,"宽肩膀先生大概是来这儿看电影,或者读侦探故事的。至于你嘛——"她眨眨眼,"塔瓦姐?"

"艾米娜。"塔瓦姐隔着面具微笑起来,"我来见卡法。"

艾米娜扯着她的胳膊,拉她穿过天鹅绒幕布,来到一间四壁空空的小室。

"小婊子,你还真有胆子来这儿啊。"她从牙齿里挤出话来。

"艾米娜,我——"

"忏悔者来这儿找你的时候,我们都逃出去躲了起来。我逃到了亡者之城,当了一段时间的行尸。你知道当行尸什么滋味?当然不知道了,你可是塔瓦姐小姐,来这儿玩玩合体游戏,等厌倦了就能回爸爸的怀抱。"她厌恶地一扬手。

"那个是谁?新玩具?他有股索伯诺斯特的味道。我们这儿有马斯陆,这你知道。不过,反正你现在住在自家的宫殿里,用不着在乎这个。"

"不是这样的。请听我说。"

艾米娜哽咽似的深深吸了口气,"就是这样的。傻姑娘,快走吧,赶紧。"她擦擦眼睛,朝走廊挥挥手。

"艾米娜,求你了。我需要卡法的帮助。我在找艾克索洛托,我有索伯币,我能付——"

艾米娜扭过头,"哎呀,原来是为了艾克索洛托。总算想起他了?厌烦了阳痿的木塔力棒老爷了,嗯?"她交叉双臂抱胸,"告诉我,这是你玩的另一个假扮游戏,还是别的?"

塔瓦姐眼中涌出泪水。"是别的。"她轻声回答,用袖子擦擦眼睛。

艾米娜看了她一会儿,抱住了她。

"好啦，好啦，塔瓦，没事啦。你的样子已经够糟了，别再让我更难受啦。艾米娜姑姑会给你想办法的。我带你去见卡法，要是那蠢男人不肯帮你，我跟他没完。"

她拍拍塔瓦姐的背，"艾克索洛托本来在这儿，不过已经走了好久啦。据传说，他跟马斯陆在一起，袭击灵魂列车，反抗索伯诺斯特。"她阴沉地瞪了一眼苏曼古鲁，"你该小心些，别找错同伴。"

"艾米娜，我……我很难受。我没想让你们受这么大罪。这地方待我很好，请转告祖薇拉、玛佳娜、戈宁姆他们……"

艾米娜的眼睛闪了闪，"别操心这些啦。你该挨顿板子，没别的。精灵王子的故事谁不喜欢呢？要是你能找到你的王子，那当然再好没有了。来吧，我们去找卡法。"她皱皱眉，"他的样子跟你上次见到的有点不一样了。"

卡法在一个巨大洞穴似的地方接见了他们。卡法盘腿坐在地上，头顶上方是拱起的铁轨——他们肯定在火车站下方。卡法身穿长袖兜帽长袍，脸藏在红色面具底下，背脊比塔瓦姐记忆中更驼，身体也更扭曲。他的两边各站着一个精灵的思想形，用的都是被法律禁止的女性躯体，一个全身赤裸，披着亮闪闪的银色蛇鳞；另一个则是苗条的冰雕。

我离开太久了。塔瓦姐心想。

"走近些。"卡法开口。他的声音也变了，变成了颤抖的高音，还混着铃铛的叮铃声，完全不似人类，"没想到我还能再见到你。多美丽的自循环。再近些。"

卡法跟前围着半圈坐垫。塔瓦姐跪倒在其中一只上。

"夫子，我来请求您赐予恩惠。"她说。

"恩惠？塔瓦姐，你现在住在宏伟的宫殿里，身边都是高贵的木塔希博老爷,还有强大的索伯诺斯特。回到故事和秘密的世界以后,你开口的第一件事竟是问卡法要恩惠? 你不先吻我一下吗? 就算念在我们过去情谊的份上?"

卡法拉开兜帽,除掉面具,"不过,野代码对我可不仁慈哪。没人躲得过欢乐毁灭者。"

他的脸又蓝又紫,又肿又胀,就像可怕的蘑菇,面颊上到处是深深的裂口,流着浅色的液体。眼窝空空,小小的生物在里面挤挤挨挨地蠕动。彩虹色外壳的嵌合昆虫在他脸上裂口处穿进穿出,满脸乱爬。卡法伸出绣着花纹的袖子,指指原先嘴唇所在的位置。那儿只剩下一条黑色的伤口。塔瓦妲的胃一阵翻腾。

"怎么样,行不行? 要是你愿意,可以闭上眼睛。"

苏曼古鲁站起来,举起拳头。"我看,还是我来给你一个吻好了!"他咆哮道。

塔瓦妲把手放在他的手臂上。

"这是他的宫殿,"她平静地开口,"我会付他要的价钱。"

"我没法接受。"

"我还以为你不在乎肉体怎么对待肉体呢。"

"这不一样。"苏曼古鲁瞪着卡法。

"我心里有数。"塔瓦妲说完,念出一个密名——艾尔-贾巴,不可违抗者。

违背自愿、强迫合体也是做得到的,尤其是跟精灵。当然,这是违禁之术。但塔瓦妲太生气,已经顾不得后果了。她把精灵蛇女的自循环跟自己连在一起,以精灵的身份亲吻了卡法,同时把舌头变成雾滴、火焰和毒液,把卡法肺里的空气吸得一干二净,让他倒在地上一边咳嗽一边喘气。

然后,她抽回身子,用手背擦擦嘴唇。精灵思想形发出愤怒的尖叫,消失在稀薄的空气里。强迫合体让塔瓦妲头疼欲裂,但她咬牙忍住了。

"要是你打算拿亲吻做买卖,而不是故事的话,卡法,你可得多锻炼锻炼,让精力更充沛才行。"

卡法瞪了她一会儿,爆发出一阵大笑——尖细的蛐蛐似的声音。"真是欲仙欲死的亲吻,一点不错!"他戴上面具,"好了,现在你可以告诉我,亲爱的塔瓦妲,你想问老卡法要什么?"

塔瓦妲咽了口口水,"您教过我,合体总会留下踪迹。我想联系一个叫泽巴的精灵,人称艾克索洛托。您找到我的时候,我就住在他的墓中。我想在自己的意识中找到他。我从前伺候过您。要是我曾讨过您的欢喜,就请帮我这个忙。"

"你确实讨过我的欢喜。不过,你也把忏悔者引到了我的宫殿。而且,你要我帮的不是小忙。你想把破碎的东西重新拼凑完整,想让我在阿塔里撒一张网,抓住身体窃贼之父,还要带到你面前,好像他不过是装在瓶子里的沙漠魂灵儿。你能给我什么回报呢?"

"我父亲会……"

"啊。你父亲。既有钱又有权,手中多的是魂灵儿、宫殿和朋友。但这里不是阳光照耀下的斯尔,阳光下的那一套不通用。这你是知道的。我们只收密名,或者故事。你能给我这两样吗,戈麦莱家族的塔瓦妲?你知道的一切都是我教的。你能教给我一个陌生的密名吗?或者给我讲个从没听过的故事?就像昂神一贯要求的那样?"

她想起了卡林告诉她的那个密名。密名已经到了嘴边。但就在这时,苏曼古鲁开口了。

"来自群星的故事怎么样?"他说。

"有意思。"卡法说,"那将是稀有的珠宝。"

苏曼古鲁摘下阿塔眼镜。

"这个故事是一艘宇宙飞船讲给我听的。我发誓,这是真实的故事。"他开口道,"从前有两个姑娘,一个叫米耶里,一个叫席丹。她们来到金星上的一座飞城,以求得永生。"

二十　米耶里和席丹的故事

米耶里把脸贴在飞城看不见的透明皮肤上，注视着在空中起舞的爱人。

金星的小神明们赤身裸体，白垩色的皮肤在硫黄酸云的映衬下格外显眼。席丹戴着借来的翅膀跟在它们身边。跟小神明比起来，席丹成了个小不点。米耶里看着小神明朝席丹俯冲，逼得她打着旋儿猛降。米耶里知道，席丹此刻一定在格格疯笑，仿佛一辈子都没这么开心过。

"米耶里，我的姑娘！快来！"她在米耶里耳边喊，"我打赌你追不上我！"

只要一小会儿，米耶里就能飞到席丹身边。飞城会给她第二层皮肤，也会给她的翅膀增添力量，好抗住金星的强风。但米耶里没动。她想让席丹一个人享受一会儿。再说，尽管安慕托城[1]的功能雾滴正用无形的温柔大掌托着她的躯体，她仍然觉得自己身体沉重，被束缚在大地上。她还不想飞。至少她对自己是这么说的。

她望着脚下，有点儿眩晕。脚下是粗糙嶙峋的玄武岩，四处是古怪的断层和褶皱，还有V型火山口。外面的狂风以每小时三百

---

[1]美国作家埃德加·赖斯·巴勒斯的金星幻想小说中的金星城市。巴勒斯最有名的作品是《人猿泰山》系列。

英里的速度呼啸而过，头顶覆盖着厚厚怒云，加上灼人的热量，米耶里觉得这颗星球简直像一口巨型高压锅。虽然米耶里对致命的环境并不陌生——她这辈子大多数时间都是在真空皮肤装中度过的——但故乡的真空黑神只是冷漠空旷，并无怒意；而这儿，在金星，神的愤怒却直指人类。她还没做好面对这位发怒的维纳斯女神①的准备。

别拖拖拉拉的，"培蝴宁"在她脑中说道，快出去飞吧，玩吧。我们可是走了这么长的路才来的。好好享受。飞船的声音有些不耐烦。

"别说话，"米耶里说，"我想看看日出。"

安慕托城永远都处在黎明时分。太阳就像橘色和红色的眼睛，给厚厚的牛奶色云层涂上她从没在故乡见过的色彩。奥尔特只有冰和脏雪；飞城则乘着热风，追逐着日光。这座城市的皮肤是Q石和钻石做成的泡泡，里面耸立着童话般的高塔：有的是高大的张拉整体结构②尖顶，还有的像相互交织的拉丝棉花糖。这是离地五十公里、在金星的呼吸中舞蹈的文明。

从城市边缘的观景泡泡中望出去，景色美不胜收。米耶里喜欢静静坐着，享受宁静的独处时刻。许多个月以来，在离柯伊伯带③数光时的远方，她们仨一直同处在蜘蛛飞船薄薄的皮肤下，多次穿梭于太空高速通道。这样的长途旅行过后，又能一个人独处，感觉十分奇特。

不过，也许她也看够了黎明，该出去——

"嗨，奥尔特姑娘，要桃子吗？"

---

①英语中金星（Venus）与维纳斯同名。

②一种在连续张力网内，各部件受压且独立的结构。其中，受压构件之间并不接触，而预先张拉的构件构成了空间外形。

③位于太阳系中海王星轨道外侧的黄道面附近、天体密集的圆盘状区域。

声音吓了她一跳。旁边的长椅上坐着个男孩子,大概只有十六岁,深色皮肤在金星黎明中泛着古铜色。他穿着故事书里才有的衣服:牛仔裤和T恤衫,衣服挂在细瘦的身子上飘飘荡荡。他的头发很细,已经花白,眼睛却非常年轻,蓝得惊人。他屈膝坐着,双手交叠在脑后,靠着椅背,身边放着背包。

"你怎么知道我从奥尔特来?"米耶里问。

"哎呀,这个嘛,"年轻人摸摸下巴,"你脸上写着呢,嫌这颗行星太大了什么的。要桃子吗?"

他伸手掏掏背包,摸出一颗金色的圆球扔给她。她还不习惯重力下的迅疾抛物线,差点儿没接到,脸一下红了。

"我没觉得这儿太大,"米耶里回嘴,"只是重力太强。"她走向长椅,一边走,一边为自己害臊:她总觉得脚下的地面随时会被踩穿,所以步态格外小心,仿佛走在薄薄的冰面上一样。男孩子拿开背包,她如释重负地坐到他身边。

"哎,你怎么没去外面,到空中飞飞?飞起来轻松多了。"

米耶里咬了口桃子。桃肉很甜、很软,回味微苦,就像金星的空气。

"你呢,你怎么没飞?"她问。

"啊,"男孩子回答,"第一是因为你在这儿。你是我见过的最美的姑娘,却一个人坐在众神之城里。"他咬咬嘴唇,"也可能因为我就是不喜欢飞行。"

米耶里坐在男孩身边,默默吃完了桃子,把桃核含在嘴里。她舔着桃核粗糙的表面,心中琢磨:要是伸出舌头舔舔脚下的金星地表——崎岖的玄武岩、浓得像液体的空气,还有苦涩的酸——大概也是这种滋味。

"我的……女人在外面。"她开口道。能和席丹或"培蝴宁"之外的第四者聊天，感觉真好。"我们昨天才到。这儿很奇特，她喜欢，我不喜欢。"

"没想到奥尔特人会如此深入内太阳系。当然了，我这话的意思可不是你不该来。"

她突然很想把自己的故事讲给男孩子听。我们是在建造大工程时认识并相爱的。我们打过部落之间的内战，每个人都以为我们死了。席丹觉得，将错就错，让大家以为我们死了，这也挺好。可男孩子的眼神太锐利，她没开口。

"说来话长。"她答道，"你怎么知道我不是那些人中的一个？"她指指云层中的白色人形。从这儿望去，那些白色身影几不可见。

"因为桃子。"男孩子说，"他们不吃桃子。至少不像你这么吃。"他咧嘴一笑，"而且，桃子也是象征。帕里斯把它给了最美的女神。"

他嘴很甜啊，"培蝴宁"评论，比席丹还甜，几乎。

"我可不是女神。"米耶里说。

"在我找到真正的女神之前，你就是。"

"这可算不上赞美。"

"抱歉。"男孩子说，"我说的女神，真的是一位神明。我来这儿是为了等剧震。剧震的时候，城市会陨落，索伯诺斯特众神会现身。"

他到底在说什么啊？米耶里悄声问"培蝴宁"。

我也不知道。飞船回答。

见她一脸困惑，男孩子问道："你知道贝肯斯坦①剧震吗？"

"不。我看我该问问清楚。"

"所有的风城最后都会终结于剧震。这里所有的人——朝圣

①生于墨西哥的以色列-美国理论物理学家，黑洞热力学的奠基人之一。

者、后人类、怪物、小神明，他们从小行星带、忘川，甚至佐酷、木星、土星赶来，来这儿加入索伯诺斯特，把自己献给共同盛业。

"城市终将陨落，落入索伯诺斯特机器手里，在普朗克尺度上坍缩。这儿会出现一个奇点，信息密度会超出贝肯斯坦上限[①]。于是，就有了一个小小的黑洞，小到无法保持稳定，会在地表下爆发。那景致就像奇幻烟火表演。很快你就能看到了。"男孩子的眼睛里出现热切的渴望。

"剧震后，女神会来接走她的孩子们，吸饱霍金辐射。我就是来见她的，还要献给她一颗名为永生的桃子。"

米耶里站了起来。她的身体仍然重得像裹了铅，但她不在乎。

"她没跟我说。"她轻声说。她没告诉我！她对"培蝴宁"嚷道，你也没告诉我！

你们俩的事哪容我插手，飞船抗议，我以为她会说的。

"谢谢。"她轻声对男孩道谢，"愿你找到你的女神。"

"哦，会的。"没等他说完，米耶里已经一路跑开，朝城市边缘奔去，扑向云层和五十公里的深渊。她伸开双臂，展开双翅，跳了下去。

跟在奥尔特珠链上一样，席丹又跟她玩开了追逐游戏。追逐游戏的结局只有一个——等席丹让米耶里抓住自己的时候，米耶里的气早就消了。

两人在金星上第一次做爱。背倚麦克斯韦山坡，身处克莉奥帕特拉陨坑上方，两人在Q粒子泡泡里筋疲力尽，沐浴着云层蜂蜜色的光芒，肢体相缠。米耶里的手指抚摸着席丹双翅残余的伤

[①]贝肯斯坦提出，在任何只有有限能量的有限空间内，熵S或信息I有个总量的上限。

疤。快感让席丹浑身发抖,在米耶里的怀抱中扭动。

"看哪,这儿能看到固伯尼亚。"席丹朝上一指。它就在那儿,一颗明亮的晚星,天空中的钻石之眼,索伯诺斯特深神之家,地球大小的人造圆球。它由从太阳挖掘出的碳元素构成,它的思维比人类全体思维之和还多。

"你不觉得很怪吗? 我们居然走了这么远?"

米耶里浑身发冷,摸摸席丹的面颊。

"怎么了?"

"我害怕这地方。"米耶里说,"我们去别处吧。太阳工匠给我们讲过木星,那颗红色的星球。他们在上面喝葡萄酒,还听古老地球的音乐。我们干吗非来这儿?"

席丹转过身,抱住膝盖。她拿出自己的珠宝链——按照她们建造的第一个大工程的样式打造——缠在左前臂上。

"你知道为什么。"她回答。

"你为什么想做女神?"

席丹看着她,嘴唇抿成一条直线,却什么也没说。

"你想跟城市一同陨落。"米耶里接着说,"有个朝圣者告诉我了。这地方死去的时候,你想变成它意识中的一个念头。"

"这是梦想,懂吗? 我的梦想。"席丹开口,"科卡·库托加①人自以为很了不起。我们能造出通向星星的冰桥! 我们有自由! 行,很好,可我们终究不免一死。我们死掉,然后变成幽灵。祖先不是活人,不算真正活着。他们不过是阴影,回忆和冰做的骨头。我不想变成这样,永远不要。"她用戴着珠链的手摸摸心口上方,"我们可以一起不朽。"

米耶里慢慢摇摇头,"你从前说得对。这一辈子,人人都说我

①席丹所属的科多。

很特别。"她开口,"什一奉献的孩子,奶奶的专宠。可只有跟你在一起的时候,我才觉得自己最特别。我只想做这样特别的米耶里,其余什么都不要。我们相处的时刻之所以特别,就因为它不是永恒。我随时都心怀恐惧,担心会失去你。要是我们永远都能在一起,那就算不上什么特别了。"

席丹望着远处的安慕托城,那天空中琥珀色的泡泡,仿佛雪球玩具。

"我答应,我会跟你在一起。"片刻后,她说道,"该死的,我就是没法跟你说永别。"她抹抹眼睛,"好了,这下我们变成观光客了。那我们就站得远远地,看着超人类大脑经历霍金高潮,怎么样?"

米耶里微笑,心头一暖,一阵释然。

"你这话肯定跟不少姑娘说过吧。"她笑道。

我还是觉得,你们最好来轨道上看。"培蝴宁"嘟哝,到火星旁边看更好。

"嘘,就快开始了。"米耶里激动得坐立不安。视野中飘起数据雪片,叠印在拉克西米高原①。玄武岩表面骚动不安:冯·诺依曼兽四处奔逃,窜上麦克斯韦山低处的峭壁。在金星的血色黎明中,它们就像一群群惊慌失措的黑色蚂蚁。看看这个。飞船从轨道上发给米耶里一幅画面:安慕托城已经变成了巨型旋涡的中心。旋涡呈蓝白色,完美的黄金比例螺旋。米耶里,底下有大山般的思维量。即便在轨道上,接收到的信息也多得让我头疼。要是接下来的五分钟我发了疯,或者不由自主地升了天,都得怪你。

"闭嘴。我们玩得正高兴呢。"米耶里捏捏席丹的手。防护服上的智能物质感应到她的动作,慢慢融解,让两人肌肤相触。米耶

---

①位于金星。

里握紧席丹温暖的手指。

两人都穿着厚重的快石防护服。轨道处有一道激光降下,给她们的Q粒子泡泡防护罩注入能量。于是,泡泡暂时变成了周期表最底部的高密度物质元素——哪怕对暂且无意献出自己意识的人们,索伯诺斯特也热情有加。

我打算把头埋进沙子里,然后祈祷四分钟后我的人类船长仍然存活——不过反正你们也不关心。说完,"培蝴宁"就消失了。脑中"培蝴宁"的突然缺席吓了米耶里一小跳。不过,她现在没空担心这个——世界炸开了。

一只巨手,从拉克西米高原中央抓起一把月球大小的石头和玄武岩,紧紧捏碎。一道光闪过(Q泡泡也没法过滤这种强光),地上出现打着旋的大坑,岩石和灰尘在其中旋转,越来越大。旋涡的中心便是引力奇大的新生炽热奇点。

安慕托城朝着旋涡正中流星般坠落。

龙卷风般的尘柱伸向天空,掩蔽了血色的阳光。麦克斯韦山仿佛垂死的动物一般挣扎抖动。米耶里全身的骨头都感觉到了震动,轻喘一口气。席丹加大力气捏住她的手。花白头发的男孩子说得对,这是巨人的土地。

旋涡不断变大,岩石和灰尘开始变成白热的等离子体,发出光芒。两人所处的位置是最佳观景处,能看到旋涡仿佛一支发光的钻头,正钻透金星的表面,露出底下不断移动的复杂计算质①层。朝她们射来的粒子覆盖了电磁全频谱。Q泡泡艰难地分析着这些粒子,转换成中微子断层图像。玄武岩和岩浆变得如玻璃般透明,露出贝肯斯坦震中那疯狂的旋涡——神的思维扎透时空纤维的地方。

---

①即可编程的物质。

米耶里模模糊糊地意识到,眼前的景象与其说是真实反映,倒不如说是漫画提炼。但她不在乎。她望着新生的黑洞周围那精致的形状,真希望自己能有索伯诺斯特魂灵儿那经过提升的感官。

现在,新生神明大脑周围已经出现了完整的多层复杂外壳。两人脚下的大地不再抖动,转为哼鸣。尽管有Q泡泡减弱了共鸣,米耶里的牙齿还是不由自主地格格作响。

"要开始了。"席丹轻声说。米耶里重重地吻了她。两人的智能物质防护服暂时融在了一起。

"谢谢。"她说。

"谢什么?"

"让我看了这些。"

"不用谢。"席丹说,"还有,对不起。我非得让这一刻变成永恒不可。"

她用力捏住米耶里的手,捏到手疼。然后,她放开她,一步跨出Q粒子泡泡,开始奔跑。米耶里想抓住她的胳膊,但席丹挣脱出来,只有珠链留在米耶里手中。

席丹转过脸,朝后看着她,在信息风中挥挥手。她的脸旋转起来,溶进一片白色当中,就像倒进咖啡中的奶油。

米耶里惊叫。在垂死之城压倒一切的轰鸣声中,她的声音微不可闻。

剧震开始。黑洞已经在不稳定的边缘摇晃了好几分钟,全靠周围的希格斯搅拌器,还有困在事件视界内的超线模式拼命计算,这才勉强保持平衡,维持虚假的恒定。此刻,黑洞开始爆发,神明大脑嘶喊着吐出在地下受苦时思考的全部念头,顷刻间就把成山的物质转换成霍金辐射。

Q泡泡哀鸣一声,失去了透明度,随即消失。但米耶里的快服抗住了冲击波。

玄武岩在她脚下粉碎。米耶里夹在岩石和压力中间，就像摆在砧板上被锤子敲打的肉，同时经受着白色火焰的研磨。

失去知觉前，她看到的最后景象是"培蝴宁"从轨道传来的图像——拉克西米高原表面裂开了可怕的大口，仿佛嘲讽的笑脸。

这是我见你做过的最傻的事。"培蝴宁"说。

米耶里漂浮在温柔的陶醉之海中，眼前跳跃着让人舒心的蓝色形状。不过，在清凉感之下却藏着尖锐的疼痛，在她骨头中微微脉动。

别动。你伤得一塌糊涂。复合性骨折，肺穿透，内出血。快服里的纳米机器医生发生了变异，我把它们全清空了。这会儿，它们大概正忙着把某块岩石变成肺呢。

"席丹呢？"她问。

就在不远处。

"让我看。"

你实在不该……

"让我看！"

她被拉回到冰冷如岩石的现实中。身体疼痛，头晕目眩，好在双眼尚能视物。她仰天躺着，身下是崎岖高耸的玄武岩。天几乎全黑了，空中还有灰尘飞旋，遮蔽了发光的云盖。地表有些黑影，那是冯·诺依曼兽正小心地缓缓爬行。拉克西米高原已不复存在，取而代之的是一个完美无比、不知什么材料造成的光滑大坑。那是神的材料，她无法辨认。

米耶里缓缓坐起，发现花白头发的男孩子正望着她。

他没穿快服，也没采取任何可见的防护措施，就这么坐在滚烫的玄武岩上，背靠岩壁。

"找到你的女神了吗？"眼前的荒唐景象差点儿让她笑出来。

"找到了，"男孩子回答，"可你却好像弄丢了你的女神。"

米耶里闭上双眼，"这与你何干？"

"刚才我没全对你说实话。我不是朝圣者，你可以说我是……管理层。我对来这儿的人都有兴趣，不论他们是否加入我们的行列。"

"她放开了我的手。"米耶里说，"她不想让我来。我追不上她。"

"我觉得你本人也并不愿意来。尽管我们的名声不好，但我们其实很尊重个人意志。至少，我们中的某些人还是尊重个人意志的。"他走向米耶里，伸出手，拉她起来。全靠快服的帮助，她才站稳了脚跟。

"看看你。这怎么行？真不该带着肉体来这儿。"突然间，米耶里的防护服中一阵清凉，新鲜的索伯诺斯特纳米机器医生涌了进来。疼痛缓解，变成了全身的酥痒。

"话说回来，你的朋友也没全说实话。"男孩子继续说，"她已经跟我的一个姐妹聊了很久，说要来这儿。"

"我还能做什么？"

"别放弃。"男孩子说，"很久以前我就学会了这一点——要是你不喜欢这个现实，就改变它。不要盲目接受任何东西，哪怕是死亡或者不朽。要是你不想和你的女友一样加入我们，那就去我的姐妹那儿，把你的女友要回来。不过话说在前头：你得付出代价。"

米耶里深吸一口气，肺中有什么东西在跳动。她发觉自己手中紧握着席丹的珠链。珠链就像一片小小的奥尔特，由宝石和歌声构成。

"我愿意。"她说,"告诉我地方就行。可是,你为什么对我说这些?"

"因为爱。"

"对谁的爱?"

"没有谁。"他说,"我只想知道什么是爱。"

三天后,米耶里在金属平原上找到了神庙。神庙就在盾形火山的阴影里。

她的四肢极度疲乏。骨头和肌肉已差不多复原,身上的Q石盔甲也有帮助。但口渴和饥饿却啃噬着她的内脏,每一步都是挣扎。

从外面看,神庙是一座石头迷宫,黑色的长方形石块和残片散落一地,就像被年幼的巨人孩子随手乱丢的积木。一旦米耶里走进,迷宫却突然变成了结构复杂的展览厅,石质的桥梁和走廊通向四面八方。"培蝴宁"轻声地告诉她,这里其实是更大的高维度建筑的三维投影,一座用石头筑成的影子。按照花白头发男孩子的话,她在黑石中找到了银色的花朵标记,循着这标记一路走去。

拐过许多个弯后,她终于看到了中央的奇点。

那是个小东西,一颗浮在圆柱形房间中央的星星。奇点耀目的霍金辐射瞬间超出了快服能承受的范围。她一步步走近,快服的外层顿时蒸发。

快回去!"培蝴宁"在她脑中喊道。

她又走了一步,身体赤裸裸地暴露在奇点之下,承载着女神思维的辐射吞没了她。肉体变成了祈祷,她举起双手,手指燃成火焰。痛苦强烈得无以言喻。接着,没有了言词,也没有了思想,只有通红灼热的燃烧——

变成了冒着泡泡的喷泉那轻轻的呢喃。天色很暗,天空犹如天鹅绒大氅,镶着一颗颗小小的饰针。除了喷泉的声响,四周一片岑寂。空气新鲜湿润。

一位女士坐在通向喷泉的台阶上,手捧书本阅读。她身穿白色连衣裙,戴着钻石项链,一头茂密的赤褐色发卷,既不衰老,也不年轻。听到米耶里的脚步声,她抬起头。

"想来杯酒吗?"她问。

米耶里犹豫片刻,摇摇头。女神跟她想象中完全不同,既不是一片光芒中的半透明形体,也不是巨大的火焰柱,却是个实实在在的女人。米耶里甚至能看见她皮肤上的毛孔,还能闻到她的香水味。

米耶里在脑中搜寻"培蝴宁",以求得安慰。"培蝴宁"不在。她背上一阵发冷,心中缺了一块。

"随你便。顺便说一句,你的飞船这样的小机器不配进我的门。"女神继续道,"不过你嘛,来,请坐。"

"我喜欢站着。"米耶里回答。

"啊,有骨气,我喜欢。你想要什么呢,孩子?我欢迎所有来我这儿的灵魂,但很少有灵魂愿意跋涉这么远来见我。"

"我想把她要回来。"

女神静静注视着她,唇上微露笑意。

"可不是嘛。"她说,"这是你来之不易的宝贝。你才活了这些年,却失去了这么多东西。在寂静冰雪与真空翅膀的世界里长大的异乡孩子呀。"女神叹了口气。

"你想让我怎么做呢?我不是佐酷精灵,不会分析你的愿望,然后用最佳方式实现。如果我是佐酷精灵,我会减缓你去挚爱的痛苦,也许还会把你带到我的魂灵儿图书馆,让你们好好告个别。

或者呢,我会造一艘区船,运行一个拟境,实现你们最美好的未来。

　　"可我不是。你要的东西已经属于我。我是约瑟芬·佩莱格莉妮,我是我的固伯尼亚的化身,从来不会白给人东西。所以,小姑娘,你能给我什么? 你愿意用什么来交换你的席丹?"

　　"我的一切。"米耶里说,"除了死亡。"

二十一　塔瓦妲和艾克索洛托

　　苏曼古鲁的故事讲完了。他静静望着卡法,眼睛在面具后面闪着灼热的光芒。

　　"怎么样?"塔瓦妲问道,"你听过这故事吗?"

　　"我接受这故事。"卡法回答,"不过,我真希望听到这故事的结局。疤脸老爷是不是打算留着结局,等会儿再讲?"

　　"真实的故事不一定都有结局。"苏曼古鲁说。

　　"这话没错。"卡法站起身,"塔瓦妲,亲爱的孩子,你的要求很难达到。泽巴——艾克索洛托,已经回了沙漠,远在阿塔的范围之外。合体必需阿塔,只有阿塔能传递思想,让两个意识合一。不过,老卡法有办法,老卡法有智慧,知道该怎么驾驭野代码之风。"他轻轻笑了起来。

　　"什么意思?"塔瓦妲问。

　　"有很多东西,我都没教给小塔瓦妲。要是你想让声音传到沙漠上,就得让沙漠来到你身上。"

　　塔瓦妲眼前闪过阿丽尔的惨状,"你之前也干过这种事?"

　　"卡法痛饮过故事醉人的美酒,这不假。但故事来自沙漠,而你的故事结局也在沙漠上。"

"他说的是什么意思?"苏曼古鲁轻声问。

"要是我想找艾克索洛托,就得把自己暴露在野代码之下。"塔瓦姐回答。

索伯诺斯特魂灵儿拍拍她的肩,"他疯了。我们走。我们另想办法。"

"我的瓶子里有沙漠精灵,会吃掉野代码。"塔瓦姐拍拍身上的行医包,慢慢说,"我用它们医治过人。只要动作快,就没问题。而且我身上的封印是我父亲做的,很牢固。能行。"

苏曼古鲁的眼睛瞪大了,"可是……"

"我已经决定了。"她跨前一步,"我同意。"她告诉卡法。

故事宫殿的主人朝她鞠了一躬。"老卡法很高兴,"他说,"在戈麦莱女儿的面具之下,还埋着他的塔瓦姐。"

宫殿深处有个放满棺材的房间。棺材上了封印,外饰旋涡花纹。金色的花纹在黑色石头上闪闪发亮。

卡法吃力地搬开一口棺材的盖子。盖子一开,棺材上立刻形成了一个阿塔界面。棺材里放着一口人形水箱,装满了水,连着脐带似的黑管子供人呼吸。

"只有身处寂静才能聆听。"他说。

塔瓦姐放下行医包,拿出三个瓶子。"先用这个,然后这个,最后这个。"她交代苏曼古鲁,并让他跟着自己重复所需的密名。

"真是疯了。"他说,"要知道,你不用这么干。这是黑魔法。我只给你五分钟,然后就把你拉出来。我可以带你去中继站,给你清洗……"

塔瓦姐举起索伯诺斯特的意识捕捉器。"你们有你们的魔法,苏曼古鲁老爷,我也有我的。"她脱下长袍和木塔力棒紧身衣,丢在地上。棺材里发出的寒意让她光溜溜的皮肤起了鸡皮疙瘩。她打了个哆嗦。

卡法拿出一个透明的玻璃瓶,瓶子里装满了沙子。

"开始吧。"塔瓦姐说。

卡法打开瓶子,把沙子倒在塔瓦姐身上。沙子爱抚般流过她全身,刚碰到她的皮肤就开始发光。那感觉让她想起很久以前在花园里爱抚她的雾手。

她躺进棺材,把呼吸面罩按在脸上。水瞬间变得跟她身体一样暖。接着,棺材盖子砰地合上,只留下塔瓦姐独自待在沙漠里。

起先,她飘浮在寂静里,身体既沉重又轻盈。片刻后,声音传来:成千上万的低语声,说着她听不懂的语言,如干枯的落叶沙沙作响。这就是阿布说的沙漠的声音吗?

接着,有了光。眼前仿佛出现了阿布向她展示的另一个斯尔,只不过范围大得多,包含了全世界。她正飘在某个星系的中央,身边是光芒织成的巨大蜘蛛网——无数的光点,光点之间连着细线,细线围成圈,绕成螺旋,互相交织。

泽巴,她轻声说,到我这儿来。

她的声音汇入身边的喃喃和声,不断重复,就像重重回声,层层扩散,在光网中越传越远。

有回应。她心跳加快。光之卷须悄悄伸出,缠绕着她。她抬起头,发现头顶飘浮着一个发光的、属于海洋的生物,一头光之海怪,正用孩子般好奇的眼睛注视着她。海怪用一条触手轻轻地迅速抚过她的身体,而她感受到了强烈的渴望所发出的回响。随后,海怪转身离开,一溜烟地消失在光网的缝隙中。

泽巴,你在哪儿?她又出声呼唤。

这一次回应她的是其他东西。一群长条蛇形生物,鞭子一般朝她游来。它们没有眼睛,却有锋利无比的牙齿。它们盘绕住她的四肢,冰冷滑腻,缠得很紧。是闻到身体味道的野精灵。她喊出一个密名,但密名在这儿没有力量。野精灵只是四散开来,仍然围着她打转,等待时机。泽巴!

精灵越来越多。有的像锁链,有的像环面,还有头衔尾的奇特圈圈。它们把她团团围住,渴望着合体,每绕一圈就逼近一点。她想摸摸自己的身体,想推开棺材的盖子,想呼唤卡法和苏曼古鲁拉她出来。但她没有声音,也没有肉体。

一阵风刮来,驱散了沙漠生物。风穿透她的身体,留在她体内,在她身旁打旋,抚摸她,亲吻她,同时对她说话。突然,她又记起了大雨之后,亡者之城的坟墓上升腾起水蒸气的样子。

艾克索洛托。

塔瓦姐。

我想你。

我想变成你。

片刻沉默。

你怎么来了?

阿丽尔。让我看看为什么。

悔恨。羞耻。

显示给我看。

穿越沙漠,寻找目的的旅程。昂神居住的故事花园。至福与空虚。

回到城市。人称马斯陆的起义的精灵,叫嚷着要保护沙漠。他们的话听来很真诚。他们说自己是昂神之剑,任务是清除沙漠上的索伯诺斯特机器。他们承诺会带来救赎。战役。勇气。意义。

来了个木塔力棒。他说事情有变,斯尔会把密名交给索伯诺斯特机器,这样一来,哪怕昂神也无法摧毁它们。沙漠将不复存在。故事也不复存在。他说我们能阻止这一切。他会把背叛斯尔的人交给我们,只要我们把故事交给他。

所以阿丽尔死了。

她没死!沙漠不会杀害了解秘密的人。只要向他们轻诉花儿王子的秘密,就能带着他们同来沙漠。那些人都变成了故事,永远活在野代码之中。和我们一样,也和昂神一样。塔瓦妲,她在这儿。就连斯尔也可以活在这儿,不用寻求索伯诺斯特的帮助。你也可以活在这儿。跟我来吧,让我把秘密再次交给你。这秘密既美丽又明亮。我们可以永远在一起。

永远。有个深色皮肤的男人讲过一个故事:金星上有两个女人,其中一个不想要永远。

我们跟这故事不一样。我们是泽巴和塔瓦妲。

又是片刻沉默。

我现在是塔瓦妲。我已经变成了不一样的故事。你告诉过我,你太老,也太强。你是对的。我想做塔瓦妲。

回归过去的自我,这是最容易的事。真遗憾啊。

我知道。没关系。告诉我:那个木塔力棒向你们要什么?

一个密名,一个阿丽尔知道的密名。

你给了吗?

没有。羞耻。背叛。那是个骗局。阿丽尔对我说了。那个木塔力棒替索伯诺斯特卖命。她认识他。我跟她一同逃到沙漠上,以保护这个秘密。

索伯诺斯特为什么要杀阿丽尔?她本就打算满足他们的要求。

她知道大炮迦拿的秘密。比起灵魂,他们更想要迦拿。

是谁?背叛了你的木塔力棒是谁?

火焰毒蛇。

阿布·努瓦斯。

这名字深深伤害了塔瓦妲,差点儿把她从合体中拉出来。但围绕着她的那个巨大柔软的东西,艾克索洛托,又把她拉了回去。

我们得告诉他们。

你现在强多了。你该跟我走。为什么在乎秘密啊、索伯诺斯特啊,还有斯尔?它们并未善待你。

放开我。

跟我走!

我不能跟你走。别逼我。

来!

不。塔瓦妲说着,睁开双眼,用索伯诺斯特意识捕捉器围住了艾克索洛托。

棺材盖子打开,她像个新生儿一般赤裸裸地爬出来,不住地咳嗽。她眼睛刺疼,皮肤上都是鸡皮疙瘩,又干又热。她摸摸自己的脸,皮肤下有坚硬的隆起。她轻声呜咽。

温暖的手搭住她的肩。有个声音念出密名。她眼前仍留着刚才看到的野代码世界,但皮肤上却拥满了发微光的小精灵。这些贪婪的三角形迅速吞噬着野代码。小精灵的触碰就像凉水,浇了她一身。稍后,精灵们涌上她的头部,那冰凉的寒意让她不觉抽气。好在没多久就结束了。于是她转身望向治疗自己的医生——却看到了一条可怕的毒蛇。

阿布·努瓦斯悲伤地笑笑。他站在棺材室中,手握巴拉卡枪,两侧站着团团长满尖刺的黑烟,那是强壮的精灵思想形护卫。苏曼古鲁在他们手里挣扎。旁边是忏悔者拉姆赞,细长的手交叠着蒙住没有脸的面部。

"谢谢。"阿布捡起飘在棺材中的索伯诺斯特小玩意儿。"意识捕捉器?没想到你连这个都敢用,塔瓦妲。非常感谢你的努力。为了找这个人,我已经花了不少时间。"

"你这王八蛋。"塔瓦妲愤怒地从齿缝中挤出话来,"卡法在哪儿?"她站起来,牙齿冻得格格响,"这是他的宫殿。他不会让你这么肆意妄为。"

一声带着黏痰的咳嗽声响起。卡法在塔瓦妲身上披了件长袍。她缩回身体,不让他碰。

"很抱歉,小塔瓦妲。老卡法收了个更高的价钱。而且,努瓦斯老爷一直是我的好主顾。"

"来吧,"阿布说,"夜还长着呢。我答应过,要请你来我家吃晚餐,对不对?"

二十二　佩莱格莉妮和陈的故事

她在海滩上找到了宇宙的主人。他长了一张孩子的脸,正往海中丢石块。这是一段久远的回忆。他为她特意选的?这不是他们第一次见面的地方,也跟他平常的拟境——语言与纯粹的抽象之地——很不一样。

"真美。"她开口。男孩子抬起头,眼睛瞪圆了。眼神中没有惊惶,但也没有认出她来的神情。

马特杰克到底在搞什么?为了这次会面,她在自己的图书馆里找了很久,才找到第一次见面的记忆。那时候她一百岁,可看起来不超过四十,步态只有一点点衰老的痕迹。她穿着白色连衣裙,戴着帽子和太阳镜以遮掩疤痕组织,晒黑的手指上有数个金环。

"我不能跟陌生人说话。"男孩子回答。

她跪在他身边的沙地上。

"我希望对你来说,我不是陌生人,马特杰克。"她说。

男孩子认真盯着她,眉头打结,"你怎么会知道我的名字?"

"我活了很久,"她说,"知道很多名字。"马特杰克到底在玩什么把戏?风掀起她的帽子,她脚下是暖暖的沙子。每走一步,她的脚印里都会亮起浮游生物,就像一颗颗小星星。

"你在干什么,马特杰克?"她轻声问。突然,岁月又回到了他的眼神中。

"我想找样东西。"他回答,"丢失了很久的东西。"

"这是病,对不对?"她说,"抓着失去的东西不放。"

他看着她,眼中有一丝残酷的幽默。"对。对,是病。"他用棍子戳戳沙地,"我知道你为什么来。他们在追杀你,是不是?"

"对。"她回答,"安东和赫辛从来不信任我。不过,这个等会儿再说。这个拟境真美。"在他情绪如此低落之时,还是多多赞美为好。

男孩子马特杰克站起来,又往海中丢了块石头。石头跳了几下,消失在波浪中。"还不够。"他声音中含有怒气。对世上所有不合他意的东西,马特杰克向来满腔怒火。

"我帮不了你。我现在不能插手。我们太弱,不能冒挑起全面内战的风险。佐酷人虎视眈眈,正伺机而动。我知道他们看起来没什么用——可是,别忘了卡米纳里人的教训。我们得维持比他们强大的幻象。我可不会为了救几个你,就挑起内战。"

"你到底在这儿干什么,马特杰克? 把自己包裹在回忆里可不像你。"

他哈哈大笑,"纯真的人将继承天国①。谁能想到,纯真才是打开卡米纳里珠宝的钥匙? 我居然一直认为基督教荒唐! 相信我,要是这儿有我要找的东西,一切都会改变。同时,我要求你活下去。反正这也是你最擅长的,对不对?"

"你的意思是眼睁睁看我死掉? 我帮了你这些年,你就是这么回报我的? 只因为对你的计划有利,你就要眼睁睁看我变成幽灵?"

①《圣经》的教义。

他们身边的拟境消散。马特杰克以原型出现,变成了超我。那是大计划的保管者,众龙之父,十亿个魂灵儿的和声。

"只要大计划成真,哪怕牺牲掉太阳系所有的意识,所有的索伯诺斯特魂灵儿,我都在所不惜。可你一直没法理解我的想法,是不是?"

他的声音出奇的温柔。在其他拟境中,其他佩莱格莉妮和其他陈正进行着同样的对话。要是她能真正分享他的思维、看见他的念头该多好! 事情就简单多了。可惜,通向他思维的路上有龙把守。

所以,她笑了,"你好像把我们编出来骗人的话当真了,真是可爱的孩子。不过,你向来是个梦想家。既然如此,马特杰克,你干吗不为我们梦想出一个新世界呢? 没有龙,没有熵,没有佐酷人? 等这个新世界来临了,一定要告诉我啊。"

两人在天穹里,用神的视角望着底下的拟境,拟境演绎出一个个不同结局。暴力。爱。但大部分都是怨恨。

"别再来找我了。我知道你打算对实验和窃贼玩的把戏。你就自求多福吧。我相信你肯定撑得过去。"

她退出来,切断自己神庙和他的固伯尼亚之间的联系。

"你这不愿长大的孩子。"她说。

二十三　塔瓦妲和窃贼

　　阿布·拉姆赞把他们带到乌格特残片顶端附近的观景厅。阿布宫殿中的地板和墙壁都是白色，毫无装饰。至于肉眼无法看到的东西，没有阿塔眼镜的情况下，塔瓦妲只能隐约看到闪闪烁烁的影子：无论墙壁还是地板，每一块都装饰着繁复的曼荼罗①和几何形状。观景厅宽大的玻璃窗能看到斯尔的夜景，最显眼的便是中继站金色的火焰。塔瓦妲紧紧盯着这火焰，直到高塔在她眼中摇摇欲坠。她觉得，自己的世界也快要倒塌了。

　　"我父亲知道我们在这儿。"她说，"你完蛋了。"

　　"亲爱的塔瓦妲，"阿布·努瓦斯说，"你可以骗过你的精灵顾客，却骗不过我。我能看透你。"他弹弹黄铜眼睛，"真正的看透。"他调转枪口，对准苏曼古鲁。

　　"我可以告诉你，这位并非绿松石分支的苏曼古鲁。这张丑脸底下是另一个人——一个名叫赌王若昂的窃贼和骗子。"

　　塔瓦妲看着苏曼古鲁。之前，她也隐约瞥到过疤痕底下的另一张脸；现在，这张脸清清楚楚地出现在她眼前：锐利的眼神，嘲讽的微笑。他抬抬眉毛，耸耸肩，"我认罪。"

---

　　①印度教密宗与佛教密宗在举行宗教仪式和修行禅定时所用的象征性图形。

"我们该拿你怎么办呢？我想问题不大。反正野代码沙漠附近经常出事。不过，我们还有时间，能好好计划计划。请随便坐。我们还得等一位客人。"

他一个手势，空中出现了几把透明的雾滴曲面座椅。他坐了其中一把，跷起二郎腿。塔瓦姐小心坐下，面对魂灵儿商人。

"为什么？"她问。

"我跟你说过，为了复仇。我恨这地方。阿丽尔和她的朋友对我犯了不可饶恕的罪孽。对，从合体术士那儿买了我的就是她。她利用我找到了大炮迦拿，却把我留在沙漠里等死。我告诉了她打开大炮迦拿的密名，她却从我脑中夺走了这个名字。"他紧紧捏住手中的意识捕捉器，攥成拳头。

"我活了下来，回到了城市。起先，我去了上传神庙，但赫辛库也没法改变既成的事实，没法洗掉我身上的沙漠，除非她们占据整个地球。于是我用其他办法为她们效劳。同为女主人，她们比阿丽尔善良多了，也慷慨多了。

"不过，这不只是个人恩怨，塔瓦姐。你也看见了：斯尔已经腐朽。这地方只有吃灵魂的怪物能生存。我们活在尘土里，星系的其余人却造起钻石塔，享受永生。难道你深爱的巴努·萨珊不该变得更好吗？"

这儿没你说的这么糟。塔瓦姐想起艾克索洛托的话，但她没开口。

"那份协议其实毫无意义，不过是方便索伯诺斯特休养生息罢了。从前他们被昂神活活烤过，但现在，他们已经做好了准备。你以为瓠罩是做什么用的？等你被关在这儿的朋友，"他把意识子弹抛起又接住，"把我想知道的事告诉我，赫辛库就可以放开手脚，大胆行动，整个儿上传地球。我也能得到我的奖赏。我会变成完整的人。"他悲哀地笑了笑，"我希望我能说声对不起。"

编造他们爱听的谎言。

"你拿不回来的。"塔瓦妲开口，"她从你这儿夺取的东西，你永远拿不回来。但你可以找到替代品。相信我，我有亲身经历。失去艾克索洛托后，我心中空空，但现在，我遇到了你。"

阿布看着她，那只人类眼睛闪着光，嘴唇抿成了直线。接着，他笑了起来。

"我差点儿相信你了呢！你还真触动了我，触动了我心底的东西。我以为自己早就没有这东西了。"他摇摇头，"你啊，不过是利用我操纵你父亲罢了。被你驱走的那个身体窃贼说得没错，你就是艾克索洛托的婊子。你以为我为什么对你感兴趣？就是因为你的这个名声。那家伙从我手里逃走后，你就变成通向他的捷径。你是他的弱点。

"所以，别难过啦，我们都得到了想要的东西。话题先打住吧，我想我们的客人到了。"

一扇门打开，身穿黑色索伯诺斯特制服的赫辛库走了进来。她朝苏曼古鲁礼貌地点点头。

"苏曼古鲁老爷——也许该说赌王若昂老爷？抱歉稍微来迟了些。我们这一支很讲究守时的。"

我看着阿布·努瓦斯把意识捕捉器递给赫辛库。塔瓦妲脸色白得像死人，抖如筛糠。可怜的姑娘，我会想办法补偿你的，我保证。

可惜，可怕的还在后头。

"我们得感谢你，赌王。当初，是你提醒了我们，还有陈的原初魂灵儿存在。"赫辛库说，"等到我们采取行动、对付我们的姐妹的时候,这东西是阻止陈插手的最好挡箭牌。据我所知,你现在的雇主正是我们那位姐妹。我说得对吗? 也许,你可以换个阵营,为我们效力?"

我在脑中飞快地权衡。有个声音建议道,在这个紧要关头,傻乎乎地对约瑟芬忠心耿耿不是个明智的选择。但问题是我得想想米耶里,还有我欠她的债。再说,赫辛库很可能没有办法帮助我打开我脑中上锁的门,恢复我的记忆。

"我会考虑。"我答道。塔瓦姐瞪圆了眼睛,怒视着我。

"我们直到现在才公开行动,因为弄到陈的魂灵儿太重要了,远比维持我们跟斯尔的关系重要得多。等到我们收拾了我们的姐妹——在我们的瓦西列夫兄弟帮助下——我们就会卷土重来。那时候,我们就不必再听魂灵儿商人的摆布了。我们会让地球再次焕发生机。"

"先全部杀掉,再焕发生机。"我插嘴。

"短视的肉体才会这么想。也许就因为这个,我们的姐妹才觉得你有吸引力。怎么样,你的回答是什么? 愿不愿为我们效劳? 如果你的回答是'不',那你就没用了。"

"你觉得你抓得住我吗?"我微微一笑,想着自己的逃跑路线。

"哦,我们不会抓你。我们是学者。不过呢,我们的工程师兄弟正好造出了一个特别的魂灵儿,专门抓你。我们说话这会儿,它正往这儿来呢。我们相信它的名字叫猎手。萨沙一直喜欢这种花哨的名字。"

该死。

阿布·努瓦斯扬了扬枪,"可以动手了吗? 我的雇佣兵等得都不耐烦了。"精灵拉姆赞在他身边焦躁地波动着。

"当然可以。"赫辛库说完,用纤细的手指夹住意识子弹,举了起来。鸟舍那时候,我玩的不过是杂耍,是诈唬,目的是诱骗塔瓦姐跟鸟儿合体;而现在,赫辛库可是来真的。

"你要对他做什么?"塔瓦姐轻声问。

"意识手术,"我从牙缝里挤出字来,"他们会折磨他,要从他脑中找出那个密名。我说得对吗?"

"这么做不对,但又不得不做。"赫辛库的大脸盘上露出难过的表情,"大多数事情都是这样的。"此刻,意识子弹中必定掀起了狂澜,我能想象。艾克索洛托的意识片段被数千次创造、折磨,然后摧毁。这感受我实在太熟悉了。

塔瓦姐尖叫起来。她倒在地上,不停抽搐,撕扯着头发。这是当然的。通过合体,她肯定有同样的感受。阿布·努瓦斯瞟了她一眼,马上转开眼睛。

"在学者中间,你算得上是真正的混蛋。"我对赫辛库说。

"我给你名字!"塔瓦姐大喊,"住手! 我给你名字!"

她的世界中只有剧痛。她脑中的艾克索洛托闪过,死去,又闪过,又死去,就像烧红的针,一次又一次地扎进她的大脑。

"我给你名字!"她听到自己在喊。

疼痛停了下来。对不起,对不起。艾克索洛托的声音从遥远的地方轻轻传来。

她擦去脸上的鼻涕和唾液,深吸一口气,喊出不可违抗者艾尔-贾巴的名字,变成了忏悔者拉姆赞。

塔瓦姐喊出密名的时候,我捂住了耳朵。现在我差不多弄清楚了其中的原理。这是某种极限分形压缩,是藏在故事中的自指涉循环,强迫对象大脑不断重复,从中引导新意识生成。至于他们究竟是怎么做到这一点的，我就无法理解了。在如此活跃的地图中，哪怕仅仅编码一幅图片，也需要大量的计算能力。至于编码人类大脑……那绝对属于超人类的范畴。

不管究竟是什么原理，这办法起效都很快。拉姆赞——或者说塔瓦妲——猛地伸出细长的思想形手指，一击穿透了赫辛库的喉咙，洒下一阵猩红血雨。下一个目标是阿布·努瓦斯。算他动作快，在受袭之前扣下了巴拉卡枪。精灵爆炸，变成无生气的白色粉末。塔瓦妲发出一声尖叫，一动不动地躺倒在地。意识子弹滚过地板，我扑下去捡了起来。

不过，赫辛库没那么容易死。这一个个体的死亡，对赫辛库来说就像剪个指甲一样不痛不痒。在死亡之前，这具魂灵儿躯体吐出了从艾克索洛托脑中扯下来的名字。这名字在阿塔中发着微光，铃铃作响。阿布·努瓦斯饮下这名字，眼睛蓦地失去了光泽。

趁他握枪的手颤抖不已，我抱起塔瓦妲一动不动的躯体飞也似的逃走。我把自己这具索伯诺斯特躯体逼到极限，眼中闪出火花。到了窗边，我把塔瓦妲扛到肩上，拿出她给我的钻石工具，用尽全身力气砸向观景厅的窗户。手臂一阵剧疼，玻璃窗像冰块般纷纷碎裂。我抱紧塔瓦妲，从破洞中一跃而出，跃入外面的虚空。

反密名在我耳边炸响。我俩朝夜色中的斯尔坠落。夜晚的斯尔蓝金相间，美得令人屏息。

不过，最美的还是那缓缓亮起的温暖的琥珀色微光。古老的天使网终于用温柔的拥抱迎接了我们。

塔瓦妲觉得自己的头就像破碎的精灵瓶。她躺在某个冰冷坚硬的东西上，全身都疼。

她睁开双眼，发现黑洞洞的巴拉卡枪口正对着自己。苏曼古鲁——赌王若昂——用枪指着她的脸。对她悲哀地笑笑。

"请别误会,这并非私人恩怨。"他说,"我也和你一样,想当个好人。可惜,有时候,形势不容我这么做。"

"你在干什么? 我们在哪儿?"

"说话的时候,请务必非常、非常小心。只要我听到某个密名的开头音节,我就不得不开枪。你的密名和拉姆赞那招妙极了。记住,攻击肉体化的始祖是个绝好的主意,每次都能让他们晕头转向。现在,我们在中继站附近的上传神庙里。待会儿我需要借用瓠罩的带宽。"

塔瓦妲咽了口口水。她的嘴巴发干。

"你是谁? 想要什么? 为什么这么做?"

"我想告诉你,我非常抱歉。你不该受到这样的对待。"

"为什么……你为什么要道歉? 让我走。"

"一切全是我的错。我来地球是为了找两样东西。其一是大炮迦拿。可要找这地方实在太难,我是个偷儿,不是考古学家。所以我向赫辛库透露消息,让她们知道,她们非要不可的东西就在大炮迦拿里。反正她们找到以后,我还能从她们手里偷过来。这比自己找容易多了。她们还以为是我粗心大意,不小心走漏消息呢。"他唇上掠过一丝笑意,"我倒没想到,她们会努瓦斯这样的当地人替她们卖命。我得承认,我对斯尔确实不够了解。

"另外,他们居然派我来追踪艾克索洛托,这是个意外之喜,不是我有意的安排。"

塔瓦妲心中空空荡荡,全身无力。她闭上眼睛,脑中远远传来艾克索洛托的微弱回音。

"我可是信任你的啊。"塔瓦妲轻声说。

"我说过,你不该信任我。"赌王说,"现在别出声。别说话。我还有点事问你男朋友,然后我就走人。"

他指间夹着意识子弹,灵活地翻来翻去,就像个魔术师。

你到底想要什么? 艾克索洛托细语。

"我要你从昂神那儿得到的秘密。这才是我来这儿的真正原因。我想要的,就是把人的意识变成故事的算法。你就是用这种办法造出了其他的身体窃贼。不过,你最好小心——再要花样,塔瓦妲小姐就会变成野代码中的噪音。又或者,我也可以用用赫辛库的办法。我也会做意识手术。你自己选吧。"

让他开枪好了,塔瓦妲脑中的艾克索洛托说,让他开枪,我们仍然可以在一起。

"太迟了。"塔瓦妲说,"总是太迟。"

完事后,我朝他们两人各鞠了一躬,随即接入上传神庙的瓠罩通信系统。扫描光从神庙的拱顶降下,就像白色的细雨,净化的火焰。我乘着调制中微子流离开了斯尔。一眨眼工夫,就回到了主舱里自己的身体中。我伸伸胳膊和腿。在苏曼古鲁巨大的躯体中过了几天后,真有点不适应自己的小身体。

你是个不折不扣的混蛋,若昂。飞船说。

"我知道,可有时候不当混蛋不行啊。"我把算法交给它。艾克索洛托在我脑中印下了一幅古怪的图像。我只能猜测,这幅图像用的是递归潘罗斯铺砖法[1]编码。

"把这东西给佩莱格莉妮,让她拿几个瓠罩里的魂灵儿先试试。我亲眼见它起效过,不过还是保险些为妙。还有,我觉得这东西需要不少计算能力。"

---

[1]由英国数学物理学家潘罗斯(Roger Panrose)首创、用一胖一瘦两种菱形铺满平面的方法,图形可呈五边形递归对称。

遵命,长官;是,长官。还有别的吩咐吗?

"我有好消息和坏消息。好消息是,一切就绪,只等米耶里进入迦拿。她进了阿布·努瓦斯的船队没?"

进了。

"好。"我捏捏鼻梁,"我想要杯酒。"

我怎么觉得,我不会喜欢你带来的坏消息啊?

"嗯,这个嘛,"我深深吸口气,"猎手要来了。"

塔瓦妲独自一人,带着意识子弹坐在上传神庙里。忏悔者找到她的时候,她正握着巴拉卡枪,抵着前额。忏悔者夺走了枪。后来,在牢房里入睡的时候,她已经想不起来,自己到底打不打算扣扳机。

二十四　米耶里和灵魂列车

米耶里从天空中关照着行驶的灵魂列车。列车像条银色的虫子，在阳光下闪闪发亮。上升气流带着她轻轻飘上高空。要不是斯坦卡这个熊形生物在她耳边不停唠唠叨叨，这一刻真称得上是享受了。

"——然后——说来你也不信——他们居然开动了某些重获生命的坦克，还有从某个军事基地挖出来的无人机，来对付我们。塔拉在空中把它们一架架击毁，拼出'操你'这个词。可怜的小兔崽子们——"

泰迪熊路边野餐公司把她俩组合成战斗小队是有道理的，她也明白。但有时候，她真希望跟自己组队的是其他人。

列车车身简洁，全由斯尔工匠用模拟技术造成，竭力避免野代码感染。虽然野代码迟早要来，但野代码感染简单机械的速度，要比感染智能物质或复杂系统的速度慢得多。米耶里也披挂着封印盔甲。文字在她的皮肤和脸部流动，她的翅膀像本打开的书。

"奥尔特人，你在听我说话吗？"斯坦卡说，"我说，但愿我们今天能有机会活动活动身子骨。"

熊形佣兵坐在列车车顶。她身上的强化尖刺根根竖起，凶猛

237

可怕。她的话很有可能变成现实。他们已经接近了怒吼之地；二十年前，大批索伯诺斯特飞船就坠毁在这里。这儿已经发生过数起反索伯诺斯特精灵的袭击事件，米耶里不知道它们还会不会再来。她已经遭遇过几场埋伏，精灵们来得快，去得也快，让人摸不着头脑。跟斯尔的精灵不同，沙漠的野精灵巨大强悍，仿佛活着的风暴。

野代码沙漠本身也让她迷惑不解。从高处看，在可见光波段，这地方确实像沙漠：有山，有谷，四处散落着废弃的建筑。要是切换到时空模拟视界(斯尔人叫阿塔)，沙漠就像太阳的表面一样复杂多变：有许多像瘤子一样的凸起，流动不经，仿佛是风吹沙砾堆积而成，其实是组成复杂队形移动的纳米机器人，看不见的力量把物质聚合成巨大的、非自然的图样。有块沙地上满是小小的笑脸，由一粒一粒的沙子不辞辛苦自主堆积而成。这一队笑脸沙像洪水般在沙漠上蔓延。

"有时候，走进这地方活像走进了我的熊宝宝的梦境。"谈起这话题的时候，斯坦卡叹道，"你迟早会习惯的。"斯坦卡的族人在协议战争中伤得很惨，她只好把孩子们留在自己的小行星栖息地冬眠，自己出来当佣兵，希望能替他们打下美好的未来。

在沙漠上做什么都不容易，通信也一样。米耶里跟"培蝴宁"的中微子链接信号很差。飞船正停泊在泰迪熊公司在瓠罩的临时基地，联络偷儿，同时在佩莱格莉妮的帮助下(偷儿成功地把她安插进了赫辛库设在天空的基础设施)跟索伯诺斯特人艰难谈判，以期通过复杂的系统。

米耶里不知道她们在为谁卖命，反正总是斯尔的木塔希博家族之一。只要弄到封印，她不在乎主人是谁。列车上装着斯尔制造的精灵瓶，里面封着众多灵魂，这些都是属于主人的。这些灵魂都是从藏在沙漠地下的迦拿，或者野城的硬件里挖出来，卖给索伯诺斯特，或者卖给斯尔城里的人当精灵奴隶——卖命工作以换取自由。

每一夜，她都向库乌塔和伊尔玛塔祈祷，乞求她们宽恕自己在如此肮脏的行业中充当帮凶。有天晚上，她问斯坦卡，她怎么能忍心干这个。

"很简单，"熊女回答，"想着我的熊宝宝就行。"

她们驶近了两艘坠落的巨型索伯诺斯特州船形成的山谷。州船现在已经长满了扭曲奇异的树和灌木，看起来更像是座山。米耶里蹲了下去。

"我们该减速。"她对斯坦卡说，"这儿是埋伏的好地方。"

"别傻了。我们上次狠揍了它们，我觉得这次连一只嵌合兽都不会来——"

忽然，沙漠上出现了巨大的字母，书写着文字。米耶里望着文字，前额开始瘙痒，脑中警铃大作。身体窃贼。她命令超脑皮层隔绝沙漠上的文字的干扰，准备战斗。

"那你觉得这些又是什么呢？"她给斯坦卡传了条信息，同时派出背包中的两名快者请求增援。兹拉克和拉布克疾驰而去。佣兵公司雇这些飞快的生命作探子和向导。跟它们交流时，米耶里会切换到快时。

"……毒蛇女王……"斯坦卡在她耳边嘟哝了句什么，声音很怪。接着，熊形生物人立而起，扛着沉重的火箭炮朝前方轨道开火。

炮火轰鸣，扭弯的金属吱吱作响。前方的沙子和碎石喷泉般冲天而起。巨大的银色列车在惯性作用下一头扎进沙砾雨。一时间,米耶里还以为火车会穿过沙砾雨继续朝前;但火车沿着翘曲的轨道朝天空冲去,就像根弯折的银色鞭子,整列车子反折了回来,前方车厢砸在后方车厢上,在山谷壁中冲撞反弹,扬起漫天尘土。最后,列车总算停了下来,七歪八倒,就像孩子乱扔的玩具火车。熊女在大喊大叫,米耶里却听不清她在喊叫什么。

米耶里整备好战斗系统,俯冲下去。精灵风暴已经沿着老旧州船山的山脚袭来,一路卷起尘土和闪亮的蓝宝石。我拿了钱,就得保护这车货物。但愿增援能及时赶到。

她朝风暴发射攻击软件,无效。她只得不情不愿地备好多用途火箭炮——火箭炮只有数次发射的机会,然后就会被野代码感染——朝风暴的方向射出夸克胶子等离子体。尘土和纳米机器人融合在一起,形成了锋利的碎玻璃之雨。

风暴中还有一群嵌合兽,此时已拥到列车边。嵌合兽身材细长,长得像猫,有蓝宝石的硬壳和无比锋利的爪子。派出快者去泰迪熊公司求援后,米耶里重重落地,射出一波Q粒子,像把大镰刀似的收拾了第一批蓝宝石猫。就在这时,她的武器开始发烫。她丢下火箭炮,操起Q刀跟敌人肉搏,同时把翅膀中的微型风扇开到最大,驱散逼至身边的风暴雾滴。

突然,斯坦卡从列车残骸中跃出,朝她扑来。

熊女的钻石利爪一挥,米耶里像个破布娃娃一样被抢了出去,断了一只翅膀。熊女又一跃而起,紧紧压住米耶里,强化尖齿朝她的喉咙咬来。米耶里把腿挪到熊女的身子底下,用尽全身力气(逼得她Q强化过的肌肉尖叫起来)一踢。熊形生物的眼中闪过一丝惊讶,飞到了半空中。

米耶里一个滚翻,抓住丢在一旁的多用途火箭炮,扣动扳机,同时祈祷。火箭炮没辜负她,喷出了最后的X射线激光,打掉了熊女的半边身体，另外半边雨点般落在米耶里身上。

泰迪熊公司的拉克船赶到了，驱散了风暴。

佣兵大营设在离斯尔市几公里远的地方，"怒吼"之地与护墙之间。营帐是一排临时搭建的泡泡建筑，由木塔希博封印守护。列车战斗当天傍晚，米耶里被带来面见指挥官欧蒂尼。欧蒂尼来自小行星带，是个瘦骨嶙峋的女人，住在蛇妖美杜莎一样的外骨骼里，全身缠绕着层层厚实的封印布料，让她看起来像个大块头。她头上戴着球形头盔，头盔中的面孔窄小，让米耶里想起在奥尔特的时候，祖母在球形水塘中饲养的鱼。

欧蒂尼身边坐着一个富态的中年男人，一袭华丽的斯尔长袍。两人身后立着身着木塔力棒装束的全副武装佣兵。见米耶里进门，欧蒂尼起身迎接。

"请坐。"欧蒂尼说。

之前，公司的战斗木塔希博对米耶里进行了多方位彻底杀毒，到现在她的皮肤还在刺疼。欧蒂尼望着她，卷须般的手指握在一起。

"你干得很好，米耶里。"她开口，"太出色了。我希望把你引荐给我们的雇主——这位就是索伦兹家族的萨利老爷。"

男人几不可见地微微点头，算是对米耶里的致意。

"我谢谢你。"男人油腔滑调地开口，"听说你为保护我的财产出了大力。女斗士，真了不起呀。我母亲肯定为你骄傲。"

"为了保护你的财产，有位同袍死了。是真正的死亡，这儿没法备份。"米耶里说，"她留下了没人照顾的熊崽。我相信，这些熊崽比我更需要你的感激。"等这事儿结束，我要亲自去确保它们无恙。她想。

欧蒂尼挥挥手，"对，对，你很高尚，米耶里。公司会保护自己的雇员，别担心。萨利老爷一直很慷慨。不过，今天我请他来，还有另一个原因。"

萨利询问地扬起眉毛。

"我很遗憾地通知您，我们的合约要终止了。"欧蒂尼说。

"什么?"萨利急得唾沫四溅，"你这是毁约!"

欧蒂尼叹口气，"形势变了，我们有理由相信，我们目前所从事的行业即将无利可图。您还记得吧，我们的合约包括了保护您个人和斯尔市不受沙漠或索伯诺斯特的伤害。您可能会觉得惊讶，不过严格说来，这一条款要求我们采取某些极端行动。米耶里，请杀掉萨利老爷。一定要彻底捣毁他的大脑。"

米耶里犹豫了一瞬。这并不光彩。不过目前扮演的角色容不得她犹豫，再说，反正这是个魂灵儿商人——

萨里老爷的脑袋爆出一阵火焰，消失了。

"动作太慢。"欧蒂尼脑袋旁边飘浮着一把佐酷Q枪，"为新雇主服务时，你可得动作快点儿。"

"亲爱的欧蒂尼，请原谅，不过在我看来，处死雇主之前犹豫片刻是值得肯定的品质。"一个佣兵掀开兜帽，开口道。一只黄铜眼睛盯着米耶里。"等到了我们的目的地，你有大把的机会展示你的才华。"

"米耶里是我最强的斗士之一。"欧蒂尼说，"但今天她似乎不在状态。"

"我是阿布·努瓦斯。"黄铜眼睛的男人说，"认识你很高兴。"

佣兵们乘坐拉克船，飞过野代码沙漠。大群大群的嵌合鸟仿佛蓝色的云朵，拖曳着拉克船飞翔。船上有泰迪熊公司，还有其他至少十家佣兵公司,后人类战士多达数千人。

有些佣兵自带了飞行器。他们坐着滑翔机,或者其他模拟机。这些机器都是特别订制品,能抗住严酷的沙漠环境。快者团团围住阿布·努瓦斯的两艘旗舰——大型横桅帆船"芒卡号"和"纳基尔号"。在夕阳的映衬下,船队的影子飞快地掠过沙漠。

米耶里、欧蒂尼、努瓦斯以及其他佣兵一起站在"纳基尔号"的舰桥上。快城的光芒在远处跳动,原先是地中海的暗黑海面蒙着一层诡异的绿色。之前,因为精灵风暴的突袭,他们损失了几艘船。努瓦斯的木塔希博赶走了风暴,他们继续前行。

米耶里?"培蝴宁"的声音突然传来。

感谢库乌塔,米耶里悄声道,你怎么才来联系?

我忙着联络偷儿呢。他知道怎么进迦拿了。不过还有个叫阿布·努瓦斯的人也知道。

飞船把偷儿在斯尔的活动情况传给米耶里:跟赫辛库,还有当地政要起冲突,让无辜的女子身陷囹圄。

我就料到他不会消停。

他觉得你正处在有利位置——

这次我真要杀了他。米耶里说,阿布·努瓦斯现在有整整一支该死的军队。他以为我能就这么跳进阿布发掘的迦拿,神不知鬼不觉地拿到我们要的魂灵儿?

他说你肯定要生气。

嗯,这话说对了。兔崽子。

他还从斯尔拿到了另一样所需之物。他说,现在都看你的了。

米耶里叹了口气。可不是全看我的了?你能给我这个地区的图像吗?

这地方很怪,在老地球,你这会儿应该正飞在土耳其上方。这儿藏东西的地方多得很。

不管什么好东西，都藏不久了。米耶里说。

你打算怎么办？对不起，米耶里，我真希望我能多帮点忙。我跟佩莱格莉妮有联络，她一直在瓠罩里动手脚——

米耶里骂了一句。事情都乱套了。偷儿不该跟当地政要接触，他本该只打听出迦拿的所在地就罢手。而她本该只需偷偷从队伍中溜出去，拿回魂灵儿，然后上传给"培蝴宁"就行。

让我跟他说几句。米耶里说。

虽然我不愿意承认，米耶里，但事情没我想的这么顺利。偷儿的声音传来，有个独眼商人比我更高明。要是你觉得底下的情势太困难，我们还是打住止损吧。我们可以利用我弄到的东西，直接进入陈的大脑——

可这也需要他的始祖代码呀。

对，没错。偷儿回答。还有，我们快没时间了。赫辛库、瓦西列夫和佩莱格莉妮之间好像很快就会正式宣战了。

战争。米耶里重复道。

该死的，偷儿吐了口气，我刚看见你上传的图像。看来，想进迦拿，非得有一整支军队才行。放弃吧，米耶里，是我的错，是我搞砸了。我们另想办法。

一整支军队。米耶里若有所思。

你在说什么？偷儿问道。

米耶里没理他，闭上眼睛，向佩莱格莉妮祈祷。

二十五　塔瓦妲和议会

第二天,议会提审她之前,邓雅札来到她的囚室探望。囚室是个小小的立方体,因为挤满了忏悔者,空气又黏又热。邓妮站在囚室门口,注视良久,方才进来。邓妮穿着戈麦莱木塔希博的正式长袍,黑色的布料上绣着密名。让塔瓦妲吃惊的是,邓妮脖子上竟然没挂卡林的精灵瓶。

"你知道我为什么要当木塔希博吗?"邓妮问。

塔瓦妲什么都没说。

"因为我想保护你,不让你受苦。"邓妮念出一个密名,让塔瓦妲进入自己的大脑。

她在塔楼里望着脚下的城市——守望,向来是木塔希博的首要职责。他们要观察精灵居住的另一个斯尔市,观察封印和索伯币的流动,倾听城市在阿塔中的脉动与呼吸。跟往常一样,涅芙陪伴着她,为她一笔笔绘出夜晚的城市,与前来报信的忏悔者轻声沟通,沿着电缆和未受野代码污染的阿塔区块疾驰,让邓妮看到现实的阴影。

自从第一次塔楼守夜之后,她就一直觉得,另一个城市才是真正的城市。在那里,她会在各处调整,触碰斯尔的虚拟图像,抚摸节点,用邓妮/涅芙的手指把节点握在掌心,细细感受。

她也惦记着塔瓦姐和她对怪物的爱,还有她弄不明白的塔瓦姐的种种情况。她想,与精灵共生的木塔希博其实也是某种意义上的怪物,不知妹妹是否能理解这一点。她大脑中,有一部分是根深蒂固的邓妮自循环,这部分仍然保留着跟妹妹在护墙上玩耍的回忆;大脑的另一部分——就是她放在瓶子里、挂在脖子上随身携带的那一部分——属于涅芙,那个在黑夜中疾驰的灵魂,渴望得到一具身体。

七岁的时候,父亲把她交给合体术士。术士捋捋胡子,说她年纪太大,精灵永远不可能在她脑中植根。

父亲的手重重按在术士的肩膀上,重得连他手上的精灵戒指都嵌进了术士的脖子里。父亲说,她姓戈麦莱,她必须拥有卡林。父亲的声音中含着怒气,大概想起了跟母亲的屡次争执。每当父母争吵,邓妮就会念出查艾利蒙教她的密名,消除自己的响动,然后溜到父母旁边偷听。塔瓦姐则自顾自呼呼大睡,一次也没醒来过。

一天晚上,母亲说,再过几个月吧,我现在还不能让她们走。

是时候了,父亲则说,已经太晚了。顿了顿,他又说,也许一个就够了。你能选一个吗?

我怎么能忍心选?

傻女人。卡林不是邪恶,是光荣与权力的标志,是新的灵魂。有了它,你才有力量为这座城市效力。

不止这么简单,母亲反驳,他们说,有了卡林,人就不一样了。你跟查艾利蒙在一起的时候,就跟平常不一样。

我去。邓雅札说。

父母都盯着她。

我的小老鼠，我的小花儿，你根本不知道自己在说什么。母亲开口，你该回去睡觉。妈妈和爸爸在谈正事。

你们说的我都听到了。我想去。

父亲严肃地盯着她，双眼幽黑，表明他正在深思。看来，已经有人替我们做出决定了。他说。

一阵寒意袭来，是精灵涅芙回到了她身上。她又变成了不同的生物。她能在阿塔中感受到野代码留下的七零八碎的残片，还能把意识延伸到空气中的雾滴里（她所在的小室周围护有封印，雾滴就是封印冰凉的外壳）。她不再是年幼的孩童邓雅札，而是围绕着这具身体的一团萤火虫。刚才的回忆突然显得好傻。合体后的邓雅札才是真正的邓雅札。父亲正是为此才把她送到涅芙身边，合体术士正是为此才让她戴上头盔，让她太阳穴火烫一般疼，让她梦见涅芙，让涅芙梦见她。

她怎么会怀疑合体不是好事？

"也有不好的时候。"邓雅札把精灵瓶握在手里，说道。

"我以前从来不知道。"塔瓦妲一字一顿地开口，"你为什么现在告诉我？"

"因为，明天，他们就要把你从残片的顶端扔下去，而且父亲不打算反对。一切都是为了让他宝贵的投票获得通过。哪怕还有其他选择也一样。"

"还有佐酷人。"塔瓦妲说。

"对。看来你已经跟苏曼古鲁——不管他真名叫什么——聊过了。"

"为什么选择佐酷人？"

"因为我不喜欢跟涅芙合体的自己。我们跟你和艾克索洛托不同。塔瓦妲，我们木塔希博都是怪物。他们把我们和精灵强拉在一起，造出新的生物，根本不在乎对我们会有什么伤害。我希望能找到另一条路。我本指望你理解，理解我能把你救出牢笼，还指望你能帮我。可你却敞开怀抱迎接了疯狂的艾克索洛托，还变成了杀人凶手。"

塔瓦妲摇摇头，"这不是事实。"她跟姐姐讲了苏曼古鲁和阿布·努瓦斯的故事，还有他们的发现。邓妮听得很认真。

"总之，要是阿布·努瓦斯抵达迦拿，一切都完了。"塔瓦妲总结道，"赫辛库就会撕下温和的面具，爆发的冲突会比'怒吼'厉害十倍。而且，这一次，他们会赢。"

"我相信你。"邓妮说，"虽然你撒谎撒得漂亮，但从来骗不过我。"

"那我们该怎么办？"

"这事也可以变得有利于我们。我能拿这个当砝码，跟超越城谈条件结盟，让佐酷派出大使驻守地球。不过我们需要证据，否则没人会相信。努瓦斯的势力太大了。有没有办法坐实他谋杀的罪名？"

"艾克索洛托不知道努瓦斯做了什么手脚。他把故事给了努瓦斯，接着就在阿丽尔脑中醒了过来。再说，也没有人会相信艾克索洛托。"塔瓦妲按按太阳穴，"真希望我能展示给他们看。"

"但凡牵涉艾克索洛托，没人会接受合体后的证言。而且，计划实在太巧妙，正好让你做替罪羊。你是戈麦莱家族的逆子，跟魔鬼本人密谋，要推翻索伯诺斯特和它代表的一切，替死于'怒吼'的母亲报仇。"邓妮顿了顿，"这王八蛋计划得还真周密。不过，我们还有机会。我能把你从这儿弄出去，我有门路——"

"我得试试，邓妮，我得在审问中为自己辩护。"

"好吧，"邓妮紧紧拥抱了她，久久没放开，"我也会到场为你说话。也许这也够让你脱罪了。"

大天文台在蓝色残片顶端，下方是瀑布、宫殿和木塔希博建筑，外墙是一色的蔚蓝。天文台呈凸透镜状，由立在残片顶部、弯向脚下城市的拱门支撑。塔瓦妲从没来过这里。飞毯载着她、邓妮和忏悔者守卫，来到天文台上部不起眼的入口。

轩敞的球形观景厅是历史遗留物，中间设有圆形阳台，两边各有数个五角形的窗户。地板、墙壁和天花板上刻满了金色的密名。观察窗装饰着马赛克镶嵌画。连过去人们坐在上面观察的鞍座也完好无损，只是现在上面没有戴着阿塔眼镜、操纵着阿塔望远镜的木塔希博，取而代之的是真人大小的木头人偶。

议员们已在巨大的五角窗前等候。窗外是野代码沙漠，上面布满了遭受重创、陨落此地的索伯诺斯特飞船。但现在已经长满了风车树，还有各种不知名的植物，显得杂乱无章。灵魂列车的铁轨从中间穿过，伸向北边的大山。

一共有六名议员。其一便是卡萨，面孔像石头雕成的一样毫无表情。他身边是卢西奥斯·阿圭拉，他的忠实支持者，瘦削的脸上表情严厉。有个精灵的思想形在朴素的议会精灵瓶旁边盘旋。是森先生。代表索伦兹家族的是个短发女子，伊德里斯女议员。还有艾曼·乌格特，有权有势的男人，脸上文满了封印文身。他冷冷地瞪了一眼塔瓦妲。

最后一个是乌泽达家族的威拉兹，威拉兹·依卜安德，塔瓦妲的丈夫。看到塔瓦妲的时候，他的眼睛瞪大了。四年来，塔瓦妲一直害怕他的这种眼神——满是憎恨和嫉妒。邓妮在父亲身边坐下。父亲对塔瓦妲点点头,从椅子里费力地站起身来,伸开双臂。

"塔瓦妲·戈麦莱,我们由议会指定,负责审问你。你被控协助精灵泽巴——也叫艾克索洛托——谋害女议员阿丽尔·索伦兹和索伯诺斯特特使,绿松石分支的苏曼古鲁。这次审问的目的并非裁决你有罪无罪——议会觉得你罪证确凿,根本不容置辩——而是为了向昂神,也向全斯尔人民交代你的犯罪详情。"他的脸涨红了,"在审问开始前,你可以为自己辩护。"

塔瓦妲咽了口口水。她的嘴巴发干。不必再编造美丽的谎言了。她想。

"我们,全斯尔人,都是笨蛋。"她说,"我们把自己的血液卖了换钱,还以为这样能够致富。现在,我们落得面色苍白、疲惫不堪、虚弱不已——"

"你是在嘲讽自己家族的传统吗,女人?!"威拉兹吼道。

卡萨举起手来,"让她说。"

"可她显然——"

"让她说!"

塔瓦妲垂下眼睛。她能感到众人的目光集中在自己身上。在囚室中演练了许久的演讲突然显得既混乱又空洞。

"我们没了血液,只剩下毫无意义的金钱,还以为能靠这些钱复活天空斯尔,其实只有死路一条。天上已经兴起了另一股势力,这股势力有着永不餍足的贪欲。

"加在我头上的罪名,我一条也没犯。不过,有些话,我一定要讲给议会听。只要你们肯听,我愿意从残片上跳下去,拥抱沙漠。"

他父亲望着她,脸上竟出现了罕见的痛楚。塔瓦妲蓦地想起在哪儿见过父亲的这种表情。那时候,母亲已逝,每逢傍晚,屋子里就一片死寂,时间显得分外漫长。某天傍晚,她和父亲在厨房里一同做菜。她没按照菜谱，而是随兴放了几样香料，有莳萝和墨角兰，因为她觉得这样味道才好。

"这就对了，就该这样做菜。有故事的菜才是好菜，"卡萨说，"哪怕用上本不该用的香料也一样。"

邓妮也望着她。塔瓦姐想起了透过邓妮的眼睛——木塔希博的眼睛——看到的城市。

讲个故事。圆圈和方块的故事。怪不得那故事这么眼熟。

"他利用了这座城市。"她轻声道。她注视着议会。"我能证明，魂灵儿商人阿布·努瓦斯密谋杀害了阿丽尔·索伦兹。"

很费工夫，造成了一片混乱，精灵们也在天文台不断穿梭。但最后，众人终于可以在一块巨型阿塔屏幕上观察着斯尔。圆圈和方块就在上面，在跃动的节点之间，在索伯币和封印的流动之中。整个城市的经济竟然在讲述着那个稚拙的幼儿故事，但只有知道该怎么看的人，才能看见。

伊德里斯·索伦兹倒抽一口气。

"需要多少资金才能完成这个故事啊——真让人难以置信。他居然把一个身体窃贼的故事植入了城市的金融系统，只有住在某个特定区域的某个特定的木塔希博才能看得见。这简直是发疯。"

"疯狂，但很有成效。"邓妮开口，"我妹妹说的每句话都是真的。我们城市的基础已经近于坍塌。魂灵儿贸易的时代结束了。"

"我觉得，跟索伯诺斯特还是有谈判的空间的。"卢西奥斯·阿圭拉说，"逼她们承认她们勾结并腐化了一名木塔希博，然后……"

"卢西奥斯女议员还没明白——长久以来，跟我们打交道的并不是真正的索伯诺斯特，"邓妮说，"只是索伯诺斯特家族中的一个脾气古怪的成员，一个古怪阿姨。如果索伯诺斯特有心向我们展示真正的力量，那就意味着我们的末日到了。末日之战只需要几小时，甚至几分钟。

"我们能做的第一件事，也是唯一一件事，就是阻止阿布·努瓦斯进入迦拿。"塔瓦妲说，"他组织了一支雇佣兵部队进入沙漠，已经朝迦拿进发了。"

森先生的思想形——一只火鸟——起了涟漪，"努瓦斯家族花了大笔索伯币，能雇多少佣兵就雇了多少。这么短的时间，不可能组织起一支与之抗衡的队伍。"

塔瓦妲的脑中闪过艾克索洛托在故事宫殿展示给她看的画面：思想的河流，故事的城堡，穿着脏裙子的小姑娘有双余烬闷燃般的眼睛。

"斯尔不需要军队。"塔瓦妲转向父亲，"我们有沙漠。父亲，是时候跟昂神谈谈了。"

二十六　米耶里和失落的迦拿

米耶里的一部分注视着阿布·努瓦斯。他站在"纳基尔号"的船头，念出古怪的词语。脚下的野代码沙漠露出笑颜，应声而动。这景象让她想起金星的拉克西米高原。那时候，也像现在这般，有庞然大物在地表下移动。

"老爷们，"努瓦斯说，"夫人们，我为你们献上——失落的大炮迦拿。"

米耶里的另一部分在佩莱格莉妮的神庙里。

"米耶里，"女神对她微笑。她赤褐色的头发中嵌着星星。"看来，你又失败了。"

"还没失败。"米耶里说，"不过，我得变化一下，才能成功。"

"变成什么？"

"一支军队。"米耶里回答。

同时，在米耶里头脑之外的世界，一座城市正从尘土中升起。佣兵舰队脚下翻腾起风暴。野代码沙漠认出了阿布·努瓦斯所念的密名。蓝色的高塔、栅栏和护墙从白色的混乱旋涡中升起。热风(沙漠的纳米机器排出的废热)吹来，让空气变得滚烫，气流湍急。拉克船队在风中拼命维持着船体的稳定。木塔希博用精神力紧紧束缚，才算控制住嵌合生物。众人脚下出现了街道和建筑，仿佛如椽之笔写下的嶙峋字迹。

远方，神庙中，一位女神放声大笑。

"小家伙，知道你在要求什么吗？我怎么可能满足这种要求？"

"我知道你已经进入了瓠罩系统，能控制地球之上的所有硬件设备。运用这种力量吧。"

"这不是把我自己暴露给赫辛库吗？"

"就算不暴露，赫辛库和瓦西列夫也很快就会动手对付你。如果他们弄到了陈的魂灵儿，他们还可以借此威逼你的那位主人，不让他插手。"

"这个说法很有意思。"佩莱格莉妮说，"只有一个缺点：没人吓得住马特杰克·陈。"她突然摸摸嘴唇，"不过……你倒让我想到了一个主意。"

她转向神庙中的奇点，"也许是时候大胆迎战企图摧毁我的人了。"

米耶里低头致意。

"你知道，我们的技术没法在地球环境中长存。你这么做，会把自己的无数分身送上痛苦的死路。"

"我不怕死，"米耶里说，"所以我的分身也不会怕死。"

"很好。"佩莱格莉妮说，"我很高兴。或许你真的成熟了一些。"

她摸摸米耶里的面颊，戒指碰到米耶里的伤疤，凉冰冰的。"我现在从你身上取模，制作魂灵儿。之前我其实没这么做。"佩莱格莉妮说，"别听若昂瞎说，我并不残酷。再说，你让我想起了我的某个老熟人。"

接着,女神消失,米耶里重回"纳基尔号"的舰桥,望着脚下失落的大炮迦拿。

米耶里跨前一步,把Q粒子刀刃抵在阿布·努瓦斯的喉咙上。

"我宣布,这座迦拿属于索伯诺斯特的约瑟芬·佩莱格莉妮。"

阿布·努瓦斯的人类眼睛瞪着她。

"你到底是谁?"

"我是米耶里,静默柯多卡尔胡的女儿,科卡·库托加席丹的爱人。"她用另一只手指指天空。傍晚的深蓝色天空中,在瓠罩的弧线之间,有一团云彩反射着夕阳,闪着金光。"她们也一样。"

瓠罩中有赫辛库几十年来建造积累的机器。有魂灵儿工厂、智能物质模子,还有极微技术造物机。佩莱格莉妮让这些机器造出了一群天使。

米耶里的超脑皮层亮了起来,不再是额叶顶部的一层,而是升格成了超我。她感到她的分身在回应。分身们目的相同,目标一致,彼此间快速交换着信息,以弥补思维状态的差异,达到同步。她们展开翅膀,正朝地球俯冲。

这些天使进入了大气层,智能物质盔甲摩擦起火。她们感受到了野代码致命的亲吻;不过这正合天使之意——她们早已下定了英勇战死的决心。

坠落的时候,她们合唱着奥尔特的歌。

米耶里站在"纳基尔号"的舰桥上,眼前的视野变成了万花筒。分身们还没到,奥尔特的歌声先期而至,只早了几分之一秒。她听到了一千条喉咙雷鸣般的和声。

分形天使的风暴如利刃般切断了佣兵船队。拉克鸟群四散而逃,同步的炮火朝船队射击。"芒卡号"猛地侧转。

"这地方属于昂神,"舰船掉头的时候,阿布·努瓦斯喊道,"你的机器会被吃掉。没有密名,他们不会让你进去。"

"我的名字我已经告诉你了。"米耶里说,"听到这个名字,他们最好乖乖放行。"

她把阿布推到一边,跳下船只,扑向迦拿,加入战斗的合唱。野代码沙漠从地面升起,迎战她们。

她们在沙漠城市中一边战斗,一边前进。她们用编码武器拿下野精灵,用等离子和火焰干掉嵌合兽。整座迦拿都是她们的敌人。一座高塔变成了噩梦般的虫子,一个米耶里飞进它的嘴里,引爆了身上的聚变反应堆。天使们的翅膀扇起一根尘柱,遮蔽了天上的佣兵船队。

分身的死亡就像大锤,一下下重击着米耶里的大脑。她尝到了野代码火烫扭曲的滋味、嵌合兽尖利爪子撕扯的滋味、聚变爆炸后一片空白的滋味,还有某些分身被野代码感染后,为了不跟姐妹自相残杀而迅速自毁的滋味。米耶里陪着每一位分身度过弥留之际,进入生命终结后的黑暗。每次死亡都带给她奇异的欢乐和纯净,她觉得自己像一口铜钟,正当当作响。

这才是我生命的目的。这才是我。

最后,失落的大炮迦拿终于安静了,落满了坠落的天使、粉碎的蓝宝石,还有断牙般的死塔。中央有座拱顶建筑留了下来。那是座美丽的建筑,有个拱形的入口。

记得提醒我,下次千万别再惹你生气。偷儿在米耶里脑中说。

"做好准备,"她回答,"你很快就能见到你的王子了。"

在分身们的掩护下,米耶里进入了那栋建筑。

拱顶正下方有个金属圆盘,直径约十米。圆盘前,三个身影正等待着她。其中一个是男人，穿着绿衣服；另一个是奇特的闪光生物，就像光做的章鱼，不停地变换形状；还有一个是小姑娘，穿着沾满煤灰的裙子，戴着木头面具。

"你是来接父亲的。"小姑娘说，"我们的兄弟向我们提到过你。"

米耶里眨眨眼。时空模拟视界中并没有这三个人，但他们十分真实。她甚至能看出小姑娘木制面具的纹理，还有面具上薄薄的油漆。

"'培蝴宁'，你有没有看到这个？"米耶里轻声问。

据我所见，这地方没有别人。当然，除了其他米耶里以外。佩莱格莉妮已经接管了弧罩中所有的幽灵成像仪。迦拿就在你脚下。底下有个深约十公里、穿过盐岩层的垂直洞穴。洞穴底部有个大房间，还有一大堆别的东西——都由地热供能。那儿有一大堆化学品，硼、氢，还有辐射。

随着飞船的描述，米耶里眼前闪过地底设备的分层图样。

"你们不想让我进去？"米耶里对沙漠魂灵儿说，"那对你们可没好处。"她还剩差不多一百个分身。虽然她们疲惫不堪，一身野代码，武器简陋，Q刃闪烁，明灭不定，但一个个士气高昂，随时准备战斗。

"我们本该要你讲个真实的故事，"小姑娘说，"但你的故事我们已经知道了。"

说完，这三个身影就消失了。米耶里一肚子莫名其妙，总觉得少打了一场仗，不够满足。她摇摇头。

"我们赶紧把活儿干完吧。"她说。

在分身们的帮助下，她切开金属，露出圆柱形的洞口，随后展开翅膀，慢慢降了下去，一路亮起盔甲照明。

底下是个圆形的房间，很热。房间底部有一圈凸起，四周墙上嵌着坚硬的终端。终端都是古老的触摸屏,还有供几百年前的设备使用的接口。米耶里把软件魂灵儿放到接口处,伸出Q粒子卷须,进入古老机器的内脏。

于是,她进入了迦拿的拟境,四周突然明亮起来。

米耶里站在一片海滩上。

索伯诺斯特的拟境严格依照物理现实。这个拟境却不一样,它更温柔,更像梦境。眼前的蓝色似乎无穷无尽,她的目光追随着这片蓝色,一时间竟有些失神。经历了刚刚的大战后,海浪冲击沙滩的柔和声音让她十分舒心。

有个小男孩在水边玩耍,建造一座沙堡。米耶里走近,他抬起头,晒黑的脸上露出微笑。

"你好呀。"米耶里招呼道,"你在干什么哪?"

"我在为朋友们建沙堡。"男孩回答。

"能替我介绍一下吗?"

"这是绿色士兵,"小男孩举起一个旧塑料玩具兵。玩具兵在海水和阳光的侵蚀下已有些残破。"这是光之海怪。"他指指一座沙堡。沙堡中有一团软软的透明东西,还有张卡通脸。接着,他举起一个木条拼成的小娃娃,"这是烟囱公主。花儿王子本来也在,不过我找不到他了。他有时候喜欢逃开。"

"很高兴认识你们。"米耶里说,"不过,你叫什么名字呀?"

"妈妈说,我不能和陌生人讲话。"

"这儿有陌生人来过吗?"

男孩子跳跃的思维让米耶里想起了瓦尔普。

"没。"男孩子犹豫地回答。

"那我就不是陌生人了,对不对? 我叫米耶里。"

男孩子考虑了一会儿，"我叫马特杰克。"

"你来这儿多久了，马特杰克?"

"我早上跟爸爸妈妈一起来的，他们刚走。他们说，我可以多玩一会儿。差不多快到该回家的时候了，不过还没到。"

米耶里咽了口口水。我真的应该把他从这儿——从一段孩提记忆当中——带走吗? 偷儿说他不会发觉。我们的活儿干完后，可以让他的拟境继续运行，有必要的话，直到永远。没事的，他不会察觉有异。

这一套是索伯诺斯特的惯用说辞。她想，不过，我刚刚跟我的分身肩并肩战斗过，还打赢了。我的分身全都心甘情愿赴死，就跟我一样。所以，也许索伯诺斯特也不是事事都错。

"该走了，马特杰克。"她开口，"你的爸爸和妈妈该着急了。"

"可我还没造好沙堡。"

"别担心，明天还能来。"

"你保证?"

"我保证。"米耶里回答。

她朝小男孩伸出手，两人一起从海边离开。

她回到了洞穴底下的圆形房间。上头有火光和轰鸣声。她的超我为她更新了几段断断续续的资料。努瓦斯的佣兵发动了进攻，她的分身守卫着入口，正在战斗。她查看自己的系统，发现有个迦拿的拷贝正在她的超脑皮层中运行。她展开翅膀，向上飞升。

"我拿到东西了。"她告诉"培蝴宁"，"撤退。"

佩莱格莉妮已经给我们弄到了能用的弧罩轨道钩。抓紧了。

她飞了起来，越过围成一圈的分身，向她们致意。天空中垂下卷须，扎破拱顶，带着她升空消失。

二十七　窃贼和米耶里

　　"培蝴宁"和我在轨道上，满心敬畏地注视着米耶里只身与一整支军队战斗。在我们身边，瓠罩内部也打得开了锅似的。我们差点儿没能从泰迪熊泊站中活着出来。我安插在祖先拟境中的佩莱格莉妮的各个拷贝均已激活，正四处拿下赫辛库，让这座巨大的索伯诺斯特建筑动荡得像遭到攻击的蚁丘。所以我们往高处升了升，来到一处拉格朗日点，躲在高技术的残骸之中，计算接引米耶里的轨道路线。"培蝴宁"处于完全潜行模式，以备猎手突然袭来——虽然目前还没有那兔崽子的影子。

　　我咂巴着脑中故事的味道。这故事就像颗松动的牙齿，急着想出来，被人讲述。快了，马上。我安慰它。

　　我还是不喜欢这主意。"培蝴宁"说。

　　"你尽可以提出异议，但在这局游戏里，要改主意已经太晚了。就算米耶里这种冥顽不化的脑袋也没法否认：要是不这么做，整个索伯诺斯特都会跟我们作对。我觉得连陈都无法对现在的形势放任不理。"

　　真不敢相信，你还真说对了。飞船给我看了一幅时空模拟视界画面。他离这儿已经不到几小时路程了。刚刚才现身。之前肯

260

定躲在巨幅的超物质斗篷后面。

天空中出现了一颗新星。一颗固伯尼亚——索伯诺斯特最重要的巨结构之一——正在接近地球。

它用的是霍金驱动，照亮了身后的半个太阳系，身边环绕着数不清的州船和区船。它肯定已经赶了好几天的路。佩莱格莉妮这次的赌注下大了，惊动了陈。很明显，陈有非常、非常想要的东西，他毫不掩饰，决心把它弄到手。

一时间，我体内一阵发冷。我给自己弄了两指高的威士忌。酒精唤醒了脑中属于过去的我的声音——更明智的声音。这声音说：尺度不是问题，从来都不是问题。骗局就是骗局，抢劫就是抢劫。就算是神，也免不了犯傻。这么说吧——他们的地位越高，摔得就越惨。

米耶里弄到了魂灵儿。飞船说，正在上来。

我灌下杯中剩余的威士忌，任酒精烧灼我的喉咙。

"我们去接她。好戏要开场了。"

"培蝴宁"熟悉的主舱，还有飞船系统接入她的意识时那熟悉的触感，差点儿让米耶里哭了出来。偷儿看着她大口喘息、压抑着泪水，咧嘴笑了。

"现在你可知道死一千次是什么滋味了。"他说，"我可不敢说自己喜欢这滋味。不过，你的活儿干得很好——其他的一切也都准备就绪了。让我们看看货吧。"

米耶里举起她拷贝马特杰克魂灵儿的意识子弹，"他在这儿。他在……海滩边，玩得很高兴。不愿意离开。"

"从前上传公司的来世设计师确实很出色。"偷儿说，"不过，我们还是先干完活，再来膜拜他们的作品。给我吧。没等小家伙察觉,我就进去又出来了。"

我们很快会有伴儿啦,"培蝴宁"说,陈和猎手都在赶来,不知道哪个先到。

"恐怕地球人的日子要难过啦。"偷儿说,"他们是挺无辜的。不过,你先别急着受良心谴责。这不是我们的错。地球人竟能在地球上留这么久,原本就是不正常的事。全都是因为野代码。照太阳系现在的形势看,索伯诺斯特和佐酷人之间难免一场大战。只要我们干完这票活儿,至少能拥有选择立场的自由。恕我冒犯,不过奥尔特不在我的选项之内。环境太冷,桑拿浴又太热。快把这孩子交给我,然后我们就能安排退休计划了。"

米耶里犹豫了。快了,快到该回家的时候了。这不可能是马特杰克·陈的始祖代码。

"你有事瞒着我。"米耶里说,"你到底打算拿他做什么?你要的其实不是什么始祖代码,对不对?你要的甚至不是他脑中的信息。他不过是个孩子,天真的孩子。你打算拿他怎么办?"

"我真心建议你别操心这个。"偷儿说,"不会有事的。"

米耶里咬着牙,"为了这孩子,我刚刚跟半个星系的佣兵,还有整个野代码沙漠干了一仗。别逼我,若昂。我说过,有必要的话,我会逼你开口。"

米耶里,也许他是对的。"培蝴宁"的蝴蝶化身停在米耶里面颊上,弄得她痒痒的。我看你该让他干他的活儿,他就是为这个才来的。我们得走了,一旦那个固伯尼亚赶到,我就藏不住了。

"怎么连你也说这话。"米耶里轻声反驳,"我说过,我不要你保护。就算犯错,也是我自己做的决定。偷儿,告诉我你打算拿这个魂灵儿怎么办!"

"米耶里,这可是马特杰克·陈啊。你真的在乎他的三长两短吗?"

她脸上的疤痕因为愤怒涨红了，就像新撕开的可怕裂口。她瞪了偷儿一眼，让他明白自己有多生气。

"好吧，"偷儿揉揉鼻梁，"我打算给他讲个故事。不会疼的。只是把我和佩莱格莉妮植入他的意识。这也是我们来地球的另一个原因。我得找到能植入意识的办法。"

"你竟打算变成他？占据他的身体？"

"我觉得这么说不妥，合体这事比这复杂多了。你该跟那个叫塔瓦妲的姑娘谈谈……"

"就是那个你栽赃谋杀罪，害她被捕的姑娘？"

"算了，这例子不好……"

"你竟打算偷他的意识？他的灵魂？他的自我？"

"我觉得说借更合适——"

"不行。绝对不行。我们不能这么做。这是我的底线。你得另想办法。"

"我没看出这办法有什么问题，"偷儿恼羞成怒，"我们知道陈想要什么。他想要小时候的自己，我们就给他小时候的自己。你的任务已经完成了，接下来该我出场。"

"不行。我们另想办法。"

"我上一次用的就是另外的办法，米耶里，结果被抓了起来。你根本想不到我被捕后死过多少次。跟我的经历相比，你的分身受的那点苦根本算不上什么。我绝对不要再经历一次那种痛苦。这次的办法肯定有效。而且，我这么做也不光为了自己，我还为了你，为了席丹。'培蝴宁'跟我说了你们的故事……"

你说了什么？米耶里在脑中朝飞船吼道。

对不起，米耶里，只有告诉了他，才能——

米耶里摇摇头，"这些都不是理由。我们这一族——我们不做

263

这种事。我们有……"

"你的族人也不会用超脑皮层强化自己，不会让自己被人上传到困境监狱，也不会用手上内置的摄魂枪，或者在轨道上发射激光杀死魂灵儿，对不对？你的族人难道会变成一整支军队，听凭自己的分身去死？面对现实吧——你早就越过底线了，我们都一样。我们都回不去了。"

"赌王若昂不会说这种话。"米耶里说。

"也许我根本不是赌王若昂。"偷儿双手捂住眼睛，"听着，我们输不起。佩莱格莉妮要这个东西。这是我们俩全身而退的唯一办法。而且，那个被你握碎的匣子，要是我在里头看到的东西是真的，那么，一旦陈拿到自己想要的东西，整个太阳系都没有幸福安乐可言了。"

"在这个未来来临之前，也许死亡是条好出路。"米耶里回答。

就在这时，偷儿身边出现了一个白色影子。佩莱格莉妮现身了。

"别犯牛脾气了，米耶里。我们按若昂的计划办。你难道忘了，不服从会有什么后果？"她举起手，戒指闪闪发亮，锋利明亮。

米耶里闭上眼睛。

这就是我刚才为什么要死一千次。只为了站在这里，心无恐惧。

"现在，我看清你们俩的本质了。"她轻声说，"你们都是一路货色，本性难移。改变的话，你们会死。而死亡的黑神正是你们最畏惧的东西。"

她能感到佩莱格莉妮在她脑中缓缓展开，她的四肢开始变僵。

"对不起，'培蝴宁'。"她说。

　　她高声喊出创造飞船之歌的片段。那是整支歌曲的结尾,最后一个音符。"培蝴宁"的系统起了反应,向整个星系高喊道:赌王若昂在这儿。

　　她看到佩莱格莉妮解开偷儿身上的锁链,想让他逃走。偷儿望着她,一脸木然,眼中含着泪水。

　　猎手到来。无数条光芒切开"培蝴宁"。到处都是刀花。一把刀花悬浮在米耶里眼前,锋利得就像她刚才唱的最后一个音符。

　　我也要说声对不起,米耶里。"培蝴宁"说,我一直爱着你,爱得比她更深。

　　飞船的电磁场抓住了米耶里,加速射出。米耶里眼前只见一道黑光,接着便沉入黑神的深深亲吻之中。

　　束缚我的所有枷锁全部消失,可惜已经太迟了。猎手速度飞快,而且怒火万丈。我望着米耶里消失在远处,奇怪地如释重负。然后,我就被无数火焰活活炙烤,忙得无暇他顾。

　　带我们逃过这一劫,你就自由了。佩莱格莉妮轻声说。

　　"培蝴宁!"

　　烧吧,你们这群兔崽子!

　　朝大气层冲。猎手扛不住野代码。

　　我们也扛不住。

　　我们碰碰运气吧,行吗?

　　飞船打开反物质引擎。我们一头扎向那颗蓝色星球,身上还裹着群群猎手。我看到了云彩、海洋、陆地,然后就被白光撕碎,撕成一个个细胞,然后是一个个原子……

二十八　王子和镜子

"我上次就是这么被抓的。"偷儿说完,仰天倒在沙地上。梦境拟境的天空全是图像:地球上燃起了白色火焰,包围着地球的弧罩被扯开,还有固伯尼亚那巨大的钻石之眼。

"猎手来了,我就逃到了这里。"他看着马特杰克,"这也是我要讲给迦拿里的另一个马特杰克听的故事。所以,你还是别装了。再怎么扮纯真,你也没法让卡米纳里珠宝接受你。"

"纯真很适合我。"马特杰克说,"我借着寻找纯真这个由头,好好翻了翻自己的图书馆。你的故事也很美妙,是企图黑进我意识的美妙尝试。可惜,我有个非常出色的超我,盯得很紧,不让任何属于赌王的自循环露头。"

"被卡米纳里珠宝拒绝,对你的自负肯定是不小的打击吧。"偷儿说,"佐酷人虽然古怪,但他们的外推意愿这一套挺有道理——计算个人意愿对全体佐酷人幸福总量的影响,力图整体幸福最大化。我猜你的魂灵儿里边没有一个能符合卡米纳里珠宝的要求。"

"我们走着瞧。"马特杰克说。

老妇人迈着疲惫的脚步来到二人身边。她模样衰老,饱经风霜,满脸皱纹,眼中却带着自豪。

"自鸣得意可不适合你,马特杰克。"她吃力地坐到沙地上,"你算是够小心了,拟境套着拟境,一共三层。不过,这地方有被人称为昂神的存在,恐怕连你也不容易对付。"

"说到昂神,我自有办法。"马特杰克停了停,皱皱眉头。尽管对偷儿宣称自己喜欢纯真,但他其实讨厌现在这种涉世未深与老于世故并存的状态:他能感到固伯尼亚中的分身时刻围绕周围。他们传来万花筒般的所知所觉,急着把他拉回去,等他下命令,给他们讲述一个关于他们自己的故事。毕竟,他可是原型,是所有陈的自我。

"索伯诺斯特对昂神没有免疫力,这是有理由的。"他继续道,"这个理由就是故事。赫辛库一直没明白这一点。那些昂神会将自己植入魂灵儿的大脑中,意识是他们天然的居所。"

"你又是怎么知道的?"偷儿问。

"因为是我创造了他们,至少是给了他们自由。不过他们从没感激过,就跟龙一样。龙这种既没有自循环,也没有尤达意蒙的东西,正好用来对付我从前的造物,对不对?"马特杰克大笑。他的分身将地球的混乱图像传给了他。他觉得自己仿佛踢翻了一座蚁丘,心中顿生混杂了罪恶感的邪恶快感。这让他更加得意。

约瑟芬惊惧地看着他,"你竟然把龙放到了地球上!他们会吃掉所有东西,什么都留不下来。"

"他们会把我过去的自我传给我。至于其他的,只要喜欢,都归他们。"

偷儿的手指滑过沙地,"你知道,马特杰克,我很好奇。到底是什么把你变成了这么个王八蛋?在巴黎的时候,你没跟我说过。"

"还想偷我的始祖代码吗,若昂?"马特杰克回答,"你绝对不会轻易得手的。"

"没有,我只是纯粹好奇。我给你讲了个故事,你也给我们讲一个吧。米耶里好像真心喜欢从前的你。我想知道那个小马特杰克到底怎么了。"

"死亡。"马特杰克说,"我生死亡的气。"他命令梦境拟境把他的话变成实物。为什么不呢?时间要多少有多少。

小马特杰克和死亡的故事

马特杰克的妈妈决定暂停工作,出来度个二十分钟的假期。这时,马特杰克正为他的幻想朋友造腿。

他喜欢在屋顶花园里玩。他觉得从玻璃墙望出去,外头密密的高楼楼顶就像森林。有时候,在无人机的护送下,他们允许他去公园里玩,但那里毕竟不是真正的森林。屋顶才是跟朋友们玩耍的好地方,只要他们几个肯合作的话。

光之海怪不喜欢手提式造物机嘴里吐出来的透明肢体,在空中生气地跳来跳去,触手挥得就像发光的旋转木马。

"别转了!"马特杰克也生气了,"否则就不给你造身体!"海怪锐利的墨黑小眼睛不满地瞪了他一眼。海怪是马特杰克的第一个朋友,所以当然也要第一个穿越到这个世界来。另一个世界里还有好几个朋友等着:有烟囱公主、绿色士兵,还有花儿王子。所以,马特杰克觉得,让海怪得个教训也不错。

"你好啊,马特杰克。"妈妈说。

他抬起头。不工作的妈妈总像个陌生人。她的脸会动,手指不会抽搐(工作的时候,妈妈的手指总在敲击看不见的键盘),就连眼睛里也只有面前的东西(工作的时候,妈妈的眼睛里总有数据不停地流进来)。而且,不工作的妈妈总是很疲倦。妈妈个子很小,不用怎么弯腰就能拥抱马特杰克。尽管屋顶花园很温暖,她的皮肤仍然冷冰冰的。

"你在干什么哪?"她问道。他瞧瞧造物机。造物机出了点问题,正吐出一大团一大团鼻屎似的东西。大概不该给造物机喂树枝。可是,烟囱公主想要一张彩绘的木头脸。

"没什么。"他嘟哝。

"跟我讲讲吧。"她恳求道。

"你又没时间听。"他责备道。

"小宝贝,我有将近半个小时呢。"因为疲惫,她的眼神有些呆滞。跟往常一样,她伸手摸摸他的头发。他戴了通感器,不想被妈妈发现,便一把拂开她的手。

"你来早了,"他说,"我还没弄完。这很重要。"

"我要不要走开?"她有些受伤,"好让你继续工作?"

"我想你可以留下。"他回答。她脸上的神情顿时开朗起来。"看起来很有意思啊,我们一起做好吗? 我能帮忙吗?"

"我正给朋友们造身体呢。"他说。

"宝贝,我们谈过这事。"妈妈说,"不能给他们身体。他们不是真的。"

他当然知道光之海怪还有其他朋友不是真的。至少跟他不一样。他问过沃森,沃森向他解释过什么是幻想朋友和平行宇宙。他知道了等自己长大,幻想朋友们就会慢慢消失。他觉得这不公平。所以,他把通感器调到大脑的某个部位(沃森说朋友们就住在那个部位),帮他们来到这个世界。但他觉得不能把这些告诉妈妈。

"不,他们是真的。"他坚定地反驳,撅起下唇,用这个姿态告诉妈妈,争论到此为止。妈妈很聪明,理解了他的信号,叹了口气。

"亲爱的,随你怎么说吧。那么,我们能跟他们一起玩吗?"

"不行,"他说,"他们不喜欢你。已经走了。"

她朝四处张望了片刻,"很对不起,甜心。我该怎么补偿他们呢?"

她眼中出现了魂不守舍的神情,表明她的心已经在工作上了。马特杰克问过沃森,妈妈是做什么的。沃森回答:量子对冲基金经理,法人化身,股东投票让她干什么,她就得干什么。他没听懂。听起来也和幻想朋友差不多,只不过不是妈妈控制幻想朋友,而是幻想朋友控制妈妈。

"他们想见爸爸。"马特杰克说。

"你爸爸答应明天陪你。"妈妈说。

"我现在就想见他。"马特杰克坚持。朋友们在他脑中一同愤怒地声援。

"甜心,爸爸只有明天有时间。现在他正忙着直播呢。"

突然,马特杰克脑中响起了铃声。铃声吵醒了花儿王子。

"现在,现在,现在。"他撅起嘴唇,不看妈妈。

"妈咪的假期就快结束了,甜心。我们真的不能一起干点什么吗?"

"我要爸爸。"马特杰克说。妈妈叹了口气。"好吧。我给他打电话。"她脸色苍白,"我现在得回去准备工作了,甜心。要乖哦。"她差点儿又伸手摸他的头发,看到他的表情,缩回了手。幽灵开始占据妈妈的身体。妈妈往回走着,回头看了他最后一眼,然后眼中就被跳跃的数据占据。

"你对她态度真差。"烟囱公主责备道。她头戴一顶歪歪斜斜的王冠,坐在草地上,抚平沾着煤灰的裙子,木头脸上的褐色眼睛含着悲伤。

"只有这样她才会听我说话。"马特杰克回答。他望了望正在一旁等候的朋友,又看了眼吭哧吭哧的造物机,踢了一脚。造物机吐出最后一团畸形的塑料和电路块,罢工了。

"孩子,"绿色士兵开口,"光沮丧,不行动,是没有意义的。"

马特杰克望着士兵坑坑洼洼的脸。士兵蹲在地上,靠着一棵树,膝盖上横放着步枪。

"我该怎么行动?"马特杰克问。

"我们去找你爸爸。"烟囱公主说。

大人不许马特杰克看爸爸的通感器传来的数据。不过他早就学会了假扮成妈妈。于是,沃森给他看了爸爸今天的活动安排。爸爸是个通感器明星,所以到哪儿都有一群拥趸追着他,干扰了计算引擎对博扬·陈识别软件的运行。沃森提炼了众人的讨论,放给马特杰克看。

可这算不算是正大光明的色情片呢?不,这是体验之诗。哪儿都可能有他,谁都可能是他。他让平凡的生活不再平凡——大家就是为这个才付钱给他。

很多通感器明星会做极限运动,比如蹦极,或者乘坐热气球旅行。大明星甚至还会从空间站坐着自由落体舱,从轨道下落,同时还在舱内性交。但马特杰克的爸爸不一样。他把通感器——不同肉体间的共同磁性刺激——传递的经验变成了艺术。从博扬·陈的眼睛里看到的世界,是别样的世界。

马特杰克又用妈妈的密码向沃森要来了爸爸的日程表。他就在不远处。接下来,他会去城里的公园,观察打湿的树叶。地点确定,问题是怎么去。

"我该怎么从沃森眼皮底下溜走呢?"他问朋友们,"没等我走远,妈妈就会知道的。这样就完了。"

"别担心,孩子,"绿色士兵说,"交给我们吧。"

门一扇扇打开。安保系统没看见他。他乘坐妈妈和保安使用的电梯下楼,一连下了三百层。烟囱公主一直在他耳边低语:这儿右拐,这儿左拐。

他到了一家购物中心,里面的人成千上万。周围到处是光束和图像。橱窗派出化身,在他面前实体化,推荐玩具和游戏。一架摄像无人机从他身边嗡嗡飞过,然后折返。片刻后,他身边就多了好几个马特杰克。他朝花儿王子低语一声,那些假马特杰克就倒在了地上。他跑了起来。绿色士兵为他指路。

他花了很久才找到公园。不过,日程表很准确,父亲仍在公园。他就坐在长凳上,眼睛望着脚下。马特杰克高喊着朝他跑去。

爸爸把护目镜推到额头上,把红色斗篷掀到一边,朝马特杰克露出大大的笑容。爸爸眼睛旁边有东西在闪烁,茂密的金发遮住了通感器。他一把抱起了马特杰克。

"马特杰克!你怎么来这儿了?"爸爸的语气很正式,说明正在通感器直播中。不过马特杰克不介意,他这一路实在太开心了。

"我来找你呀。"他回答

"太好了。坐在我身边。"爸爸拍拍马特杰克的背,"你有没有看书?"

"没。"

"你该看看书。看书和通感器不同,更花力气,但得到的东西更多。"爸爸朝马特杰克咧嘴笑笑。

接着,爸爸的眼睛瞪大了。"那是我们的吗?"他低声问,不是对马特杰克,而是对某个看不见的人发问。

几米外,有只小小的蜻蜓在空中盘旋。蜻蜓的身体是光滑的黑色塑料和金属,眼睛是镜头,十分明亮。

"他们在购物中心看到我了,"马特杰克说,"它还挺漂亮——"

突然,炸雷响起,白热袭来。马特杰克的爸爸一把拉着他扑到地上。马特杰克的头撞疼了,爸爸的身体重重地压在他身上,压得他肺里没了空气,眼前也一片漆黑……

醒来的时候,他在屋顶花园里。身边的一切既遥远又奇怪,就像在梦里。妈妈在他身边。不知怎么回事,妈妈的身材要比平常高大,而且脸上没有工作。

"能听到我说话吗,小家伙?"妈妈问。他点点头。

"怎么了?"他问。

"有人想伤害你爸爸。"

"他们为什么要伤害爸爸?"

"很多人都想变成你爸爸,甜心。让别人变成自己,是爸爸的工作。其中有些人希望他死,想感受死亡的滋味。"

"死亡是什么滋味?"

"我不知道,马特杰克。你也不该操心这个。现在睡吧。"

光之海怪在他的房间,照亮黑暗,不让怪物进来。可马特杰克久久无法入睡。

让沃森给他接入通感器传来的数据并不难。现在,马特杰克躺在沙滩上,身体的某些部位勒着细细的布条。他手里握着鸡尾酒,望着旁边一具具光亮黝黑的身体,鼻子里传来古龙水的味道。他伸手拿开鸡尾酒里的小伞,打算喝一口,长长的指甲碰到玻璃杯,叮当作响。太阳就像热热的毯子盖在他背上——

他望着燃烧的蜡烛。一把手术刀在他手上切割。传来的痛苦就像背脊晒着太阳,不过要放大许多倍,仿佛有枚放大镜把阳光都集中到了一点——

一只狗在草地上奔跑,大口喘气,喘气,喘气,跑过草地的浇灌喷头洒出的水,打算吠叫——

这些都不是他想找的。通感器网络里还有更黑暗的角落。要是沃森不让他看,还有其他办法。他让光之海怪替他找。海怪知道他想要什么,毕竟它曾是他意识的一部分,只不过它比他动作快,快得多。他还来不及眨眼,就看到了。死亡——

——是一座医院。天花板上刷着薄薄的白粉,枯槁的手中握着圣母玛利亚的雕像——

—— 一小口干邑,然后他就失去了一切。酒精和毒药在他肚子里燃烧,他突然怕极了——

——混乱的巨响,碎石打在他的脸上,还有他戴着的沉重头盔上。有声音呼啸而来。暖意。接着是冰冷和黑暗——

起先,他哭了。哭了一会儿,他不哭了,生起气来。这不公平。这样真不公平。

他妈妈不明白。她怎么可能明白?在公主的世界,没人会死。她不知道死亡。

于是,他明白自己应该做什么了。

他不该把光之海怪、烟囱公主还有其他人带到这个世界来。他应该把这个世界带到他们那儿去。

他在花园里坐了很久,思考这个问题。他觉得自己体内有了一样东西,比自己更大的东西。朋友们都围了过来:王子、公主、绿色士兵,还有小海怪,在空中舞蹈。他们跟他道了别,消失了。公主是最后一个走的。她吻了他的前额。她的头发有烟味,木头面具下的嘴唇干燥,被熏得黑黑的。

"我会回来的,"他说,"我保证。"

接着,他收拾好自己的包,拿掉通感器,出发去修理这个世界,同时等他妈妈停下工作,再次休假。

"这就是我的故事。"马特杰克说,"谢谢你们的陪伴,不过我该醒来,去见我自己了——就是你们好心送给我的、更纯真的那个我。我们会一起打开珠宝,把混乱的世界修正过来。然后,就不会有人死了。"

"不会有人死了。"偷儿重复他的话。暮光中,偷儿的脸开始改变。在马特杰克眼前,偷儿的脸不断闪过,一张连一张,就像无限的镜子通道。

"你确实把你自己防护得很好。"这些面孔说,声音汇成一片和声,像大海怒潮。突然间,他自己的嘴巴仿佛也加入了和声,说了起来。

"你没好好听。一开始我就说了——最后我也说了——我不是赌王若昂。你知道吗? 猎手是约瑟芬唤来的。而她交给猎手的,并不是偷儿的名字。"

"你造东西的时候真该小心点,马特杰克。"约瑟芬说,"小孩子不该玩火。而且,你这么了解我,应该知道我不会把全部计划都押在一个赌徒身上,哪怕像我的若昂这样大赢面的赌徒也一样。我总会留张王牌。所以,我在他身体里另藏了一张王牌。"

"终极背叛者[1]。"马特杰克的嘴里吐出这个词。他的脑中已经满是镜子。

---

①出现在《量子窃贼》中的概念。

"终极背叛者。"那东西重复道。现在,声音变成从他身后传来,积着灰尘,像纸张一样沙沙低语。马特杰克知道,要是他转身,就会醒来——

二十九　塔瓦妲和昂神

去沙漠的只有塔瓦妲、父亲和邓雅札三人。他们裹着木塔力棒长袍,手持拉克装备,经由巴伯门——寻宝猎人之门——出了城。

三人在崎岖的"怒吼"之地默默行走。"怒吼"之地散落着棱角分明的凸起,那是被沙子掩埋的索伯诺斯特机器。他们一直走到真正的沙漠开始的地方。从这儿望去,傍晚天色暗蓝,残片仿佛天空中垂直的星河,繁星点点。

"我要讲的是佐多·戈麦莱的故事。他是我父亲的父亲。"卡萨终于开口。

"斯尔坠落的时候,昂神降临到他身边。有烟囱公主、绿色士兵、光之海怪,还有花儿王子。

"昂神告诉他:从前,肉体是他们的居所。那时候,他们只是幽灵和阴影,痛苦地从一个意识拷贝到另一个意识,宿主的思维就是他们的思维。渐渐地,他们学会了耍些小把戏,好让自己不会被人忘记。比如允诺永生和天堂。这样一来,他们一度香火兴旺,被人供奉为神。

"后来,人类有了火,有了轮子,有了电,最后开始让自己的肉体永生。于是,他们只能躲进故事里,变成女神、心灵导师、变形者和骗子。他们知道,一旦被发现,他们就是死路一条。

"所幸,在大崩溃来临前,有个人给了他们自由。那就是故事王子,住在迦拿中的那一位。大崩溃毁掉了所有现存之物。在上传意识的世界里,他们掌握了真正的力量。

"他们把地球变成了自己的肉体,野代码也是这肉体的一部分。他们在地球上像影子一样迅疾来去。只要我们轻唤他们的名字,他们就能听见;只要我们在封印中写下他们的名字,他们就能看见。

"他们告诉佐多,他们能把他的人民也变成故事,加入他们的世界。但佐多已经娶了妻,不愿意失去肉体。于是,他跟昂神达成了协议:他允许昂神再次通过人类的眼睛看世界,允许昂神使用斯尔人民的身体。斯尔人民能学到密名,能塑造世界,能维持安稳。作为回报,昂神能得到他们失去已久的东西:崇拜。这就是戈麦莱的秘密。"

"那么,我们该怎么呼唤他们?"塔瓦姐问。

"对他们讲你的故事。"卡萨回答,"真实的故事。他们一直在倾听。"

他展开双臂,仿佛要拥抱沙漠。

"我是卡萨·戈麦莱。"他说,"我深爱我的亡妻,爱到无法直视我小女儿的脸。小女儿跟亡妻长得太像,看到她,就会勾起我无法忍受的痛苦。我害怕失去我的城市,害怕到差点儿把我的城市拱手送人。我还让大女儿扛起了我所有的希望和梦想。我是卡萨·戈麦莱,我想跟昂神说话。"

于是,昂神出现,仿佛写在空中的纹样:戴面具的小女孩、穿绿衣服的老人、总是变形发光舞蹈的形体。

"你想要什么?"公主问道。她是烟囱公主,故事公主。

"恩惠。"塔瓦妲回答。

"我们索要的代价还是一样。"

塔瓦妲点点头,坐到沙地上,拉紧长袍,抵御寒风。她对父亲和姐姐微笑。"这故事很长。"她说。

她深吸一口气,开始讲述。

"跟精灵森先生做爱之前,塔瓦妲先喂他吃了葡萄。"

故事的确很长。塔瓦妲讲完时,天上出现了奇异的新星。四周刮起强风,地平线上出现一道高高的、耀眼燃烧的火柱。

"我们接受你的礼物。"公主说,"你想问我们要什么,佐多·戈麦莱的孙女?"

"我请求你们拯救我的人民,别让他们变成被剥夺了死亡权利的索伯诺斯特魂灵儿。请你们起来反抗他们,就像从前一样。放我们自由,我们会崇拜你们。"

"太迟了。"士兵用生硬但柔和的声音说,"索伯诺斯特已经动手了。"

条条流星从天空中划过。一颗新星出现,转眼间已经大过月亮。在新星的表面上,塔瓦妲看到了一张脸。那张脸不是慈祥的月亮人,那张脸更衰老,也更冷酷。众人脚下的大地开始颤抖。

"他们正在吃掉我们。"海怪用轻轻的、歌唱般的声音说,"我们对他们毫无办法。他们是空虚、是黑暗,数量众多。"

"就这么结束也不错。"公主说,"我们已经老了、累了。所有的故事都有结束的时候。"

"可你答应了给我们恩惠。"塔瓦妲说。眼泪淌下她的两颊,混着沙子。"你们给过佐多的选择,能不能也给我们? 你们能带我们走吗?"

　　远处传来巨响,热风席卷而来,塔瓦妲眼睛和嘴巴里全是沙子。不能就这么结束,她默念,不该就这么结束。

　　烟囱公主伸手拉住她。公主的手虽然小,却很有力,握着她的手,拉她站起来。

　　"我们的兄弟回来了。"她面具后的脸在微笑。

　　又一阵风。穿着黑色衣服、戴着蓝色眼镜的男人站在她面前。

　　"出路总是有的。"他说。

三十　窃贼和故事

固伯尼亚升起,我们坠落燃烧。

白热的猎手已经消失,我却还在。我觉得身体出奇的轻,就像大海老人从我背上刚刚离开似的[①]。我差点儿笑出来,却突然发现自己的手被野代码变成了蓝宝石爪子。猎手们已经被地球现存的力量杀死了,飘浮在我周围,就像昆虫的尸体。

"培蝴宁"想用翅膀做缓冲,翅膀着了火,被风扯走了。

"对不起。"我轻声说,"我错了。"

我也一样。飞船回答。

到处都是野代码。飞船的系统满是白噪音,船壳翘曲,就像烧着的纸片。我们下坠。地面就像大手,迎接着我们。

蝴蝶围绕着我。船舱里很热,蝴蝶们都着了火,就像小小的蜡烛,燃起火焰,然后化为灰烬。我伸手握住一只,用畸形的蓝宝石爪子护住它。

蝴蝶化身一边燃烧,一边汇成了一张脸。我在老虎拟境中见过这张脸,是个漂亮姑娘,皮肤白得像雪。

[①]美国诗人埃德温·罗宾逊(1869–1935)的叙事长诗《加斯帕国王》中讲述的故事,诗中的国王为了黄金而背叛了朋友西伯伦,因此深深内疚。某日梦见西伯伦骑在自己背上,自称大海老人。

什么都困不住你,若昂。这次也一样。她说,告诉她我爱她。替我照顾她。你发誓。

"我发誓。"

她吻了我。是个轻柔的、蝴蝶般的吻。接着,她消失了。灰尘簌簌落在我脸上。我闭上眼睛。

最后,有个声音充斥了世界。然后便是一片漆黑。

我周围全是光之蛇,一条条相互交缠,分不出头尾。他们全上了年纪,全都顶着我的脸。我认识他们。至少我身体中的一部分认识他们。那一部分被称为花儿王子。

祖先拟境中出现过的小女孩也在。她摘下面具,吻了我的前额。欢迎回来,兄弟。

"王八蛋,"我说,"你们怎么不救'培蝴宁'?她比我更值得救。"

我们看不见她,我们只能看见我们自己。她声音含着饱经沧桑的悲伤。

"该死的,这不公平。"

世上有什么事是公平的?不过这已经不重要了。我们要回到父亲那儿去,永远跟他在一起。

我体内那个极老的东西想一口答应。他想回到故事王子身边。但我的另一部分没让他开口。"培蝴宁"。我答应过。我答应过的事一定要做到。

不管这些蛇是什么,我跟他们都不是同类。我记得在牢房里读书。我记得牢门打开。那一刻,经由水晶瓶塞,现在的我诞生了。我是《亚森·罗平和水晶瓶塞》这部书创造的生物,是来自沙漠和旧神部族的男孩子。

跟我们走,跟我们走,兄弟。

"我叫赌王若昂,"我说,"我们还有活儿要干。"

我朝塔瓦妲微笑。

"对不起,"我说,"我给你惹麻烦了。我这人老惹麻烦。"

面对我的突然出现,她没有惊讶,反而朝我跨了一步,真令人钦佩。塔瓦妲·戈麦莱,怪物的情人。"如果你想补偿,最好想办法救救我的城市。"她说。

"陈派来了某种叫龙的东西。"我说,"我们不得不采取极端手段。我有办法救出所有人,但你可能不会喜欢。"

卡萨·戈麦莱看了我一眼。很多父亲给过我这种眼神。"现在,我女儿的意志就是我的人民的意志。"他把手放在塔瓦妲肩上,"由她决定。"

"这办法需要做出某种……转化。"

"就这么办。"塔瓦妲说,"佐多·戈麦莱拒绝的东西,我们接受。我们大家一同转化。"

我在脑中让愿望成形,把它递给自称是我的兄弟姐妹的奇异生物。他们用流沙般的声音低语了一阵子。最后,被称为公主的那一位点了点头。于是,整个世界陷入疯狂。

野代码风暴刮起,席卷了斯尔。风刮到塔瓦妲身上时,她觉得自己被抬了起来,身体越变越大,成了精灵风暴的一部分。她用神的视角望着城市变成沙子,天上的龙降临到地球。

昂神带走了斯尔的所有意识,把他们变成了故事,压缩成种子,可以在任何大脑中生根发芽。他们都成了书中永恒的生命。这本书的封面是蓝色的,就像《夜之书》一样。书合上的时候,她感到艾克索洛托、邓雅札和父亲就在她身边。

陈派来的龙吃掉了野代码、精灵和构成昂神身体的一切。地球上只有一个地方他们不会碰。

那地方叫失落的大炮迦拿。这名字可不是白得的。

一颗巨大的炮弹，这是防冲击硼护罩，保护着里面的反应堆。反应堆核是一百五十千吨级的热核装置。这是一颗三千吨级的王氏钢弹，具有全套宇航功能，经过充分加固，里面运行着一个拟境。

拟境很小，但故事反正也不占地方。运行的意识只有我，还有个叫马特杰克的小男孩。设计拟境的就是他。他把拟境变成了一家书店，明亮宽敞，有诱人的书架，到处都是可以躲着读书的角落。

发射之前，他从架子上拿了一本书，封面是银色和蓝色。他看了第一页就合上了。

"我想看这本书。"他说，"但我只要一醒，就会忘记梦里看过的故事。"

"我觉得这次会有点不一样。"说罢，我按下了脑中的红色发射按钮。

我们坐着喝茶。地下的等离子喷射器把我们托了起来，加速度达到数千G，十倍于逃逸速度。没等陈发觉，我们已经越过了月亮。我打开太阳帆，引着飞船朝高速通道而去。

米耶里不知所踪。但我答应过"培蝴宁"要照顾她，而且我一定会做到。我又变小了，只剩下人类的躯壳。不过不要紧，只要找几个朋友帮忙就行。脑袋里没了佩莱格莉妮的控制，我知道该去哪儿找他们。

我脸上挂着微笑，带着王子，驾着故事飞船朝土星飞去。

尾　声

约瑟芬·佩莱格莉妮望着坐在海滩上的终极背叛者。他已经卸下了偷儿的伪装,就像蛇蜕了皮。他现在的模样是个孩子,脸上挂着马特杰克·陈那安详的微笑。但他的眼神不是原型的眼神;他眼中只有无尽的饥渴。她打了个哆嗦,转身望向海面。

"我一直觉得,总有一天你会把我也吃掉。"她说。

"总有一天,我会吃掉一切。"终极背叛者说,"但现在我还需要你。"

他膝头放着卡米纳里珠宝,就像从海滩上捡来的石头。时空凝结成双手合十祈祷的形状。"陈错了。他打不开珠宝是有理由的。它只为你打开。"

他把珠宝递给约瑟芬。眼前这东西是终极的佐酷珠宝,木星爆发的秘密,普朗克锁的钥匙。她急切地接过来。珠宝像花儿一样在她手中展开。

有样白色的东西飘到了沙滩上。约瑟芬捡了起来。那是一张小小的正方形纸片,一张名片。上面写着:

赌王若昂

绅士大盗

等你有了真正的佐酷珠宝,他还会来。

接着,名片也像梦一样消散了。

米耶里独自待在黑暗中。她注视着固伯尼亚到达地球轨道,制造出潮汐引力。它的存在撕裂了弧罩,蓝色星球外的白色云团开始沸腾。固伯尼亚在人类的老家降下雨点般的黑色东西,可能是冯·诺依曼机器,也可能更糟。大陆变了形,一抹黑色在大理石般的行星上不断扩张。

陈正在吞食地球。她想,斯尔、所有的故事,还有失落的迦拿,都难逃此劫。

"你看看自己都干了些什么?"她脑中的佩莱格莉妮怒火万丈,"我要把你扯得粉碎,你永远也别想看到席丹,永远也别想死,永远也别想去阿利内。我说过我不是温和的女神。等我的姐妹们来找我算账,我就会——"

"你想干什么,尽管下手。"米耶里说,"我不再为你卖命了。"疼痛让她坚定。她竟有些渴望疼痛。她活该忍受疼痛。因为她欠席丹的,她欠"培蝴宁"的,或许,她还欠偷儿的。

视野中有什么东西一闪。一枚蓝色的橄榄形宝石,比手掌略小。即便在真空中,它仍散发着微微的花香。

佐酷珠宝,"培蝴宁"把我弹出来的时候,把珠宝也给了我。

珠宝对她耳语。佩莱格莉妮的声音变成了遥远的雨声。

带我回家。她对珠宝默念,带我回到我真正的归属地。

珠宝的光芒明亮起来。周围安静了很久。仿佛永恒的时间过后,一艘飞船开来。是佐酷飞船。她周围围绕着奇异的东西,像一个个发光的轮子。轮子中间有张面孔,面孔周围一圈一圈地围着嵌着珠宝的光轮,就像小小的太阳系。这些面孔仿佛天使,或者塔罗牌上的形象。它们让米耶里想起了某个人。

"母亲。"米耶里喃喃。接着,就在回家之前,她充满幸福地慢慢入睡。